温暖心灵的烛火

澜 涛◎主编

北京工业大学出版社

图书在版编目（CIP）数据

温暖心灵的烛火 / 澜涛主编. — 北京：北京工业大学出版社，2013.2

ISBN 978-7-5639-3379-2

Ⅰ.①温… Ⅱ.①澜… Ⅲ.①散文集—中国—当代 Ⅳ.①I267

中国版本图书馆CIP数据核字（2012）第295904号

温暖心灵的烛火

主　　编：澜　涛
责任编辑：杨　青
封面设计：自在书装设计
出版发行：北京工业大学出版社
（北京市朝阳区平乐园 100 号　100124）
010-67391722（传真）　bgdcbs@sina.com
出 版 人：郝　勇
经销单位：全国各地新华书店
承印单位：北京晨旭印刷厂
开　　本：787 mm×1092 mm　1/16
印　　张：15.75
字　　数：227千字
版　　次：2013年 2 月第 1 版
印　　次：2013年 2 月第 1 次印刷
标准书号：ISBN 978-7-5639-3379-2
定　　价：25.00 元

序

温暖我们心灵的，常常不是美妙的歌声，而是让我们一次次跌倒的挫折和折磨。

艾柯卡年轻时进入福特汽车公司，从一名普通员工一直做到了公司总经理，其付出的艰辛可想而知。但就在他的事业如日中天，欲大展拳脚之际，因为遭遇忌妒，他被公司开除了。朋友的疏远、亲友的嘲讽、命运的大转弯一下子击懵了他。他一下子跌入人生的谷底。他愤怒、彷徨、苦闷……一度想通过自杀来了结自己所遭受的折磨。但最终，他骨子里的坚韧、不服输让他改变了想法。他劝告自己："既然你摆脱不掉这份折磨，就战胜它，把它变成锻炼意志的磨石，变成点亮命运的火石。"他相信自己有能力战胜这次挫折和考验。不久，艾柯卡应聘到濒临破产的克莱斯勒汽车公司出任总经理。上任后，他大刀阔斧地对企业进行了整顿和改革，并以超群的智慧从政府那里获得了巨额贷款，使即将走向死亡的克莱斯勒汽车公司重振雄风。

有人曾经写过："世上只有一件事比遭受别人折磨还糟糕，那就是从来不曾被人折磨过。"还有人曾说过："苦难是人生的大学，只有读过这所大学的人才会将成功和幸福追求到底，因为他们深知苦难和折磨的滋味，所以他们内心最渴望摆脱这种折磨。”换一种眼光看世界，挫折和折磨可以是夺命的利剑，也可以是温暖心灵的烛火。

人如果总是生活在顺境中，就会过于安乐，所取得的成绩也就很有限。而如果生活在逆境中，并且不惧艰难，那么他的成功将是无法估量的。“梅花香自苦寒来”，从某种意义上说，磨难是帮助我们获得更加美好风光的途径。强者在遭受挫折时，他的潜能会被更好地激发出来，从而越挫越勇，突破现状，创造更大的成功。因此，我们要感谢折磨我们的人，因为他们在折磨我们的同时，也是在成全我们。

罗曼·罗兰曾说：“从远处看，人生的不幸折磨还很有诗意呢！一个人最怕庸庸碌碌地度过一生。”用诗意的眼睛看待折磨吧，并感谢那些折磨我们的人，因为正是他们给了我们不断成长与进步的机会。

目录

第一辑

从来没有卑微的日子

第二辑

心里的阳光

第三辑

受伤是一种成全

第四辑

受伤的是腿，不是路

第五辑

那缕吹展生命的风

第六辑

在黑暗里铿然前行

第一辑

从来没有卑微的日子

两元钱改变命运

林 夕

两个刚出校门不久的年轻人，结伴去海南打工。

像所有怀揣梦想、两手空空的年轻人一样，他们只能住最便宜、条件最差的旅馆。十五六个人挤在一间10平方米的小屋里，闷热，狭小，混合着汗味、脚臭味，还有墙角发霉的气味，加上蚊虫叮咬，简直无法入睡。但他们只能忍着。第二天一早，他们就跑出去找工作。

第一份工作是送矿泉水，每送一桶水可以赚八角钱，因为没有交通工具，他们只能步行肩扛。第一天送了三桶，全身大汗淋漓，差一点中暑昏倒在地。两人一商量，这样下去不行，身体吃不消不说，也赚不到钱。于是去旧货市场，花30元钱买了辆旧自行车，挨家挨户送水，最多的一天送了50桶。

水站一星期结算一次工资。好不容易盼到周末，两人兴高采烈去领工资，迎接他们的是一把将军锁。里面的东西都搬空了，水站老板把客户的钱结完拿着跑了，他们的工资泡汤了。而此时两人身上的钱，连硬币都算上，一共是22元3角。

旅店不能住了，虽然每晚只收10元钱，他们也付不起。两人并没有气馁，而是互相鼓励，白天继续奔波找工作，晚上露宿在南大桥下，和一群来自五湖四海的打工仔为伍。起初，他们以为这些人都是民工，靠出卖体力赚取血汗钱，住了几天混熟了，才知道其中有不少也和他们一样，受过高等教育。有一位已经来了一年多，换了无数次工作，不是被骗就是没有业绩，而他是湖南某高校的本科生。

时间是最消耗意志的。日子一天一天过去，他们还没有找到工作，而本已不多的钱却在一天天减少，尽管他们已把每天的开销降到最低。到了第七天，两人身上的钱加起来，只有4元8角。他们用8角钱买了一袋方便面，你一口我一口合着吃，吃着吃着就觉得喉头有些哽咽，吃不下去了。

“我们……回家吧！我受不了了！”其中一位呜咽着说。

另一位本也有些泄气，但一见同伴这样，心想自己千万不能气馁，于是打起精神劝他道：“别说这种泄气的话。我们不是说好，不混出个人样，绝不回去。再坚持一下，说不定明天就能找到工作！”

他苦口婆心，最后也没能说服同伴，只好随他去。他把两人共有的财产——四元钱一分为二，每人一份。同伴拿着这最后两元钱，去了附近的公用电话亭，给家里打电话，让他们寄路费来。那一瞬间，他也有些犹豫，但仅仅是一瞬间，随后毅然转过身，向另一个方向走去。

他去了海口市人才市场，用仅有的两元钱，买了一张应聘表，应聘去了一家广告公司，成了一名业务员。

我不想告诉你这之后他历经了多少艰辛，遇到了多少挫折——世界上没有一个成功是轻易得来的，艰辛与挫折就像一日三餐一样，是成功者必备的食粮。我要告诉你的是这个故事的结局——三年后，这位年轻人成为这家广告公司的总经理，也是业界最年轻的百万富翁。而他的同伴，那个当年和他一起出来寻梦的年轻人，早已没有了梦，在家乡小城拿着一份微薄的薪水，过着入不敷出的卑微生活。

我一直相信世上有命运这回事，当我从朋友那里听说这两位年轻人的故事后，我不再这样想了。

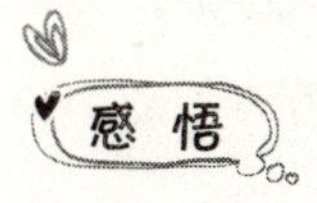

所谓命运，不过是行为的结果。同样是两元钱，你可以讨一张回程票，也可以买一张应聘表，而命运却因此变得迥然不同。“天行健，君子以自强不息。”尝试或许不能成功，但不尝试一定不会成功。勇于尝试、勇于进取才有可能赢得成功。《致鲁西流书信集》中也曾说过："在大多数情况下，进步来自于进取心。"

学会进取，才有可能成功。

向后飞的蜂鸟

罗　西

与他人合开的一家公司倒闭了，我的情绪低落到了极点。在朋友的开导下，我决定出去走走。在南美的热带丛林中，我认识了一种世界上最可爱的鸟：蜂鸟。

而最令我感动的是，它是唯一能往后飞的鸟。

在我的内心，一直有一种渴望：拥有一对翅膀。这样，就可以更快地往前冲。整个城市的呐喊都在鼓动着我这种欲望，向前飞的欲望。

看到蜂鸟往后飞的美姿时，我的心渐渐平静了。为什么一定要往前飞？没有退路的人生，该是多么可怕。

后来，我又看到了海的骄子：海豹。它可以连续游约96千米，但若把它放在船上，它会晕船。

原来，我曾经的"下海"，有点像海豹上船。认清了这一点，我不禁会心一笑，便看到海的湛蓝与伟大。

这一趟远足，收获颇多。亲近大自然后，我终于明白印第安人的话："一切生命均来自那座大山！"也理解了海明威的一句心里话："带着你的创伤到旷野疗伤！"

自然使我们谦卑，谦卑使我们宁静、平和，从而悟到智慧。

在热带丛林里，所有的树都笔直高大，又十分谦和，绝不像都市的树木，东一横枝，西一斜杆，还需工人时时修剪。而森林里的树，没有排他性，每一片向上的叶子，都是诚恳的表情。

这让我想起一则成功的汽水广告，它的广告词是：只能解渴，不能解决其他问题。朴实无华的汽水广告，正是一种沁人心脾的甘泉。

确实，真正的伟大是单纯，真正的智慧是兼容，真正的力量是谦和。大自然教我看得更多、更远，更教我如何去观察生活。

想要获得知识，一个人必须学习，但想要获得智慧，一个人必须观察。如果能拥有一双慧眼，即便散尽万两黄金也值得！

跌倒不是坏事，最重要的是不要迷路，慧眼让心不再迷失方向，慧眼也让我为窗口的一朵牵牛花而满足、快乐。

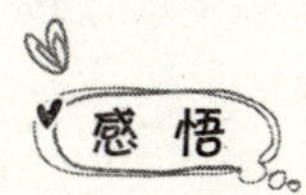

别再为打翻的牛奶哭泣，坦然面对生活，从不同的角度，换个思维方式，你会有新的感受和惊喜。以退为进，高瞻远瞩；略停求行，智慧用心。我们终会找到属于自己的位置、自己的光源、自己的声音。

非洲蜂

鲁光圣

在非洲中部地区干旱的大草原上，有一种体形肥胖臃肿的巨蜂。巨蜂的翅膀非常小，脖子也很粗短。但是这种蜂在非洲大草原上能够连续飞行250千米，其飞行高度也是一般的蜂所不能及的。它们非常聪明，平时藏在岩石缝隙或者草丛里，一旦有了食物立即振翅飞起。尤其是当它们发现这个地区气候开始变得恶劣，就要面临极度干旱的时候，它们会成群结队地迅速逃离，向着水草丰美的地方飞行。这种强健的蜂因而被科学家们称为非洲蜂。而其他的蜂类就不同了，一旦遇到恶劣的天气，成千上万的蜂往往就束手无策，在顷刻之间就无影无踪了。

科学家们对于这种蜂充满了无数的疑问。因为根据生物学的理论，这种蜂体形肥胖臃肿，而且翅膀非常短小，在能够飞行的物种当中，它是飞行条件最差的，甚至还不如鸡、鸭、鹅优越。尤其在蜂的大家族里，它更是身体条件最差的。而根据物理学的理论，它的飞行就更是不可思议的事情了，因为根据流体力学，它的身体和翅膀的比例是根本不能够起飞的。按照科学家的理论，这种蜂不要说自己起飞，就是我们用力把它扔到天空上，它的翅膀也不可能产生承载肥胖身体的浮力，而会立刻掉下来摔死。

可是事实却是恰恰相反的，它不仅不用借助我们的力量，完全依靠自己的力量飞行，而且是飞行的队伍里最为强健、最有耐力、飞行距离最长的物种之一。科学家们从来也没有遇到过对科学这样残酷的挑战。因为在这个小小的物种面前，所有关于科学的经典理论都不成立。

哲学家们知道了这个故事之后，告诉严谨的生物学家和物理学家，没有什么奇异的秘密，它们天资低劣，但是它们必须生存，而且只有学会长途飞行的本领，才能够在气候恶劣的非洲大草原生存。而那些条件稍微好些的物种就不同了，它们天资好些，会飞行，也就不再去刻苦练习求生的本领了。

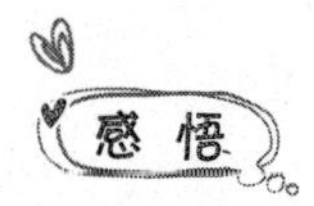

没有什么是不可能的，之所以不可能，是因为没有置之于死地。所有的经验也不是一成不变的，只要你有无比的信心和勇气，一切都是可能的。

水到绝境是飞瀑，命运的绝境处或许就是桃花源的入口。

铁树开花

清　山

百花园里有一棵铁树，她长着片片羽毛状绿色的叶子，像是随时要飞起来的样子。

春天来了，桃花开了，点点桃红令人陶醉。所有的人都把眼光落在桃花上，在一片赞叹声中没有人注意到默默生长的铁树。

夏天来了，荷花开了，粉红色的桃花如一盏宝莲灯，让游人流连忘返。有人甚至低吟起了咏莲的诗句，铁树在微风的吹拂下发出了一声叹息。

秋天来了，菊花开了，千姿百态的菊花仿佛磁石一般，把人们聚拢在她的周围。赏菊的人络绎不绝，但没有一个人在铁树前驻足。

冬天来了，冰天雪地中，蜡梅花宛如朵朵火苗簇然开放。人们从温暖的家中走出来，好像是来烤火一样，对满树的蜡梅花指指点点，合影留念。铁树仍绿着，但她的绿被皑皑白雪掩盖了。

一年四季中，百花园里开满了各式各样的花。姹紫嫣红中，铁树显得那么的普通，那么的微不足道。

“铁树根本就不会开花！”所有能开花的草木都取笑着铁树。

“千年的铁树才开花，难道真要让我们等一千年吗？”即使只能开出星星点点小白花的野草也对铁树评头论足。

“姐姐，铁树不会开花吗？”一对姐弟俩来到了百花园，弟弟问姐姐。

“铁树当然能开花！”姐姐的话给了铁树莫大的鼓舞。铁树相信长得像天使一样的姐姐的话是对的。

从此，铁树开始鼓足劲，使劲地生长。

春天来了。一场风雨过后，铁树感觉自己的心中痒痒的，铁树的树心，长出一撮毛茸茸的嫩黄。她有点激动：难道我要开花了吗？铁树的微小变化也引起了百花们的注意。大家等啊，等啊，就在等得快要绝望的时候，在一天的清晨，铁树的树心突然露出了一簇尖角。沉默了几日后，又齐刷刷地伸出了一寸来长的浅绿色的触角，不经意间，触角长长了，伸展开来，化为针叶。新叶很嫩很嫩，是那种软软的浅浅的绿，让人怜惜。

“唉，原来只是长出了新叶！”虽然铁树的树叶比许多花都要美，但大家还是感到失望极了。铁树自己也非常失望，但她始终相信那个小女孩的话是不会错的。“我是能开花的！”她在心中对自己说。

不知道经历了多少凄风苦雨，不知道经历了多少严寒酷暑，铁树依靠着“我是能开花的”这个信念的支撑，不停地长啊长啊……

“铁树开花了！”一天清晨，一个孩子的叫声，惊醒了正在熟睡的铁树和花草。孩子的叫声，引来了所有人的围观。是的，铁树真的开花了！人们从四面八方赶来，争相一睹铁树开花的奇观，惊叹声和赞美声响彻百花园。

一股热流涌上了铁树的心头，泪水化成了花朵上的点点露珠。铁树展开的花朵像是在对大家说：“你们早就应该知道，我是能开花的！”

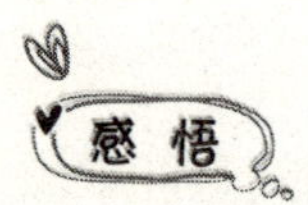

一块钢铁经千锤百炼方可成材，一块玉器需要经过千万次打磨方可成器。成长也许像花园中花开的清脆，也许像火炉中火焰的炽热，但无论怎样，我们的成长终须要千锤百炼、精雕细琢方可见人生的不朽好钢，美丽玉器。

阳光总在风雨后，成长也需要磨炼。

真情，永远的阳光

包利民

读高中时，我是学校出了名的坏学生，凡是学校明令禁止的事我都干。那时我从来没想过自己以后的路该怎么走。

那年四月的一天，我到校时早已上课，我像平常一样推门而入。那堂是物理课，物理老师姓赵，已年近50岁，他厉声叫住我，说："你还能算是一个学生吗？作为一个学生你早已没有了前途，这一点我可以肯定。现在拜托你，只要你不打扰别的同学就可以了，我的课以后你可以不上！"我愤怒地摔门而出，谁愿意上你的破课！走在飘雨的街上，赵老师的话不停地在耳畔响着，眼前晃动着父亲的愤怒和母亲的失望。渐渐地，我心中有某些东西轰然坍塌了。在冰冷的雨中，我第一次想到了自己的未来。

两天后，我终于又回到了教室，认真地听老师讲课。不管别人的冷嘲热讽，不管老师的歧视伤害，我开始了一段最艰难也最充实的岁月。对老师的仇恨、对家里的厌烦是我学习的动力，我一次次地下决心，如果考出去就绝不再回来。

第二年的秋天，当我收到省城师范院校的录取通知书时，不禁百感交集。第一件事就是找到校长，他笑着向我祝贺，我低沉地说："我会记住你曾经怎样地对我，我再也不要见到这里的每一个人！"然后，我找到物理老师（高考物理我得了138分），对他说："你记住，你没有权利否定任何一个学生的前途！"

满以为毕业后可以不再回家乡小城，可是事与愿违，我被分回本县，而且就是我曾经声言不再回去的高中。我毅然去了南方，两个月里，我四处碰壁，伤痕累累，才明白那不是属于我的世界。我踏上了回乡的列车，不得不面对曾经的一切。

当我站在县一中的大门前，面对熟悉的一切，有一种恍若隔世的感觉。我怯怯地推开校长室的门，校长抬起头来，他显然已认不出我来了。我说："校长，您还记得我吗？"他仔细看了一会儿，忙站了起来，走过来拍着我的肩膀说："变化真大！毕业了吧？"我点头，拿出派遣证。他连连点头，说："好，好！"我看着他，问："校长，您还记得我曾说过的话吗？"他笑着说："说过那么多话，谁还都记得？只要你别记住我曾经批评过你就行了！"

我是学物理的，于是便进了物理组，暂时还未安排教学任务。走进物理组办公室，我问赵老师："老师，您还认识我这个不成才的学生吗？"赵老师一愣，随即拉着我的手连声说："认得，认得，欢迎你回来任教！"他拉我坐在身边，注视我良久，感叹一声，说："你心里一定还记恨我吧？"我真诚地说："曾经记恨过，现在心里却充满谢意了。真的，赵老师，如果当初没有你的那一番话，我今天说不定变成什么样子了！"赵老师神色黯然地说："当初，那是没有办法的办法了。对有些学生，单纯地去教导是不行的，还要用歧视给他们的心灵做手术，让他们的心流出血来，他们才会知耻而后勇啊！"

走在路上，秋日的阳光洒满大地。我心里充满了温暖和力量，还有，对所有曾经恨过的人的暖暖的谢意。

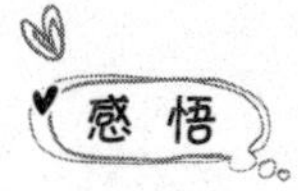

更多的时候，动力来源于伤害。疼痛可以使人猛醒。那种直入心灵的痛，更能让心灵发生痛苦的蜕变。所以，面对伤害，在恨的同时，也要产生一种反抗的力量。而多年以后，那份恨就会化作感激与感谢。

所有曾经的种种，都会被岁月还原成幸福，给你以不期然的感动。

总有些青春要辜负

一路开花

坏孩子的心，总是温软而又故作坚硬的。我和那些行事鲁莽、身居角落、成绩倒数的男生一样，可以勇敢地站起来声张："老师，黑板上的字写错啦！"但却从不会用鄙夷的口吻对稍有残疾的同学说："嗨，你的腿怎么崴了？"同样，我们可以将最硬的拳头放到纨绔子弟的鼻梁上检验牛顿的力学定义，但却从不会用柔软的巴掌来问候单亲家庭的孩子："喂，你的衣服怎么那么多补丁？"

初中三年，大大小小的考试经历了无数次，我不曾受过一次表扬。但令我稍可自傲的是，每次学校的募捐活动，我总是第一个带头站上讲台。我捐的钱不是最多的，但我是最踊跃的。很多时候，周围的同学会抱怨，捐款之后，自己便严重陷入了经济危机的恐慌状态。我一直无怨无悔，即便那是我一周的零花钱，或是将要用来给正在暗恋的女生买生日礼物的唯一经费。

我就这么善良而又极度张扬地度过了我的少年时光。无可非议，在中考的万人独木桥上，我被席卷得丢盔弃甲，遍体鳞伤。我断定，自己真不是一块读书的料，就算耗上一辈子的光阴去努力，去饱读诗书，还是无法实现我那遥远的作家梦。

于是，我开始放纵自己：抽烟，喝酒，打架，无所畏惧。当我觉得，自己就是最差的时候，实质，就已经堕落到了极致。父母的哀叹、同学的悲悯、挚友的怒斥，都无法更改我心中昼夜撕咬的自卑以及莫名的希冀。甚至，对于这样善意的人群，我总是要故作不屑一顾的神态。因为，只有这样的孤傲和冷漠，才能保全住一位少年灵魂深处的最后的自尊。

我被心力交瘁地再次捆到了学校。父母举家外借，为我筹来一大笔猩红的钞票。于是，我成了自费生中的一员。我站在长长的队伍旁，看我的母亲顶着烈日，在一片熙攘的人群中，将那一沓事先点数清楚的旁听费塞了过去。将要去学校的前一小时，她坐在家中将那笔借来的费用，翻来覆去地数了许多遍。从始至终，她的动作都是那么坚定而又狼狈。

我真决心要好好读书了。因为每次虚度光阴的时候，我就会想起母亲那日点数钱币的样子。我努力了很长一段时日，终于再次决定放弃。两年多的课程我都丢弃了，今日要再拾拣起来，跟上众人匆匆的脚步，谈何容易？要知道，生活不是电影，永远不可能发生奇迹。

后来，在一次隔壁班的恶作剧中，我认识了一位中年语文教师。我以为，在清冷的办公室里，他定然要如其他老师一般，大肆地数落我的劣迹和无知，但遗憾的是，他并没有那样做，而是极为洒脱地将我的犯罪工具丢弃在垃圾篓里，与我促膝长谈他中学时当坏学生的光辉历史。于是，几个时辰后，他的传奇经历深深地吸引住了我，他也成了我的好兄弟。

我将人生里第一篇文章修改了无数次，最终忐忑不安地交到了他的手里。半个月后，正当我绝望之时，竟收到了他用红笔签改的手稿以及报社邮来的样报。

看着那块齐整的铅字，我的泪水忽然奔涌而出。之后的路，如众人所想一般，我义无反顾地选择了文科，并走上了文学创作这条艰辛的道路。

直到今日，仍还有很多迷茫的学生读者来问我：“当年，你的学习成绩是不是已经出类拔萃？”我笑笑，坦然地告诉他们，不是，我只是一个虚度光阴的坏孩子。可正是这样不可重来的历史，才让我深深地体会到，在无法预测的命运之途上，总有些青春要辜负。而那些被辜负过的梦想，只要努力，都一定会来得及再次背上人生的行囊。

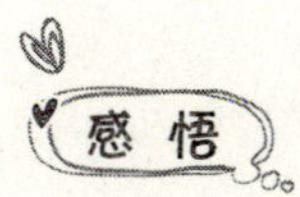

作者用生动的语言描写自己辜负的青春，当年那个“坏孩子”活灵活现地出现在我们眼前。那时的孤傲和冷漠，只是为保全住一位少年灵魂深处的最后的自尊。最后总结道，总有些青春要辜负，而那些被辜负过的梦想，只要努力，就一定会来得及再次背上人生的行囊。

青春就应该自由生长。

耳光是上帝送你的一次慌张

古保祥

一个18岁左右的衣衫褴褛的男孩，在华盛顿朗方广场地铁站口找了个合适的位置，他将一个废弃的垃圾桶当作桌子，将小提琴规规矩矩地摆在上面，刚被打开的旧琴盒放在脚边。他趁人不注意，把从怀里找到的几美分硬币扔进琴盒里。

所有的这些事情做完后，他捏着鼻子闻了闻从地铁站口散下的几缕阳光，权当是上帝送给自己的最好礼物吧。接下来，他的表演开始了，他计划着今天能有多少可观的收入，并且想着省下一顿午餐后，能够有一顿丰盛的晚餐，也许还可以买上一枚香甜可口的鸡翅，这必须看今天的收入情况而定。

陌生的路人，怀疑的眼睛，从他的身边匆匆忙忙地闪过，狭窄的地铁站口响起悠扬的乐曲，与人们的咳嗽声、说话声交相辉映。说句实话，几乎没有人在意他的存在。

而执法者在意他的存在，因为他实在有碍城市的面容，一个戴着彩色礼帽的家伙要求他立即收拾好他的家伙离开此地，因为有人检举此地有不雅音乐传播，极大地影响了华盛顿作为世界之都的风采。

他不屑一顾地没动地方，已经穷到天不怕地不怕的地步了，任凭你东西南北风能奈我何？

执法者显然怒不可遏，在采取了一系列措施而仍然无法使这个年轻人改变位置后，他扬起了右手，一记耳光准确地掴在他的脸庞上。音乐声戛然而止，年轻人的嘴角上有丝丝鲜血。

当音乐声又开始此起彼伏时，执法者无奈地摇头离开了现场。他不服输地对年轻人吼道："明天，你必须离开这个地方，我还会来的。如果你还不走，我还会掴你耳光；如果你不走，我会每天送你一记耳光，直到你离开这个地方。"

或许是执法者的贸然行动惹了众怒，许多人围拢过来，有的好心人还将纸巾送给男孩，让他擦去嘴角的鲜血。傍晚时分，终于有位老者注意到了他。他静静地听了许久，眼角闪现出游离星光。

那一日，他听到了从未有过的赞赏。老者告诉他："年轻人很有前途，你拉得很好，只是太稚嫩了。"

第二天的上午时分，那位执法者准时出现在他的面前。他看到这个年轻人依然如此心无旁骛，简直是对自己尊严的一次致命挑衅。他扬起左手来，又将一记耳光深刻地印在年轻人的脸上，又是一道深不可测的伤痕。这一次，年轻人的音乐声没有停下来，只是带了些许伤悲。

年轻人在这个地铁站口一共待了78天，也挨了执法者78记耳光。有人说这个执法者太残酷了，也有人说这是一种炒作，是为了提高这个年轻人的知名度。

但无论如何，两年后的一个春天，在波士顿交响音乐厅举行的演奏会上，票价100美元的音乐厅里座无虚席，人们看到一个意气风发的年轻人正在做着精彩绝伦的演出，有人说他是世界上最出色的小提琴家，他的演奏中充分地融入了生活的味道，让人一听就可以听懂的那种。

《华盛顿邮报》无不感慨地评价这位当年曾受过78记耳光的年轻人：是耳

光击醒了他的聪明才智。

乔舒亚·贝尔，这个当时穷困潦倒的年轻人谈起自己的成功无不感慨当年的耳光：开始时自己感觉委屈，后来便与执法者较起了劲，心思反而更加缜密，感受更加真切起来。灵魂被触痛的感觉，使自己一下子找准了生命的坐标。

耳光是上帝送你的一次慌张，它可以使一个人郁郁寡欢、一蹶不振，也可以使一个人意气风发。

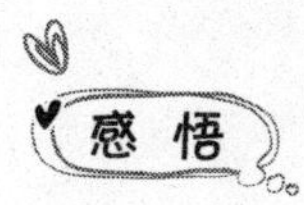

别人抽你耳光，你可能会懊恼不已，会与对方大打出手，但贝尔却不一样，他在耳光中没有收获仇恨，却得到了信心与顿悟。看来，别人的惩罚并不全是坏事，最起码可以使自己浮躁的心灵安顿下来。

从来没有卑微的日子

陈志宏

2000年，我在一家杂志社做编辑，我们的总策划是北京的于丹老师。有一次，她来杂志社讲学，席间，给我们讲了一段柳村往事。

1989年秋，于丹硕士研究生毕业，分配至中国文化研究院工作。这是一家文化部下属的单位，条件很好，专业也对口。但是，当她去报到时，才知道要下基层，去院下面的印刷厂，而且是编制户口一起下去，当时颇有破釜沉舟的悲壮意味。

印刷厂在北京南郊一个叫柳村的地方。进得厂来，要经过一条长长的土路，道两旁是稀疏的村落，有很多瘦且大的土狗。于丹拎着一个塑料网兜，越往里走，心越荒凉，心想，我堂堂一硕士研究生，就要在这样僻静的乡村荒废岁月吗？正这么埋怨着，一群土狗见来了生人，狂吠起来，如一出华丽而威严的乡村交响曲。从没见过如此阵势，于丹吓得小腿抽筋，没力气往前走，却又不得不向里挪。她用一种哭腔，呜啦呜啦地驱赶那群可恶的狗。这时，从村里走来一个村民，他看了看狗，又看了看她，埋怨道："你喊什么喊？看把狗吓的！"这一句超级黑色幽默的话，让于丹感受到一股来自泥土的温暖和安然，茫然的心仿佛被犁出一道亮光来。再看那群狗，正和善地看着自己，偶尔吠上一声，也柔和如诗，有些欢迎的意思。

素来怕狗，没想到自己一通排遣惊惧的尖叫，竟能将之吓退。生活有时就这样，弹簧似的，你弱它就强，而你强，它就会退让。抱着这样一种理念，于丹开始了在柳村的日子。

在印刷厂的日子里，于丹和同来的几个硕士毕业生一道，干那些不用动脑子的体力活，抡纸，上油墨，手上常常被划出道道血痕。她也曾埋怨过，可埋怨能改变什么呢？想起那群狗来，她便有了劲头。她想，卑微的工作是能吓倒人的，可是，换一种态度，自己也可以把这种现实吓趴下。

改变，从对待生活的态度开始，投影在生活中，是阵阵笑声，片片欢乐。于丹义务帮工人师傅的孩子补习功课，用电炉子煮鸡蛋吃，抱着大录音机与崔健一起狂吼，在台历上写自己的开心事，去柳村买西瓜吃……点亮沉郁的心情，就这么简单。

一个偶然机会，于丹与两个同时下派锻炼的硕士生合伙做了一件天大的事——校对完一本医学古文。如果没有他们，这在当时，几乎是不可能的。来这里之后，于丹从没摸过书，没见过字。而这件事，让她对自己对生活有了另一种认识——自己已经像吓倒土狗一样，把原本不如意的日子给吓倒了。这期间，于丹和一帮同学合写了一部书《东方闲情》，她写的那一章叫《红曲书上》，论述昆曲。18年后，她为读者奉献出《游园惊梦昆曲艺术之旅》一书，惊艳四方，这也得益于在柳村的日子。

于丹说："我的第一个'博士'学位，是柳村授予我的。它让我懂得接受、进取、感恩和对生活抱有欢心。我觉得你们做杂志，也理应有如此情愫。”我们谨记着于丹老师的话，将一本新生杂志做得风生水起。

多年后，我在央视《百家讲坛》再度见到于丹，风度翩然，口吐莲花，给人以亲切、温和、智慧之感。想起与她相处的开心的一天，想起她给我们讲的柳村往事，常常有醍醐灌顶之感。

工作也许会低微，生活也许会不如意，环境也许会不称心，但我们走过的每一个日子，从来都不卑微。它是鲜亮的，是一枚多汁而甜腻的果实。每一寸光阴里面都隐藏着无数颗幸福的粒子。只要我们用感恩的心去寻找，用入世的心态积极进取，对生活永葆欢心，就会像于丹老师那样，发现日子的好，领略光影流年里动人的丽景。

法兰克福地铁里的微笑

朱　砂

再次参加德国法兰克福的春季消费品博览会，我们仍旧住在了宋老板的酒店中。宋老板是北京人，酒店里入住的大都是来自国内各航空公司的飞行员。

一天，我从住处乘地铁前往会展中心，刚坐下不一会儿，忽然听到有人喊我的名字，那熟悉的乡音令我的心不觉为之一震。无疑，在异国他乡的土地上这声音听起来让人倍感惊喜。

我不由自主地直起身来四处张望，发现在距离我四五米远的地方，一个就职于国内一家航空公司的年轻飞行员正在向我挥手，三年前我们相识于宋老板的酒店中，由于是同胞又是老乡，因而彼此倍觉亲切。

隔着两排座位，我们热切地交谈着，询问着对方的情况。他问我什么时候来的、计划什么时候离开，并热情地邀请我乘坐他们的班机回国。

聊了一会儿，我不经意间发现坐在对面的一个六七十岁的德国老人正冲着我微笑。那目光看上去慈祥而平和，就像一位宽容的父亲默默地用他温柔的大手抚摩自己挚爱的小女儿一般。

我记不清自己在哪里看到过这样的目光，但那一刻，我却分明感觉那微笑是那么的熟悉。

我悄悄地对身边的翻译说，你们德国人真友好，瞧，我不记得自己什么时候见过对面的这个德国老人，可是这一刻他却在冲着我微笑。

翻译也笑了，轻声回答道："我想他肯定也不认识你，他只是在用他的微笑提醒你，你说话的声音太大了!"

我愕然，这一刻我才发现，车厢里那些正在说话的人，他们的声音都非常小，许多人甚至竭力把头凑在一起窃窃私语，以最大限度地做到不影响别人。

我羞愧难当，歉意地冲老人笑了笑，心里感慨万千……

这件事已经过去很长时间了，可是现在的我，在每一个公共场合都会下意识地去约束自己，检点自己的行为是否影响了别人。同时，我学会了宽容，学会了用一颗温善的心去对待周围的人们。我知道，这种改变分明来自那位德国老人，来自他那宽容而平和的微笑。相对于嘲讽、斥责、鄙夷与不屑，这种微笑的力量往往能更深地触动一个人的心灵，甚至影响他的一生。

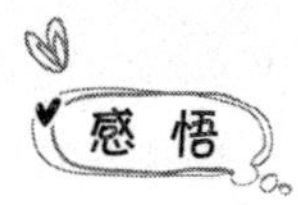

许多时候，面对一个人的错误，一丝宽容的微笑也许比挖苦、嘲讽或大声斥责更能让人自省。而一个人的自省，往往比法律的惩罚与道德的谴责更能让人以最快的速度做到迷途知返。

别样的爱

仲利民

父亲不小心摔了一跤，骨折，住进了医院，我去医院陪护。与父亲同住一病房的老人，听护士说，是位副县长的父亲，本来那位老人可以住进干部病房的，可是他特意要住进这样的普通病房里。

开始，做惯了贫民的父亲不敢与其搭话，小心翼翼地在病床上翻着身，有事也是轻声地告诉我。那位老人见我们很小心的样子，就主动与我们搭话，还把他床边的水果送过来，让我们吃。老人很和蔼，主动和父亲交谈，他们年纪相仿，不久就找到了共同语言。

副县长很忙，可是他在百忙之中，还是要抽空来看望自己的父亲。本来，这位副县长是请了陪护人员的，可是他父亲坚持不要，让他有空多来陪陪。医院里的医生护士都知道老人的身份，对他特别关照，没见他有什么特殊要求，医生护士过来询问时，他照例客气地将他们打发走了。

那天，副县长刚过来，老人就让他搀扶着去厕所，老人腿不方便，副县长只好将老人背在肩上，护士过来帮忙，老人偏不要。副县长个子不高，人胖胖的，背着老人在楼梯的巷道里行走成了一道风景。

有一天上午，老人与我们聊了好长时间，他的儿子刚过来，他就提出想去外面看看。护士把轮椅推过来，他静静地等儿子把他抱上椅子。老人很和蔼，可是他总在儿子到来时，让他多做些事，大概是想让别人多关注他儿子，还是因为别人关注他儿子让他也有了引以为傲的自豪？

后来，我在病房时间长了，发现老人平常也没有太多要求，只是他儿子过来看他时，他就会提出让他儿子搀着或者背着去外面。他不喜欢别人帮他做这些，而他那位做副县长的儿子推着轮椅出去，又往往会吸引众多的目光，在这个小城里，谁不认识那位经常在屏幕前露脸的公众人物？

那天，老人一直陪我们聊天，快到中午了，副县长也没有来，却打来了一个电话，告诉自己的父亲，有外商要陪同，不能亲自过来，有事可以找护士。老人不愿麻烦别人，他拄着拐要自己去方便，我近前帮助他，他笑着说："你帮我搀一把就行了。"老人的腿虽有伤，但是已治疗了一段时间，恢复得不错。去与回的过程中，我只是陪同与搀扶了一下，并不需要我背他。

回房间后，老人大概看出了我的疑惑，哈哈一笑："我在故意'折腾'儿子呢！"

折腾儿子，为什么？我与父亲都惊讶不已。

老人说：儿子自从做了副县长，身边就多了"帮众"，什么事都有人主动帮忙去做。这让老人非常不放心，他就利用这次住院的机会，不断地考察做官的儿子是否还记得凡事可以亲力亲为，就不断地找机会让他背着上下。看来，他虽然做了官，还没有忘记做人的本分，这让他感到安心。

原来，老人不是以做官的儿子为炫耀，而是在利用这个难得的机会教育儿子啊！这位和蔼的老人实在不平凡！

刁难的对面是什么？是厚爱。有些时候，厚爱常常带着刁难的面具。如果对象是父亲，识别真假很简单——因为我们不会去怀疑父亲的爱。

父亲的刁难，实则是伟大而又真挚的爱。

逾越一个拥抱的距离

白露为霜

玛莉是一个富人家的千金，她爸爸任一家大石油公司的经理，位高权大，呼风唤雨，所以她从小就娇生惯养，说一不二。她有一双水灵灵的眼睛，笑起来很招人喜爱。

那是在小学时，学校里举行圣诞晚会，大家聚在一起又唱又跳，玩得十分尽兴。最后有一个节目是“抱一抱”，即每个人都去拥抱别人一下，并说出祝福的话。那天玛莉表现得很积极，她兴高采烈地张开双臂，先拥抱了约翰，再拥抱达琳，又拥抱哈利，她几乎拥抱了所有的同伴，她的热情也感染了所有的同伴。但是，除了雷特之外。雷特是一个黑人，出身贫寒，生活在贫民窟，他衣服破烂，手上裂开很大的口子，据说他的家族往前推好几代都是奴隶。当玛莉即将拥抱到他的时候，她把他闪过去了。同样，其他的孩子也是一样，很少有人拥抱雷特。他们说雷特身上有难闻的气味，他们不喜欢他。对很多孩子来说，那是一个美妙的夜晚，大家十分开心，他们玩到午夜才散去。

30年后，玛莉已是两个孩子的母亲了，她生活在一栋别墅里，衣食无忧。那年，她所在的州举行州长大选，竞争得十分激烈，尔虞我诈，闹得沸沸扬扬。不过，玛莉对这不太关心，管他谁是州长，与她的生活没多大关系。

三个月后，州长大选揭晓，一名叫雷特的黑人当选。这在当地引起了巨大的轰动，因为这是该州历史上第一个黑人州长，要知道黑人向来低人一等，现在竟然也当上州长了。

玛莉饶有兴趣地看着报纸上关于州长的各种评论和花边新闻，一笑了之。

不过，自从新州长上任后，该州的风气大变，当然，是往好的方向发展。新州长致力于改善弱势群体的生活，保障失业人口收入，优化环境，加大公共设施投入。最难能可贵的是，新州长经常去贫民窟考察，并建议消除贫民窟，他向议会提出申请，希望能通过一项决议，建设配套的住房设施，统一供给低收入人群入住。新州长认为，政府应该救济穷人，消灭贫富差距，这样才能实现穷人不仇视富人，富人不歧视穷人，整个社会才和谐健康。

这项提议被议会认可了，于是该州创造了奇迹，第一次让贫民窟从地球上消失了，社会稳定发展。新州长的人气急剧上升，支持率高达百分之八十多。

在一次电视节目中，主持人邀请州长来做客，请他谈谈是如何改善低收入人群生活的，最后还让他讲讲为什么要这样做。

州长说，能消灭贫富差距，实现人种平等，这是我从小就有的梦想。因为在我八岁那年，学校里举行圣诞晚会，有一个“抱一抱”的节目，每个孩子都被人拥抱了，都获得了祝福，只有我，没人拥抱。那种孤独无助，没有人能体会。

州长还说，当时我回家哭了许久，为什么我是黑人？为什么我在贫民窟？为什么没人拥抱我？我哭得十分伤心。但爸爸显得很坦然，他说如果你想让别人拥抱，除非你自己去努力，抱与不抱，这个距离很短，但你必须去做，给别人一个拥抱你的理由，让他们愿意拥抱你。这首先要你自己不感觉自己低人一等。只要你敢想，就没有人能阻止你，因为没有谁的生命被保证，我们不是生来就受歧视的。

州长的话感动了许多人，现场观众给了他热烈的掌声，当场有许多观众纷纷涌上舞台，热情拥抱州长，他们说州长是个令人尊敬的人。

而玛莉正好看到了这期电视节目，她的心也震撼了，人到中年的她流下了眼泪。她已经想起，这个州长雷特，就是当年她拒绝拥抱的雷特。她没想到儿时的举动，给当时的雷特带去那么大的伤害。

玛莉十分懊悔：我欠雷特州长一个拥抱，我一定要偿还！

后来的事情就很美好了，玛莉给电视台的人打了电话，把事情原原本本地说了一遍，电视台也被玛莉的勇敢和善意打动了，他们积极促成玛莉和雷特州长见面，两个人紧紧地拥抱在一起。

玛莉和雷特州长拥抱的画面被各种媒体刊载、播出，一家报纸在刊发这张照片时写下这样的话：一个拥抱的距离有多长？几百年。一个拥抱的距离有多短？伸手间。逾越一个拥抱的距离，这是内心激发的仁慈和善意，这是一种真正的尊重和关怀，它已经穿越时空，在四只手臂的拥抱中，展现的是心灵和良知。

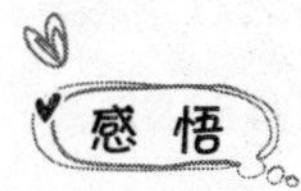

有人面对歧视自己的人时曾说过："谢谢你这么歧视我，我会让你看看我是怎么做的。"许多时候，歧视会变成一种动力。它激励被歧视者奋发图强，不屈不挠，勇往直前。当年，韩信曾受胯下之辱，经过磨砺，终成大器，名传青史；而那个羞辱他的小混混，却早已消失在历史的长河中。

信仰

澜 涛

在黑龙江省方正县城郊伊汉通乡的炮台山北麓，有一座"日本人公墓"。

1962年，黑龙江省政府接到方正县政府发来的一份报告。报告称，当地农民在开荒时，在方正县城外的炮台山脚下，发现了大批白骨，足有数千具之多。经调查发现，这些白骨多为儿童和妇女的骨骼，尸骨集中埋葬，且埋葬的土层较浅。经走访调查，遗骨的身份很快得到证实。当年，黑龙江方正县境内共有四个日本"开拓团"。日本宣布战败投降后，东北各地区日本

“开拓团”的老人、妇女和儿童纷纷结队出走，寻找回国途径。当其中一批人集结到黑龙江省方正县伊汉通乡“开拓团”本部时，因长途跋涉，体力消耗殆尽，加上疾病流行以及零下40℃的严寒，其中有5000多人死亡。那大批遗骨就是这些不幸者。

情况查明后，黑龙江省政府立刻向中央政府作了汇报，在周恩来总理的亲自过问下，决定责成方正县地方政府从人道主义的立场出发，对散落在周围的日本人遗骨进行收集，集中掩埋。

1963年的中国还没有同日本恢复邦交正常化，在中国，人们对日本侵略者的憎恨并没有衰减。而且，当时正值中国国内三年严重自然灾害时期，财政状况十分紧张，但黑龙江省省委政府依然下拨经费，在遗骨发现地附近修了一座日本人公墓。1966年，席卷中国的“文化大革命”爆发，红卫兵试图将日本人公墓捣毁，但黑龙江省省委拒绝了红卫兵的要求，理由是“这里不是日本军人的墓地，而是平民的墓地，他们是没有罪的”。

“他们是没有罪的。”在那样如火如荼的运动中，能够如此冷静而清醒地坚持，不只是一种责任和胸怀，更体现着一种信仰，那就是对人性之善的信仰。

中日邦交正常化后，开始有日本政府和民间人士到方正县访问、祭奠、扫墓。当年，除了死亡的5000多人外，还有4500多名日本妇女和儿童滞留在方正县，被当地的中国百姓收留。对于这些被收留者，他们的感触更加深切。

远藤勇，就是当年的一名遗孤。

远藤勇幼年随全家由日本来到中国。远藤勇的父亲在日本“开拓团”里被日军征兵入伍。“开拓团”撤离时，祖父母、母亲及姑姑都死在途中，当时年仅六岁的远藤勇成了遗留在中国众多日本孤儿中的一个。1946年春，在难民收容所里生命垂危的他，被居住在方正县庆丰村的中国农民刘振权、吕桂云夫妇收养。

为了抚养远藤勇，两位普通的中国农民倾注了全部心血，早起晚归，辛勤劳作，节衣缩食，一直供他读完了大学。大学毕业后，远藤勇被分配到哈尔滨市第19中学任教。1974年，远藤勇偕妻子和孩子回到日本定居。远藤勇很难忘记这段历史，为了报答中国养父母对他的救命养育之恩，他个人捐资于1995年在日本人公墓旁边建成了“中国养父母公墓”。养父母去世后，其遗骸被安放于此处。

佐佐木邦雄也有着和远藤勇类似的身世。佐佐木邦雄回到日本后，打算把养母接到日本安享晚年，可等他再回到中国时，养母却突然得病去世了。佐佐木邦雄跪在养父母的墓前泣不成声：“养父母对我恩重如山，我却没有报答他们，我对不起养父母啊！”

我们不是不痛恨战火和罪恶，但始终坚守着对人性善与爱的信仰。

当然，这信仰是需要平时积累、沉淀与凝聚的。困不变志，穷不屈节，贵不弃品……点滴成浩荡的过程总是充满艰辛，但也正是经过如此的磨砺与打造，才会有日后的光彩无限。最重要的是，这样的光彩将会让我们赢得更多的美丽，更宽广的世界。

一个民族如此，一个人更是如此。

在如今这个充满纷争、欲望和诱惑的时代，拥有大胸怀的同时，若能够再拥有积极向上的大信仰，那么，足可以成就不平凡的人生。

那些飘雨的日子

清风徐

男孩儿叫峰，四年前他上小学六年级，我曾是他的班主任。峰学习成绩差，自我约束能力不强，据说有多动症。人长得也不可爱，走起路来弯着腰，低着头，总像站不稳的样子。面黄肌瘦，一对小眼睛老鼠似的提防着老师，两片薄嘴唇千方百计找机会讲几句话——呜啦呜啦，说的是什么，我听不太清楚。

说实话，那时候，我对这孩子没一点儿好感。

他不交家庭作业的事令我深恶痛绝，屡教不改之后我郑重告之："请你的家长到学校里来一下。"然而，尽管我一而再、再而三、三而四地捎信给他的家长，可家长死活不露面。没办法，我只好自己摸上门去。

峰给我开的门。他堵在门口，不说请我进去，嘴里嗫嚅着："我爸会打我的……"我解释："我只是来和你爸爸交流一下想法，并非告状呀！"这时，我的目光越过峰瘦削的肩膀，看到一个与峰年龄相仿的女孩儿，她正从厨房把一盘洗过的水果端出来，卧室里传来女人的声音："玲儿，快点儿。"被叫做"玲儿"的女孩儿飞快地闪进了里间。

峰终于下决心让我进屋了。他推开卧室对面的一扇门，说了声："爸，徐老师来了。"

房间里冲出一股呛人的烟味，电视上足球比赛的解说员正不知疲倦地口若悬河。沙发罩子皱巴巴地摊在那儿，男人刚才肯定是蜷缩在这儿的。见了我，他有点儿不知所措，慌慌张张地让座、倒茶。我说我是想跟他谈谈峰学习上的事情。男人的两只手使劲揉了揉满脸的倦容，尴尬地笑了笑："我真是不好意思见老师……峰，回你自己的房间去。”峰出去了，男人接着说：“我连自己的孩子都教育不好……唉，是不幸的婚姻害了孩子。我和她母亲离婚了，我又建立了一个家庭，可是现在，这个家又快完了！喏（他向对面指了指），她们母女住那边，我和儿子各住一间……”我不知道该说什么，叮嘱他，千万别打峰。告辞时，我推开峰的房门，他已经趴在那张乱糟糟的小桌旁睡着了。

峰的家庭作业仍然不能按时完成。有一天中午，我索性把他带回家，警告他：“做不完不回家。”他便埋头写。写完了，我让他走，就听他嘟囔了一句：“回家也吃不上饭了。”“为什么？”我不禁追问。“我爸中午不回来，我每天去食堂吃饭，现在食堂已经下班了吧？”“你阿姨中午也不回来吗？”“你说那个女的呀？嗤，她会烧饭给我吃？太阳从西边出来啦！她烧好了饭端到她们房间去。”“我就不相信，你去吃她还会把你轰出来？”“我才不那么没骨气呢！饿死也不吃！”峰愤愤地，我发现，不同他谈学习、谈纪律，他还是很会讲的。

峰留在我家吃饭。他那方寸之间——桌子上、地上，到处都是饭粒、菜叶、菜汤。那一刻我想：峰的妈妈在哪儿呢？

听学生们讲，峰的妈妈偶尔到学校来看他，每次来都要到校门口的小店里给峰结一次账。难怪经常见峰吃零食。一次，我刚出校门，站在小店外面的她迎了上来，说了些向我表示感谢之类的话。我劝她把峰带在自己身边，有个照应，也免去一份牵挂。她说她很无奈。我不知道这无奈是指什么，但我想，身处这种境况的人一定有许多难处，应该理解。只是，峰还小啊，小小的他如何去咀嚼大人给他酿造的苦果呢？他有足够的力量来躲避多雨的天空吗？

在一个细雨绵绵的深秋，那天已近傍晚时分，我被几下怯懦的敲门声惊醒。峰出现在我面前。他毕业两年了，我还是第一次见到他，仍然是老样子，个子稍微长高了些。他见了我，笑笑，抓抓头：“徐老师，我来看看您。”

其实，我一直惦记着峰。我问他的学习状况，问他怎样与同学相处，问他足球踢得是否有长进，却迟迟不敢问他在家里的情况，我怕碰触他的伤口。峰有点儿局促不安，我看出了这一点："有什么事吗？既然你到我这儿来了，就别见外。"他低头，半晌不语，后来终于说了句："我被我爸爸赶出来了。"峰的脸上罩着灰色，眼神也暗淡无光。他沉默了一会儿，继续说："他让我去我妈那儿，我不去，他就不让我回家。""我看你还是到你妈妈身边去。""我妈总出差，再说我妈告诉我，我一走，今后就别想得到我爸的财产，房子啊什么的都成了那个女人的了。"

我无语。他们干吗把孩子也弄得如此复杂？现在，峰迫在眉睫的问题是回到家里去。峰说昨天他就没进去家门，在附近招待所的大厅里坐到半夜，看门人可怜他，偷偷打开了一个房间让他进去睡。我愤怒了："走，峰，去你家。""老师，算了吧，没用的，我爸就那脾气，过一两天就好了，那时我回去就没事了。""不，跟我走。"我披上一件外套，拉着峰向外奔去。雨还在下，小巷里湿漉漉的，飘落的梧桐叶被踩在泥水里，说不尽的凄凉。雨里夹杂着一阵阵的风，已有了些寒意，这时我才注意到，峰还穿着背心短裤。风雨中的他仿佛一片飘零的落叶。

到了峰家楼下，峰按了一下电子防盗门的对讲按钮，半天才有声音传来："找谁？""爸，是我。""我不是已经说过了吗？滚，快滚开，小心我打你……"我接过话头："请你把门打开好吗？"对讲话筒被挂掉了。我和峰站在门外，谁也不说话。正好有人拿钥匙开门，我尾随其后，爬上六楼，敲门。我甚至已经做好了那个男人怒气冲冲地出来打我一顿的准备。可他比我有耐心，铁了心不开。我不得不下楼问峰的打算，他说："只能打传呼给我妈了。"

我们半小时内呼了三次，却没等到一个电话。峰呆呆地望着小店红黄格子的雨篷，似乎在听雨。路边的包子铺热气腾腾，我问峰想不想吃包子，他犹豫了一下，说："想……过几天我一定还钱给您。"店老板把六个包子装进塑料袋，峰提着它，说还是去招待所吧，临走冲我笑了笑。想到我那窄窄的房间，实在没法容留他。峰，你怎么连个做梦的地方都没有？

那段日子的雨真多，淅淅沥沥，十几天不见阳光。

一天，我正在办公室备课。峰来了，进门时伞都没有合拢。他张开攥着一把零钱的手说：“老师，还您钱。”我急忙说：“不要了不要了，等你长大了挣了钱再还。”他说他爸爸现在已经让他回家了。他把钱硬塞给我，掉头就跑。我追出去，他已经跑远了，回过头向我摆摆手。

我站在雨里，鼻子酸酸的，脸上不知是雨水还是泪水。

峰，还有那么多飘雨的日子，你将怎样走过？

有些人和事的出现，只是让我们知道，生活中有许多在风雨中飘摇的生命。我们无力拯救他们，他们只是靠自身的顽强站成会呼吸的树，努力而坚定。通过他们，我们能够想到自己。可能你的工作还不稳定，可能你的房子还不够大，可能你的理想还在山那边，可是有这样一句话你知道吗？跟那些没有脚的人比一比，你没有鞋算什么呢？

我们总有自己的优势。

往前再走一步

李玉兰

周末的晚上和朋友去酒吧，一个刚进来的女孩子引起了我的注意。女孩子眼睛红肿，目光呆滞，坐在离我不到一米的位置上，要了一杯度数很高的烈酒，一仰脖喝了小半杯，随即便有汹涌的泪水打湿了脸颊。

凭感觉，我确信这是一个“问题”女孩，于是不顾朋友的劝阻，我往前迈了一步，坐到女孩身边。

“我是电视台的记者，我没有恶意。”我拿出证件让女孩看了一下，“你好像遇到了什么不开心的事，说出来，也许我可以帮助你。”

也许是我的身份让女孩有了倾诉的愿望。女孩捂着嘴，呜咽起来，我耐心地劝慰了她很久，女孩终于说出了她的遭遇。

女孩告诉我，她刚刚被她的男友毒打了一顿，并将她扔在了雪堆里。女孩说着，撩起衣袖，我看见了一块一块的青紫色。

女孩是从四川一个偏远的农村来黑龙江打工的，打工期间认识了现在的男友，并与他同居了。后来，男友因为打伤了人，被判了刑，她苦熬苦等了他整整四年，还经常去监狱探望他、安慰他。男友出狱后，不愿意再去打工，她就用自己四年来省吃俭用积攒下来的钱开了一家小食杂店。但让她意想不到的是：日子过得安稳了，男友却在外面扯上了野女人，不但夜不归宿，还经常带着野女人回来拿钱拿东西。她稍有不满，就会换来一顿拳打脚踢。因为他们没有正式结婚，她也奈何不得，只希望他能念及她等他四年的患难真情，早日回头。哪想男友却越走越远，竟然兑了他们的食杂店，拿走了所有的钱。如今，她人财两空，万念俱灰，只想长醉不醒。

我建议女孩可以去法院，或者去妇联，女孩只是摇头哭着。我看看手表，正是我们广播电台的热线交流时间，便把电话打了过去，希望我们善解人意的主持人可以化解她心底的结。好不容易打通了电话，女孩却只是呜咽着，说不出话来，我着急地看着手表，在一边催促着。因为按照台里的规定，超过了等待时间，主持人就会让导播接通另一个电话。

规定的等待时间终于到了，但电话并没有像我预想的那样被掐断，10秒、20秒……在我焦虑的等待中，女孩终于开口说话了！主持人耐心地听完了女孩的哭诉，劝慰她说："你能从那么遥远的山村来到这里打工，说明你是一个勇敢的女孩，现在只要你再勇敢地往前迈出一步，迈过自己的心结，你就会走出身后的阴影，迎接不一样的人生。"女孩低泣着说：四年的真情换来的却是男友如此的绝情，世事难料，人心险恶，对于人世间，她已经彻底绝望了，没有力气再开始新的生活。

女孩的话音刚落，来自听众的热线电话就纷纷打进了直播间。一位热心的律师表示愿意义务帮助女孩打官司；一个热心的大娘表示自己家里有空余的房间，可以让女孩暂时居住；一位私企老板则表示可以让女孩到他的公司来打工；一位热心的妇女担心女孩会自杀，要了我的电话号码，说要和女孩单独谈谈。听众的热心，让女孩冰冷的心渐渐有了温度，当一位热心的先生建议女孩赶快回家，回到亲人身边时，女孩胆怯地说，她没有回家的路费，她身上现在仅有的就是她本来打算用来为生命饯行的一杯酒钱。热心的先生立刻表示：他愿意为女孩提供回家的旅费……

不到半个小时的时间，我所在的酒吧里，来了10多个素不相识的热心人。在这个寒冷的夜晚，他们走出了自己固守的生活圈子，往前走了一步又一步，带着人之初的本善，站到了绝望的女孩面前，为这个站在生命崖畔的女孩，构建了一道生命的护栏，让女孩冰冷厌世的心感受到了世间温暖的阳光。

更多的时候，往前再走一步，生命也许不会柳暗花明，但却会让我们感受到别样的风景和感动；往前走出的一步，也许就是我们的灵魂增加的高度。

更多的时候，我们都需要往前再走一步。为自己往前再走一步，会让自己走出困境，拥抱阳光；为别人往前再走一步，则会为别人送去一缕生命的阳光。

往前一步是温暖，更是爱和担当。

另一扇门

林 夕

这一天，49岁的伯尼·马库斯像往常一样，拎着心爱的公文包去公司上班。在20多年的职业生涯中，他勤勤恳恳，兢兢业业，才坐到今天职业经理人的位置上，这其中充满了多少艰辛困苦，恐怕只有他自己最清楚了。他只要再这样工作11年，就可以安安稳稳地拿到退休金了。可是，他万万没有想到，这天将是他在公司工作的最后一天。

“你被解雇了。”

“为什么？我犯了什么错？”他惊讶、疑惑地问。

“不，你没有过错。公司发展不景气，董事会决定裁员，仅此而已。”

是的，仅此而已。他在一夜之间，从一名受人尊敬的公司经理成了一名在街头流浪的失业者。

和所有的失业者一样，繁重的家庭开支迫使伯尼·马库斯必须找到生活来源。那段日子，他常常去洛杉矶一家街头咖啡店，一坐就是几小时，以化解内心的痛苦、迷茫和巨大的精神压力。

有一天，他遇到了自己的老朋友——和他一样，同是经理人现在也同样遭到解雇的亚瑟·布兰克。两个人互相安慰，一起寻求解决的办法。

“为什么我们不自己创办一家公司呢?”

这个念头像火苗一样，在伯尼·马库斯心中一闪，随即点燃了压抑在他心中的激情和梦想。于是，两个人就在这间咖啡店里，策划建立新的家居仓储公司。两位失业的经理人为企业制定了一份发展规划和一个“拥有最低价格、最优选择、最好服务”的制胜理念，并制定出使这一优秀理念在企业发展中得以成功实践的一套管理制度，然后他们就开始着手创办企业。时值公元1978年春天。这就是后来闻名全球的美国家居仓储公司。他们用了20年的时间，把一家名不见经传的小公司发展成为拥有775家店、15万名员工、年销售额约300亿美元的世界500强企业，成为全球零售业发展史上的一个奇迹。

奇迹始于20年前的一句话：你被解雇了!

是的，“你被解雇了”——这是我们每个人在人生旅途中最不愿听到的一句话，但正是这句话，改变了伯尼·马库斯和亚瑟·布兰克两个人的命运。如果不是被解雇，他们无论如何也不会想到要创办美国家居仓储公司；如果不是被解雇，他们无论如何也不会跻身世界500强；如果不是被解雇，他们两个现在只是靠每月领取退休金度日的垂暮老人。

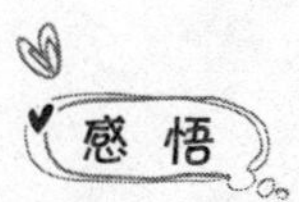

人生是一次长途旅行，它的美妙之处就是“未知”，你不知道未来会发生什么。所以，当一扇门对你关上时，你千万不要把自己也关在里面。因为世界上不止有一扇门，一定还有另有一扇门，你要做的就是去寻找并打开这扇门!

智者在困境中寻找新的门窗，愚弱的人则在墙角哭泣。

第二辑

心里的阳光

麻疯树也有春天

黄兴旺

在我们生存的这个地球上，有一种植物，它不但形状长得奇丑无比，而且它的茎、叶和皮都含有剧毒的汁液，一旦人的皮肤沾上这种毒汁，便会被严重刺激而过敏，最可怕的是，吃下它的三枚果实，就足以致命。因为它丑陋，因为它有毒，所以人们讨厌它、畏惧它，并为它取了一个难听的名字：麻疯树。

麻疯树原生长在中美洲，16世纪，葡萄牙的探险家把它作为植物标本，带入了欧洲，然后，它被慢慢地传播到全世界。在这几百年里，丑陋和有毒的麻疯树一直被人类排斥着、摧残着。人们只要发现了麻疯树的踪迹，就会将其铲除殆尽。在澳大利亚，政府甚至以麻疯树对人类和动物有害为由，禁止其进入澳洲。由于人类几百年来的歧视，世界上现存的麻疯树只能远离人类，在最贫瘠、最荒凉、最干旱的地方立足。尽管处境艰难，麻疯树却顽强地繁衍着、生存着。

岁月流变，随着地球上的煤炭、石油资源越来越少，人类开始面临能源危机。为了化解这场危机，人们开始寻找新的能源，但找了几十年，也没有找到。就在绝望之时，人们发现了被遗忘的麻疯树。

科学家们对麻疯树进行检测后，发布了一个令人振奋的消息：麻疯树果仁出油率平均高达64.45%，籽粒的含油率为60%～80%！每公顷麻疯树田可以生产出2.7吨的麻疯树油，制造出约4吨的渣滓发电燃料，以此计算，8000公顷的田地，就可以发电150万瓦特，可供2500户人家使用。这些数据告诉人们：麻疯树，是真正的能源之树，它将成为解决能源危机、挽救全球变暖的“救星”。

直到这个时候，人们才发现了麻疯树的种种优点：麻疯树人工造林容易，天然更新能力强，而且耐火烧；土地再贫瘠也无妨，因为麻疯树可以在热带或亚热带地区的任何地方生根发芽，在生长的同时，还有培育土壤、防止侵蚀的功效；麻疯树耐旱，它能挺过连续三年的大旱；在荒地种上麻疯树，能增加地球吸收二氧化碳的能力，同时抵消了麻疯树种子渣滓当作火力发电原料所产生的温室气体；麻疯树的果实采摘期长达50年，一棵麻疯树可以为人类服务一生……

几乎在一夜之间，曾经令人类讨厌的麻疯树变成了人类的希望和宝贝。世界各国石油公司和生物能源公司纷纷看上了它，并开始在非洲南部和东南亚地区建立种植麻疯树基地。在印度，政府已规划出1100万公顷适合种植麻疯树的土地，斯威士兰第一座麻疯树发电厂预计三年内投入营运。与此同时，欧洲的许多国家都正在洽购非洲土地用来种植麻疯树。

谁也不会想到，这丑陋的、流着毒液的、一直被人们厌恶和摧残的怪树，竟会是人类未来的希望，这是多么荒谬而又让人深思的事情！

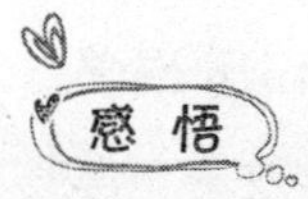

人树殊途，但其生存道理又何其类似，请记住这句话：不要在乎你是谁，生活状况如何，也不要在乎别人怎么对待你，你只要坚持做好你自己。你要坚信自己的命运最终会否极泰来，就像麻疯树也会有春天。

你也要做一棵粉掌

薛臣艺

第一次教高三，作为班主任，他是兴奋的，欣喜之情溢于言表。他下定决心，要将更多的爱洒在高三这块肥沃的土地上，不让一个学生掉队。出身于农村的他明白，高考对许多考生来说是一场持久艰辛的战争，也是一扇通往城市的幸运之门。

未来，掌握在他的手上，他必须握好手中的方向盘，像一名优秀的船长那样，引领75名学生胜利到达成功的彼岸。

开学第一天，下了晚修后，天空下起了蒙蒙细雨。尽管疲劳写在脸上，他依然精神抖擞地在校门口的花市里穿梭，他要亲自挑选一盆花送给全班同学，作为激励他们的一种“花语”。他不断想象着，如果教室讲台上摆放着一盆美丽的花，既可以点缀枯燥的高三生活，激励那些落后的学生为理想而拼搏，甚至也可以为萧索的秋天增添一点绿色。在同学们的注视下，讲台上的那盆花开得更鲜艳，更温柔。

想着想着，他也乐得暗自笑了起来，仿佛做了一个美梦似的。突然，他看到一盆花热烈地开着，显得异常豪放，欢乐尽写在绿油油的叶子上。他问花主，这是什么花。卖花的阿姨告诉他这叫粉掌。多么富有诗意的名字呀，粉红色的回忆，掌声响起来，每一天都在希望中度过。

他利索地掏钱买下了唯一剩下的那盆粉掌。第二天早上，他将粉掌抱到讲台上，同学们将头从书堆里抬起来，用惊讶的目光看着他们年轻的班主任。他乐呵呵地说：“同学们，你们想知道这盆花叫什么名字吗？”高三的学生马上显示出强烈的求知欲望，大声地说：“想！”他自豪地说：“这叫粉掌。”说完之后，他将“粉掌”两个字清晰地写在黑板上。写完了，他继续说：“高三的学习生活是艰辛的、漫长的，老师送这盆花给同学们，衷心希望同学们在疲劳的时候能够看一看讲台上的这盆粉掌，让眼睛可以多休息一下，也希望同学们能够将美好的回忆留在这间教室里，每天给自己给他人多一点掌声，潇洒地走过高三每一个不平凡的日子！”

教室里，同学们不约而同地鼓起掌来，掌声阵阵，如豆大的雨点洒在青春的脸上，洋溢着欢乐和希望。老师的爱，则是一根细细的线，将一颗颗珍珠串起来。

每一天，阴霾的教室里因为讲台上的粉掌而变得亮堂起来。坐在靠讲台最近的她虽然柔弱，却有一颗细腻的心，她是最照顾粉掌的那位同学。课间，她总不忘给粉掌浇水，遇到阴天阳光照不进教室，她会将粉掌抱到教室的走廊边，让阳光美美地洒在粉掌的叶子和花朵上。班主任看她如此细心，在班上表扬了她好几次，称她是一个有生活情趣的女孩子。她笑了，笑得那么好看，羞涩的嘴角掩藏不住被认可的欢乐。

两个月过后，天气变凉了，教室里的粉掌渐渐枯萎，粉红的花朵也没了，全班同学都以为粉掌要跟他们告别了。是她，将粉掌枯萎的叶子和花朵剪掉，好让其他的根茎多吸收一点营养。在她的细心照料下，行将枯萎的粉掌又活过来了，重新长出绿油油的叶子和粉红色的花朵。

然而，有一天早上，她走进办公室找到班主任说，她不想读书了，要退学，因为家里长期患病的母亲没人照顾，还有一位弟弟也正在上中学，花钱的地方太多，原本穷困不堪的家庭根本照应不过来。她说，她要退学，出去打工挣钱照顾家人，尽管自己很舍不得离开班级和那盆死而复生的粉掌。她说，她还想照顾那盆可爱的粉掌，只是……

班主任安慰她说：“放心，你的困难老师理解，老师和同学们会尽力帮助你继续完成高中的学业，你会跟全班同学一起参加明年的高考。记住，你也要做一棵粉掌，骄傲地挺立于尘世中。”

在老师和同学们的帮助下，学校减免了她的学杂费，她还获得了一笔不小的捐款，用于整个家庭一年多的生活支出。她没有退学，依然快乐地坐在原来的教室里跟全班同学一起为梦想而拼搏。那棵粉掌，在她的照料下，长势更加喜人，苍翠的叶子书写着未来的希望，粉红色的花朵彰显了欢乐的本质。

是呀，每一个人都要勇于做一棵粉掌，在尘世中高傲地昂起自己的头颅，热烈地开着粉红色的花朵。梦想，就像那绿油油的叶子一样，永远充满希望。

面对苦难，勇于做一棵顽强生长的粉掌，梦想就会开出美丽的花朵。

人生总是充满希望的，不放弃，不自卑，相信总有人因你而精彩。别忘了，这是一个爱的世界，但最重要的是，自己是自己的救世主。

谁都可以抛弃你，但你不可以抛弃你自己。

班·符特生的故事

鲁光圣

班·符特生是谁？是美国乔治亚州政府现任秘书长。在他24岁那一年，一次事故使他永远失去了双腿，因此只能靠轮椅行走。

他靠自己的意志战胜厄运、自强不息的故事，在美国几乎家喻户晓。但是，即使在美国，也很少有人知道，正是这个人，给了成功学大师卡耐基巨大的人生启迪。

一个周末，卡耐基到乔治亚州的一个大学去演讲。在他结束演讲回到旅馆的时候，在电梯里碰到一个残疾人。在卡耐基踏入电梯的时候，他注意到了这个看上去非常开心的人，两条腿都没有了，坐在一张放在电梯角落里的轮椅上。当电梯停在他要去的那一层楼时，他很开心地问卡耐基是否可以往旁边让一下，让他转动他的轮椅。“真对不起，”他说，“这样麻烦你。”卡耐基看到，这个残疾人在说这句话的时候，脸上透露着一种非常自信而温暖的微笑。

当卡耐基离开电梯回到房间之后，这个残疾人脸上那种自信的微笑一直在他的眼前挥之不去。卡耐基相信，这种自信的后面一定有一个不平凡的故事。他决定去找他。

“事情发生在1929年，”他微笑地告诉卡耐基，“我砍了一大堆胡桃木的枝干，准备做我的菜园里豆子的撑架。我把那些胡桃木装上车正准备开车回家，突然间，一根树枝滑到车上，卡在引擎里，恰好是在车子急转弯的时候。车子冲出路外，把我撞在树上。我的脊椎受了伤，两条腿都麻痹了。那年我才24岁，双腿被截肢了，从那以后就再也没有走过一步路。”

他才24岁，就没有了双腿，再也不能行走。卡耐基问他怎么能够接受这个残酷的事实。他说：“我以前并不能这样。”他说他当时充满了愤恨和难过，抱怨自己的命运。可是时间仍一年年过去，他终于发现愤恨使他什么也做不成，只会产生对别人的恶劣态度。“我终于了解，”他说，“大家对我都很好，很有礼貌，所以我至少应该做到的是，对别人也有礼貌。”

卡耐基问他，经过了这么多年以后，他是否还觉得他碰到的那一次意外是一次很可怕的不幸。他很快地说：“不会了。我现在几乎很庆幸有过那一次事情。”他告诉卡耐基，当他克服了当时的震惊和悔恨之后，就生活在了一个完全不同的世界里。他开始看书，对好的文学作品产生了兴趣。在那以后的14年间，他至少阅读了1400多本书，这些书为他打开了一个崭新的世界，他的思想一下子丰富多彩起来。他开始聆听很多音乐，以前让他觉得烦闷的伟大的交响曲，现在都能使他非常受感动。最重要的是，他学会了思考。他说：“我能让自己仔细地看看这个世界，有了真正的价值观念。我开始了解，以往我所追求的事情，大部分实际上一点价值也没有。”

看书的结果，使他对政治有了兴趣。他研究公共问题，坐着他的轮椅去发表演说，由此认识了很多人，也使很多人认识了他。他发表了很多对于公共事业很有见地的演讲和文章，他的思想得到了很多人的喜爱和赞同。到了选举的时候，人们并没有在意他残疾的双腿，而是毫无异议地推选他出任州政府秘书长。人们相信这个意志坚强的人，能够把自己的思想付诸行动！

感悟

当一个人把自卑踩在脚下的时候，当一个人决定不再接受别人的怜悯的时候，当一个人决心要给他人带来微笑的时候，连他自己也无法了解的潜藏在内心深处的能量爆发了！

坚强、勇敢、信心，是通往奇迹的梯子。

给生活加点音乐

范泽木

一日，父亲叫我给他找个修鞋店。我在城里绕了一圈，终于找到一个。修鞋人约摸60岁，戴着一副大大的老花镜。

我把鞋递给他。他细细端详了一番，说鞋子不错，只是脱胶了，胶水就在旁边，自己动手吧。

我一手拿着胶水，一手拿着鞋子，无所适从。他终于忙完了手中的活，推推眼镜望着我说，到底是年轻人，这活果然不会。

我被这话逗乐了，心想，这是一个和蔼幽默的老头子。他叫我把鞋放在地上，把胶水往脱胶的地方滴，另一只手按住胶水滴过的地方。我把鞋修好了。我问他多少钱。这回，他乐了。他说，鞋子是你自己修的，干吗要给我钱。

这时，他的活已忙完，除了我，摊位上只有他一个人。他忽然从背后拿出一把二胡，拉了起来。他试了试音，马上进入了状态。过了一会儿，他已完全沉醉其中，眼睛微闭，脑袋左右晃动。

我发现他拉得很是不赖。许久，他停下来。我说，你拉得不错，很好听。

他有些自嘲地摆摆手，说现在老了，拉不动了。

不出我所料，他果然跟我说起之前的故事。他从小喜欢拉二胡。在他很小的时候，父亲便为他买了二胡。他勤学苦练，很快把二胡拉得有模有样。年轻的时候，他是村戏剧社的成员。那时，他和社里的人翻山越岭，到各村去演出。那时的场面壮观啊，他眯着眼睛说，台下全是观众，老的少的、男的女的都喜欢听。他在幕后，尽情地拉，台下的观众时不时地发出热烈的掌声。他说，在我们镇来说，我的二胡拉得算好的了。

后来，因为戏剧社不景气，他所在的戏剧社解散了。再后来，其他村的戏剧社也纷纷解散了。他决定外出谋生，便来到这个城市。

刚到城市的日子，他的艰苦可想而知。他整日东奔西走，只为能够找到一个便宜又实惠的住处。在没找到住处前，他的夜晚是在桥洞里度过的。但每个夜晚，他总不忘拿出二胡，拉上一番。修鞋摊刚摆成的时候，他的生意很不好，有时一天下来还不够自己的饭钱。更要命的是，他受到同行的排挤，有一次他居然被人打了一顿。在那些日子里，陪伴他的仅仅是身边的二胡。

他跟我说，二胡声响起的时候，他就觉得生活还是很美好的。那个时候，所有的苦难都会抛诸脑后。

临走的时候，老头子告诉了我一个好消息，他说他所在的社区准备在下个月举行一场演出，节目组还聘请他去拉二胡呢。

我由衷地为他感到高兴，回来的路上，心里很是感慨。因为工作，因为情感，因为交际，我们常常把自己搞得一团糟，有时甚至颓废沮丧。其实，我们一直忘了给自己的生活里加点音乐。

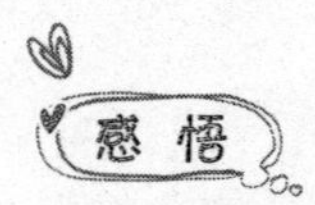

有时的生活，太过残忍，然而，我们总是或多或少地深陷其中。那时，请你别忘了世上还有风，还有星星，还有月亮，还有美妙动人的音乐……最不应辜负的是梦想，更是生活。

两条河流的启示

黄兴旺

从青藏高原雪山冰峰间流出的雅鲁藏布江，自西向东慢慢流淌。它的上游水道分散，湖塘众多；在中游又汇集了一些支流，水量充沛，江宽水深。

从上、中游来看雅鲁藏布江，它同其他河流一样，并无特别之处。但是，当雅鲁藏布江流到喜马拉雅山面前时，被挡住了去路。无奈之下，它不得不由东西走向突然南折，沿东喜马拉雅山脉南斜面拐弯绕行，南下注入印度洋，这样，雅鲁藏布江便被喜马拉雅山硬逼着走了马蹄形的弯路。而正是这段弯路，被人们称为“雅鲁藏布江大拐弯”。大拐弯处峰险谷深，云雾缭绕，气象万千，江水流急浪高，响声隆隆，壮观异常。人们曾用“高壮深润幽，长险低奇秀”来形容雅鲁藏布江大拐弯的雄奇壮美。这条弯路不但成了世界上最著名的峡谷，而且又是一条独特的水汽通道。它使印度洋的水汽流过喜马拉雅山，造就了青藏高原东南缘奇特的森林生态系统景观。

……

提到伊瓜苏河，很多人都没有听说过，因为它只是南美洲的一条并不著名的河流。伊瓜苏河发源于巴西境内，由溪流汇集而成，由东向西平静地流淌。但是，就在伊瓜苏河流到巴拉那峡谷时，却遭遇绝境：河道突然凭空消失，致使这条平缓的河流一下子跌入几百米的深渊里，支离破碎，化烟飞雾。

然而，就是这条绝路，让伊瓜苏河形成了世界上最宽大、最壮丽的瀑布——伊瓜苏大瀑布。如今，伊瓜苏大瀑布已成为世界自然遗产的一部分，每年都有来自世界各地的几百万人来观赏它。

绝境并不可怕，行到水穷处，坐看云起时。绝境可能会把我们逼得无路可退，但往往是在绝境中，我们才会华丽转身，演绎出不寻常的生命之歌。

船舶的故事

鲁光圣

在有着悠久造船历史的西班牙港口城市巴塞罗那，有一家著名的造船厂。这个造船厂已经有1000多年的历史。这个造船厂从建厂的那一天开始就立了一个规矩，所有从造船厂出去的船舶都要造一个小模型留在厂里，并把这只船出厂后的命运由专人刻在模型上。厂里有房间专门用来陈列船舶模型。因为历史悠久，所造船舶的数量不断增加，陈列室也逐步扩大，从最初的一间小房子变成了现在造船厂里最宏伟的建筑，里面陈列着将近10万只船舶模型。

所有走进这个陈列馆的人都会被那些船舶模型所震慑，不是因为船舶模型造型的精致和千姿百态，也不是因为感叹造船厂悠久的历史和对于西班牙航海业的卓越贡献，而是被每一个船舶模型上面雕刻的文字！

有一只名字叫“西班牙公主”的船舶模型上雕刻的文字是这样的：本船共计航海50年，其中11次遭遇冰川，6次遭海盗抢掠，9次被另外的船舶相撞，21次发生故障抛锚搁浅。每一个模型上都是这样的文字，详细记录着该船舶经历的风风雨雨。在陈列馆最里面的一面墙上，是对上千年来造船厂所有出厂船舶的概述：造船厂出厂的近10万只船舶当中，有6000只在大海中沉没，有9000只因为受伤严重不能再进行修复航行，有6万只船舶遭遇过20次以上的大灾难，没有一只船从下海的那一天开始没有过受伤的经历……

现在，这个造船厂的船舶陈列馆，突破了原来的意义，成为西班牙最负盛名的旅游景点，成为西班牙人教育后代获取精神力量的象征。

这正是西班牙人获取智慧的地方：所有的船舶，不论用途是什么，只要到大海里航行，就会受伤，就会遭遇灾难。

如果因为遭遇了磨难而怨天尤人，如果因为遭遇了挫折而自暴自弃，如果因为面临逆境而放弃了追求，如果因为受了伤害就一蹶不振，那你就大错特错了。人生就是这样的，只要你有追求，只要你去做事，就不会一帆风顺。

我们的人生，就像大海里的船舶，只要不停止航行，就注定会遭遇风浪。没有风平浪静的海洋，没有不受伤的船。

耻辱能够带来什么

清　澜

他刚踏上美国的土地时，身上只有30美元。他拎着行李正准备走出机场，一个美国女孩迎面拦住他，向他出示着一张照片，照片上是一个瘦骨嶙峋的非洲男孩，一双深陷的眼睛里满是无助……他正愣怔着，美国女孩开口了：“先生，请您献上一份爱心，救救非洲儿童吧！”他这才明白是怎么回事，急忙掏出几十美分，准备投入女孩怀中的募捐箱。可他拿钱的手却被美国女孩挡住了：“对不起，先生，我们募捐的最低标准是两美元。”“两美元？自己身上一共只有30美元了啊！今后，还需要依靠这30美元生活和学习呢！”他心里盘算着。他的犹豫让美国女孩似乎一下清醒了，她用鄙夷不屑的口气对他说道："哦！原来你不是日本人，是中国人啊！"说完，美国女孩转身就走。

美国女孩的话语和神态像一根针一样刺扎着他。中国人怎么了？难道中国人就要被人看不起吗？他迅速追上美国女孩，将两美元从容地投入募捐箱。然后，他对美国女孩说道："记住，不是只有日本人才会捐助的，我是中国人，中国人更有爱心。"当他在美国女孩惊诧的目光中转身要离开的时候，身后传来美国女孩急切的解释声："对不起，先生。我们的负责人曾经对我交代过，千万不要找中国人募捐，说中国人有钱也不会捐的。"美国女孩的话让他热血沸腾。他暗暗地对自己发誓："总有一天，我要让美国人重新认识中国人！让他们佩服中国人！"

迫于经济的窘困，他不得不边学习边打工。在餐馆洗盘子，去货场扛大包，到停车场做"小D"……学习和打工的双重压力常常让他喘不过气来，每每要坚持不住的时候，那个美国女孩的话就会出现在他的脑海中，就会激励他："一定要坚持住！要为将来的出色坚持住！"

在这个信念的支撑下，他的才华终于被发现。一年年底，他被贝尔实验室录用，同时，还被美国一家通信公司聘为技术主管。作为世界著名的实验室，贝尔实验室经常要接待来自世界各国的代表团。

第二年四月的一天，一个中国的电讯代表团到贝尔实验室参观、考察。因为他是中国人，被实验室安排做接待工作。在代表团参观之后的双方交流会上，一件意想不到的事情发生了。

在通信领域，贝尔实验室一直领导着世界潮流。也正因为如此，为了保持自己的领先地位，他们在对外技术交流和出口方面设置了许多障碍。当中国代表团的一个成员提出一个非常专业化的技术问题希望贝尔实验室人员给予解答时，实验室负责接待的其他人员只是避重就轻地含糊地应付了几句，就岔开了话题。坐在一旁的他不愿看到自己的同胞被欺骗，他清清喉咙，刚想就这个问题做补充回答，他的上司突然站了起来，走到他身边，命令他："你的任务已经完成了，现在你可以出去工作了。"

按照原来的规定，他是要负责全程接待的，当会议室双方所有人的目光都看向他的时候，他明白了，这是贝尔方面怕“泄密”而做出的举动啊！他在众人诧异的目光中狼狈地走出了交流室。走出门的那一瞬间，屈辱的泪水流出了他的眼眶，他在心底对自己说道：“作为一个中国人，如果你没有真正属于自己的、领先他人的东西，别人就永远不会看得起你。我一定要干出一番事业，让美国乃至全世界都对中国人刮目相看。”

几年后，他在北京注册成立的斯达康网络系统公司成为最早进入中国电信市场的外企。由于定位准确，经营得法，公司得到了迅速发展。1995年，他的斯达康公司与陆弘亮的银软公司合并，成为UT斯达康国际通信（中国）有限公司，他担任总裁兼首席执行官，1997年又正式启动了国内外通信界第一个“IP多业务交换系统”计划……2000年3月3日，UT斯达康公司在美国成功上市，上市当天，股票最高就冲高到73美元，公司市值高达70亿美元，公司被评为纳斯达克第一季度上市十佳公司之一，他本人也名列美国《商业周刊》评选的50位亚洲之星之一。

这个因为耻辱而激发进取心的人叫吴鹰。

耻辱是一块巨石，压在头上，只有被碾成粉末的可能；踩在脚下，就可以成为跃升的阶梯。一个能够把耻辱当成动力的人，迟早都会成就人生。

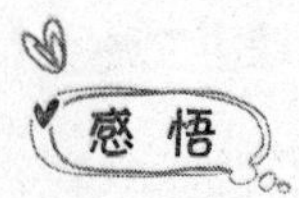

长长的人生中，难以保证不会遭遇耻辱时刻。自强自信者将耻辱化作动力，努力奋争，创造辉煌；反之，只能被耻辱掩埋、吞噬。耻辱，是试金石，一个人能成为怎样的人，从其对待耻辱的行为就可以看出。我们可以铭记耻辱，但这样的铭记不是为了仇恨，而是为了奋进。

对手，成就梦想的另一只手

澜　涛

“对手”这个词，让人们想到的常常是剑拔弩张、针锋相对，甚至是水火不容、血腥厮杀。

有这样一个案子：一名女教师爱上了女友的恋人，但苦于女友和其恋人恩爱缠绵，无隙可乘。她觉得自己爱情的不幸都是因为女友的存在，只有打败女友才可能赢得爱情的青睐，于是，她悄悄地在女友的水杯中下了毒，幻想着能够在毒死女友后雀占凤巢。虽然女教师的女友因抢救及时逃过死劫，女教师也受到了应有的惩罚，但女教师对“对手”痛下毒手的行为仍令闻者胆寒。还有一个悲剧：一对本来十分要好的同事，因为竞聘同一个岗位，双方开始互相散布对对方不利的谣言，继而发展成诽谤打击和报复，最后两人双双落选……

似乎，对手注定只能成为两把对峙的刀子，总是要胜败分晓，获胜者光彩无限，落败者黯然神伤。

是啊，当利益的蛋糕只能二饱其一，当梦想的峰巅只能立足一人，想要胜出，必须要超越对手。可是，在你死我活之外，难道就真的再没有其他空间来安放那些美丽与温暖了吗?

美国人兰斯·阿姆斯特朗堪称运动天才，他虽然因为身患癌症切除了一侧睾丸，但并没有影响他在世界自行车运动上创造统治地位。2001年环法自行车大赛上，阿姆斯特朗和最具威胁的竞争对手乌尔里奇在一个艰苦的爬坡赛段突出大部队，紧咬着骑向最后的山峰。突然，骑在后面的乌尔里奇连人带车冲到路边的山沟里。骑在前面的阿姆斯特朗发觉后，没有绝尘而去，而是停了下来，等待乌尔里奇赶上来，两个人手拉着手并肩骑行了一段，在确定乌尔里奇没有受伤后，两个人才开始发力竞技。岁月流转，两年后的环法自行车赛进入最后一个赛段，乌尔里奇已经将他和阿姆斯特朗之间距离缩短到15秒，多年渴望的胜利就在眼前。突然。意外发生了，阿姆斯特朗被路边观众手中的袋子刮倒，观众一阵惊呼、惋叹。这时，骑在前面的乌尔里奇放慢了速度，一直等到阿姆斯特朗爬起来、赶上来，两个人才再次发力冲刺。绝唱，从环法自行车赛道上响彻世界的每个角落。

原来，对手还可以惺惺相惜；原来，真正的胜利不是战胜对手。

三国时期，当周瑜慨叹着“既生瑜，何生亮”绝世而去，万民悲痛的江东在泪水中响起“要把气死周瑜的诸葛亮千刀万剐”的呐喊声时，诸葛亮则因失去一个优秀的对手悲痛异常，他执意要去江东祭送周瑜。诸葛亮不顾生死赶到江东，在周瑜灵前发出肝肠寸断的哭声，感天撼地的哀鸣，让江东所有将士的手都离开了剑柄，让所有的心都懂得了：对手亦是知音，一损连着一痛；对手也是绝配，一去伤着一留。

是血光相向，还是骨肉打磨？如何看待对手，潜藏着我们如何看待世界和自身的目光。

光影随行，我们的视线落在哪里？

我们只能看到半个月亮，谁都不知道另一半月亮藏着什么。或许是置人于死地的血腥，或许是澎湃风采的浪潮；或许是水火不容的狰狞，或许是水涨船高的跌宕。只有眼里有光的人，才可能领赏到更多的明媚，只有心中有爱的人，才能够赢得更多的温暖。

在激烈的竞争中，守住生命中那些关于爱、温暖和向上的本源，然后不断剔除狭隘、私欲与冷漠，对手便可以成为成就我们梦想的另一只手，不管输赢都可俯仰天地。

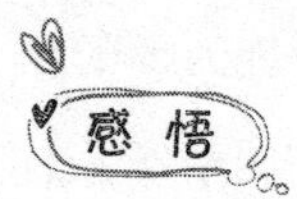

对手，并不可怕，如果你能够怀有战胜对手的信心和紧迫感，那么，对手将成为推动你到达人生光辉顶点的助手。不要为对手而烦恼，而应该去提升战胜对手的能力。

高僧的智慧

冯有才

夕阳西下，寺庙里，一群小和尚围着老方丈席地而坐。

老和尚手持一把扇子悠然自得地摇着，小和尚唧唧喳喳，问老和尚：

“师傅，什么样的人才能是高僧，是智者啊？我们都想做高僧，做智者呢！”

老方丈眯着眼，微笑着来回地望着这群小和尚，笑道：

“有位高僧有一大群弟子，其中三弟子和小弟子两个人最受赞誉，被人们称为高僧，称为智者，称为大师，总之，当时能用的称谓都用上了。忽然有一天，他让这两个弟子云游四方，普度众生，两名弟子欣然而应。于是，两个人就一起下山了。

“后来，两个人都做了不少好事。当然，也都受到不少赞誉，只是两个人在助人时的性格迥然不同。三弟子一直都是默默无闻地帮助着别人，只要别人有需要，他绝不吝啬。小弟子就不一样了，他每隔半年就跑到深山里去。于是，很多人都认为小弟子喜欢偷懒……同样是高僧，但对三弟子的评价远比小弟子好得多。

“20年过去了，高僧圆寂了。他的弟子们都继承了他的遗愿——行善助人，普度众生。这时，三弟子的名声盖过了小弟子，在所有弟子中最为响亮。

“又10年过去了，三弟子的身体越来越差了，别说帮助别人，甚至连自己都需要人照顾了。此时，众人忽然发现，身边助人的僧人也越来越多了，都十分年轻，且都有一个习惯，每隔半年就跑到深山里去。于是，众人就想到了那名早年成名的小弟子了。

“不久后，人们果然发现他们的猜测是正确的。这些年轻僧人都尊称那名小弟子为师傅。”说到这，老方丈顿住了，问小和尚们，“知道最后人们为什么喊小弟子为高僧，为智者吗？知道小弟子跑到深山去干什么了吗？”

“去教弟子啦。因为他教了好多弟子呀。这些弟子都能在他老了以后继续帮助别人呀。”小和尚们唧唧喳喳地说。

“这不是主要原因。”

“那主要原因是什么呀？”小和尚们眨着眼睛，问老方丈。

“小弟子跑到山上，是去休息了，去快乐了。真正的高僧，真正的智者，应该懂得休息，懂得享受快乐。一个僧人，连自己都快乐不了，休息不好，就是连自己都没有度好，既然连自己都没有度好，又谈何去度别人呢？”

“所以啊，真正的高僧，首先应该懂得快乐，先度自己再度别人。”

小和尚们似懂非懂，却作醍醐灌顶状。

看着小和尚的样子，老方丈哈哈大笑。小和尚们也笑了，瞬间，小和尚们发现：这一刻，自己也成了高僧。

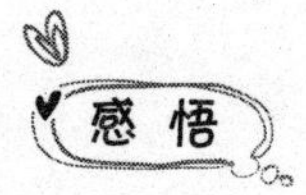

真正的高僧不是以万千书籍理论去服人，而是以自我经历、感悟去服人，大智慧亦是如此。

在这个物质丰富、科技高度发达，而人与人之间却少了真善美的时代，重要的是做最好的自己，懂得享受快乐，懂得奉献，这样每个人都会成为智者。

可以没有爱

一 丁

父亲去世早，我是和母亲相依为命长大的。

考上县城的高中后，我开始住校学习，做小学教师的母亲常常会流露出难以掩饰的想念和孤独。高一下学期开学不久，我向同学要了一只小猫，抱回家去。小猫刚刚一个月大，通体白色，没有一根杂毛，母亲十分喜欢，还给小猫取了名字：咪咪。

随着咪咪一天天长大，母亲和咪咪的感情越来越深。每每母亲去小村的邻居家，咪咪都会跟着母亲同去。母亲和邻居聊天，咪咪就趴在母亲身旁，谁叫它，哪怕是用美食诱惑，它都不动。等母亲要回家了，母亲只需要轻轻地叫一声“咪咪，回家”，咪咪就会起身跟着母亲回家。

每每我周末回家，母亲总会不厌其烦地对我讲述有关咪咪的一些奇闻乐事。每次听母亲津津有味地讲着，我的心里都会暖暖的，为母亲终于有了陪伴的伙伴。于是，我总会在时间允许的时候，去村旁的大河里捞一些小鱼回来，慰劳咪咪。

高三春天的一个周末，我像以往一样回家看望母亲，母亲一脸忧伤。我小心地问母亲怎么了，母亲的眼圈突然红了，告诉我，咪咪死了。

原来，邻居家的小鸡雏丢了一只，邻居家的女主人一向以刁蛮不讲理出名，村民都习惯叫她“刁二嫂”。“刁二嫂”找到我家，说她丢失的鸡雏一定是被咪咪吃掉了，理由是，我家和她家东西院紧邻而居，而且小村只有咪咪一只猫。“刁二嫂”要求母亲赔她的鸡雏，不然就要拿咪咪顶死。母亲从未见过咪咪招惹小鸡，而且“刁二嫂”家小鸡雏丢失那天，咪咪一整天都陪母亲在家没有出去，但无论母亲如何解释，“刁二嫂”都一口咬定鸡雏就是被咪咪吃掉了，并开始骂起街来。母亲不再和“刁二嫂”争论，暗想，“刁二嫂”喊骂累了自然就离开了。但让母亲没有想到的是，“刁二嫂”趁母亲不注意用她从家里带来的木棍一下打向正趴在炕上的咪咪，毫无防备的咪咪一下被打破头骨，当即死亡。

咪咪的死亡给母亲带来极大的伤痛。我想去找“刁二嫂”评理去，母亲拦住了我，说猫已经死了，没必要去招惹“刁二嫂”。虽然我听从了母亲的话，没有去找“刁二嫂”评理，但心中对“刁二嫂”却由此多了一分愤恨。

二十几天后的又一个周末，我再次回家，母亲告诉我。“刁二嫂”家最近又接连丢了几只小鸡雏，而且，有一只鸡雏是在晚上被“刁二嫂”关在家中丢失的，“刁二嫂”经过两个晚上的观察，弄清楚了鸡雏是被黄鼠狼吃了。母亲叹息着说：“咪咪死得冤啊！”咪咪终于清白，“刁二嫂”的无理刁蛮得到证实，我决定去找“刁二嫂”，让她赔一个咪咪。母亲拦住了我。我激动地对母亲说道：“如果我们就这么忍了，她会以为我们好欺负。她太可恨了，必须找她算账！”母亲说道：“我也不喜欢她。不过，我问你，咱家咪咪是怎么死的？”我被母亲的话问怔住了，不知道母亲的话有什么用意，嘀咕着说：“咪咪是被‘刁二嫂’打死的。”母亲摇了摇头，叹息了一声，说道：“咪咪是被仇恨打死的。如果‘刁二嫂’不那么怨恨……孩子，你要记住，我们可以不喜欢、不爱一个人，但一定不要有仇恨。”

我再一次怔呆在母亲的话前：我们可以没有爱，如果和仇恨比起来。

没有爱，或许难以迸发温暖和明媚，可悲可怜，而仇恨不仅会伤害无辜，还会将自己的天空布满阴霾，那就太可怕了。

爱之外，不只有仇恨。

如今，我已经参加工作多年，但母亲那个夏天叮嘱我的话，我一直记得，并受益无穷。因为学会了不去仇恨，在一些伤痛的日子，朋友赞叹我的淡定与从容，在一些委屈的时刻，朋友钦佩我的包容与豁达。于是，有更多的温暖盈盈而来，有更多的情意紧紧相随，而我的心，也便有更多的明媚与轻盈。

有一种爱是，可以没有爱。

学会释放仇恨，才能够拥有好的心境。

释放仇恨，体现的不只是一种胸怀，更是一种深刻的智慧；不只是对他人的宽宥，更是对自己的疼爱。相信，一个只懂恨、不懂爱的人，是很难有快乐心境的。

无限延期的惩罚

周海亮

小学一年级的时候，有一天，我把一只毛毛虫塞进一位女同学的后脖领。女同学猛然受到惊吓，原地蹦两下以后，竟开始围着课桌转圈，慌乱之中，她扭伤了左脚。整整一个下午，她都在扯着嗓子号。

理所当然，她的家长找上了门。我记得父亲红着脸给他们道歉，父亲说："你放心，我不会轻饶了这小子！"

每一次闯祸，回到家，父亲迎接我的，都是一把上下翻飞的笤帚。我想这次，那把笤帚，一定会让我的屁股皮开肉绽。

女同学的家长走后，父亲把胆战心惊的我叫到身边。他说："你知道自己做了什么事吗？"我说："知道。"他说："你知道我会怎样惩罚你吗？"我说："知道。"父亲就挥了挥那把笤帚说："你先去做作业去，等吃完饭，我再收拾你！"

心神不宁地吃完晚饭，我蹑手蹑脚地往自己的房间里钻。父亲拦住我，他说："你躲什么？怕挨揍？"我说："是。"父亲说："那我今天不揍你了，正好我也有些累。等明天吃完晚饭再补上！"说完，他又挥动了一次那把笤帚。

第二天整整一天，我过得很不安稳。我开始后悔自己为什么要搞那样的恶作剧。这很奇怪。以前，哪怕屁股还在火辣辣地痛，我也不会对自己的所作所为产生哪怕丝毫的悔恨。父亲落在我屁股上的笤帚，甚至让我有英雄般的感觉。而这次，父亲不过把一顿暴揍延迟了一天，却让年幼的我产生出几许愧疚。尽管那些愧疚，更多地来自于我对皮肉之苦的恐惧。

晚饭后，父亲仍然没有揍我，他好像忘记了要揍我这件事，这让我窃喜不已。可是三天后，当我以为一切都已经过去，父亲却突然对我说："还记得我要揍你吗？"我紧张地说："记得。"我知道这个惩罚终究还是不能逃得过去。想不到父亲说："记得就好，我还以为你忘记了。"然后他摆摆手，让我去睡觉。

必须承认，一个不知何时会突然降临的惩罚，对那时的我，无异于一场折磨。有时我甚至希望父亲马上揍我一顿，我想那样的话，我就轻松了。既然惩罚已经过去，那么我还可以继续搞恶作剧，还可以把一只毛毛虫塞进某位女同学的脖领。

可是父亲却将惩罚遥遥无期地拖了下去。每当我要忘记时，他就会适时地提醒我，让我再一次紧张无比。而每一次，他都会摆摆手让我做别的事去。这种缓期执行的做法，让我从此小心翼翼，不敢做任何错事。

多年后，父亲说："知道当时为什么不揍你一顿吗？"我问："为什么？"父亲说："因为你上学了，长大了，我就不能用对待小孩子的方式对待你。不过，错误是你犯下的，你当然要受到惩罚。这个惩罚，就是我把你最害怕的惩罚，无限期地在你的心中拖延，让你时时后悔，时时愧疚。你想，这是不是比揍你一顿管用？"说到这里，父亲笑了，他摸了摸身边的笤帚。没想到，他的动作让我再一次胆战心惊。

即使现在：有时我和年迈的父亲吃饭，也会突然担心起来。我想，会不会有一天，父亲突然对我说："昨天你又犯了错误，来，两罪并罚，撅起屁股！"然后，操起那个笤帚……

很难有人不犯错，让犯错的人警醒是一种智慧，更是一种艺术。得当的方法会让他自修言行，提醒将来；方法失当，将可能使其陷入更深的泥沼。

让一个犯错的人心生愧疚，远比让他皮开肉绽要好很多。

我们都有优势

澜 清

查干湖的热闹应该是随着电视连续剧《圣水湖畔》在全国热播开始的，因为《圣水湖畔》的大部分外景是在查干湖拍摄的。不久前，我们去查干湖旅游，茫茫水泽，连绵的芦苇的确有着与众不同的美丽。临近中午的时候，我们一行人在湖畔的一家饭店就餐，饭店不大，但很有特色，菜肴是清一色来自查干湖的各品种的鱼。因我不擅长酒力，早早吃完便提前离席出了饭店，信步沿湖畔走着。

饭店旁的湖畔聚集着一些商贩，见有游客来，开始吆喝各自的生意。他们出售的都是当地的一些土特产品：莲花大米、紫砂陶土、膨润土……尽管我并无买意，但老乡仍旧质朴热情。在一处商贩的摊位前，我停下来，和主人闲聊起来。

这个小贩大约40岁的样子，方眉大眼，脸色黝黑。当我询问他生意如何时，他咧开嘴巴，露出一嘴半白半黄的牙齿，带着些许羞涩，说道："一般了，就是对付点贴补。"旁边的几个小贩听到我们交谈的内容，都凑了过来，你一言我一语地插话。

在交谈中我了解到，电视连续剧《圣水湖畔》没有在国内热播前，这里相对宁静得很。大部分老乡都固守着自家的土地，看天吃饭。收成好一些，生活就宽裕一些，收成差一些，生活就紧巴一些。随着《圣水湖畔》的热播，游客们纷纷前来这里观光旅游，个别头脑灵活的村民开始摆摊出售一些当地的土特产，也有个别人办起了特色饭店。最初，因为摆摊位、开饭店的少，效益和利润都十分客观，大家的腰包也都鼓了起来，做得好的，不仅盖起了楼房，还有的买了小汽车。村民们见和自己一样面朝土地背朝天的老乡神奇致富，认识到除了侍弄庄稼外，他们还有着其他优势，便纷纷效仿着摆起土特产摊位，开起特色饭店。但随着摊位和饭店的增多，竞争渐渐激烈，而游客的增幅却相对缓慢许多，效益和利润越来越少。有的人无奈地退出了，坚持下来的，效益虽然仍旧不是很多，但也多少能够有些收入。

小贩们都无奈又羡慕地感慨着那些先发现商机的同乡们。我好奇地询问村民，那些先致富的村民现在如何。有人立刻说道："早几年，他们见在村里做买卖的越来越多，就都搬走了。有的搬到了省城，有的搬到了外省的大城市。有的开土特产公司，有的开地方特色饭店，生意都做得比以前更大了……"

村民们说着，仿佛在说着一个个神话，眼神里有羡慕，有向往。我问他们，他们为什么不到城市去呢？他们都憨笑着摇头，表示他们现在也挺好，无风无浪的，每天都能赚点零花钱。

在那一刻，他们悄然地将他们和原本同他们一样依靠耕种讨生活的老乡区分开来。

离开查干湖返程的路上，我陷入沉思。

那些长年累月埋头于土地的村民们，质朴善良，他们似乎已经习惯了自身只能从土地求梦想的现实，不相信自己还拥有其他优势。当他们那得天独厚的优势被无意间发挥出来后，他们都毫不迟疑地追逐着。于是，有的人由此改变了命运，提升了生活质量和人生价值。最重要的是，他们对自身有了重新认识和理解。

"寸有所长，尺有所短"。我们都有优势，没有人一无是处，当我们觉得自己被幸运遗忘的时候，实际上，那些改变我们命运的优势就藏在我们身上或者身边，只要善于挖掘，并充分利用、发挥，就会赢得与众不同的成功。

查干湖之行让我收获更大的是，那些在领先一步获得优越后，毅然告别安逸，走出乡村的村民。

穷则思变，千古训诫。但在风云变幻的今天，若等到穷途末路之后再去另辟蹊径，恐怕先机早被他人占去。想要持久领先，就要在优势还在时居安思危、运筹帷幄。发现并挖掘自身的优势或许并不难。然而，当优势积累来收获与安逸，能够不恋安逸，适时舍弃而求变，则需要一种大的胆识、气魄与视野。

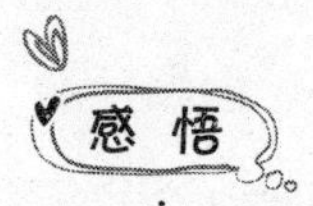

善于挖掘自身优势是一种智慧，而能够在处于优势时居安思危、另辟蹊径，则是一种大智慧。只有拥有大智慧的人，才能够拥有大成功。

用脚包的饺子

麦　父

接到大学录取通知书的那一刻，弟弟抱着她的双脚失声痛哭。10年了，正是靠着姐姐这双脚，姐弟俩相依为命，终于熬到了这一天。更让他们开心的是，一直默默资助她和弟弟的恩人，答应上门来看望他们。

这天，是约好见面的日子。一大早，她就起床了，她要用自己的双脚包一顿饺子，招待恩人。她熟练地用双脚和面、搓揉，然后切成一个个小块，擀面皮，一张张匀称的面皮像一朵朵花一样，在案板上开放。

15岁那年，在放学途中，她遭遇了一场车祸，命保住了，双手却永远地失去了。她不得不辍学回到了小村。偏偏祸不单行，一年后，父亲打工的小煤窑发生瓦斯爆炸，才40岁出头的父亲被埋在了几百米深的井下，再也没能走出来。母亲经受不住连续的打击，疯了，丢下她和不到10岁的弟弟离家出走。

原本温馨的家庭，一下子破碎了。看着支离破碎的家，看着自己空荡荡的双臂，她想到了死。就在这时，她收到了一封陌生人的来信，鼓励她用双脚支撑起自己和弟弟的生活，随信还汇来了1000元钱，并表示愿意力所能及地长期支持她。陌生人的信给了她很大鼓舞，她决心用自己没有双手的肩膀，挑起这副重担，将弟弟拉扯大。

她开始拼命练习自己的双脚。为了锻炼脚趾的功能，她一次次将整把的筷子撒在地上，然后尝试着用脚趾一根根抓起来。脚丫很快磨出了一个个血泡，钻心地疼痛，血泡破了，又长出一个个老茧。慢慢地，她学会了用脚趾夹筷子，她能够自己吃饭了，笑容又回到了她的脸上。她又学会了用脚趾拿梳子梳头，学会了用脚趾穿衣服，学会了用脚趾淘米切菜……她的脚趾越来越灵活了。为了能自己给他回信，她还学会了用脚趾写字。从此，每学会一个新技能，她都迫不及待地写信告诉他。她用双脚，支撑起了自己和弟弟的日常生活。

11点多钟，他如约而至。见到他的那一刻，她竟然没有一丝陌生感。他的脸黝黑、粗糙，和她想象的一样。看起来三十几岁，这可比她想象的要年轻多了。

他要帮忙，被她谢绝了。她说，你已经默默帮了我们家这么多年，如果没有你的帮助和鼓励，我和弟弟恐怕很难支撑到今天。今天就让我为你包一顿饺子吧！你看看，我的脚已经能像手一样灵巧了。

饺子煮好了，香味弥漫了小屋。她用左脚夹住碗，右脚夹住汤勺，为他盛了满满一大碗，又用双脚恭恭敬敬捧到他面前。他狼吞虎咽，吃得津津有味，这让她很开心。除了弟弟，这些年几乎没有人吃过她用双脚做出来的饭菜。

他走了，留下一封信："这些年，我一直处在深深的愧疚和自责中，是我夺去了你的双手，是我毁了你的前途和命运。其实，应该感激的人是我啊，是你的坚强，使我在赎罪的同时，感受到了生活的希望。你用脚包的饺子真好吃，我可以经常吃到你包的饺子吗？”

泪水从她的眼睛里夺眶而出。她没有想到，一直默默支持和帮助她的人，竟然是当年的肇事者。她让弟弟拿来纸和笔，她要告诉他，她，愿意。

苦茶有馨香，冷雨携彩虹。

命运在张开它的獠牙大口时，常常是为了看护它携带的花朵。只有那些没有被獠牙吓倒，承受住伤痛的人，才有机会把花朵揽入怀中。

我们可能无法避免灾难，但我们可以选择坚强。

请数一数你口袋里的宝贝

矫友田

那一年夏天，我跟着堂叔到离家100余里的县城打工。在当时，那还是我出门离家最远的一次。堂叔是一名瓦匠，他带领着几个老乡在外面接一些建筑的活儿，兼做粉刷墙壁。我的工作跟他们一样，不是用工程车推水泥、运砖，就是擎着一个辊子，不停地往墙壁上涂抹不同颜色的涂料，既枯燥又累人。因此，坚持了不到一个月，我的心里就开始打起了退堂鼓。

有一天，县城一家食品公司的一个部门负责人找来，询问我们是否有能力为他们刚建筑完毕的一个新车间粉刷墙壁。堂叔跟他们谈妥价钱之后，便点头答应下来。那是一家资金雄厚、在当地非常有名气的公司。

因为要赶工期，我们几乎每天都要加班到夜里10点多，累得腰酸腿疼。尤其是一整天几乎都是仰着脸工作，脖颈累得就像木头一样僵硬。

几乎每天早晨公司上班的时候，都会有一个身材魁伟的中年男子走进新车间里来，察看一下工程的进展。他的脸上总是挂着微笑，从我们身边经过的时候，总是不忘跟我们热情地打一个招呼。后来，我们才知道，他就是这家公司的经理，姓高，现在身价已经数千万。

那天下午，天气异常闷热。高经理居然亲自拎着两个西瓜走进车间里，而后招呼我们过去吃西瓜。在俯身切西瓜的时候，他笑着问道："小伙子，你看上去年纪不大呀？"

我还没有回答，堂叔便开口说："刚念完高中，暂时没有找到合适的工作，就出来跟俺打工。"

高经理递给我一块西瓜，继续问道："你喜欢这工作吗？"

我摇了摇头。他追问道："为什么？"

我实在地回答说："这都是一些苦力活儿，没有多大出息。"

他却摆了摆手，很认真地说："小伙子，你可不能小瞧了自己手中的工作。每一门工作，都有它们的技术，否则我们公司将近1000名员工，自己就干了，还承包给你们干啥呢？"

我听了之后，对他所说的话不以为然。

或许因为这个话题比较特别，高经理一时来了兴趣，竟然对我们简单讲述了他的经历。原来，他16岁的时候，干过比我手中的工作还要累许多的活儿。每天，他都要像那些身强体壮的大人一样，推着独轮车，往生产队的庄稼地里送土肥。一车数百斤的土肥，往返五六里路，都要一个人完成。推一车才三分钱，忙碌一天只能挣几毛钱。像我这个年纪的时候，他当了兵。然而，他当的是工程兵，在四川挖了几年隧道。有一次工程塌方，他差点被掩埋在里面……此时，我很难将那些经历跟眼前这位身价数千万的企业家联系到一起。

最后，他用开玩笑的口吻说了一句话："我的口袋里装了很多宝贝，一摸就是一把，那就是所经历过的苦。我能走到今天，就是那些宝贝教会我如何做人做事。"

这件事情过去将近20年了，记得当时我还冒出去那家食品厂打工的念头。不过后来因为种种原因，我放弃了那个念头。

之后，我从事过许多平凡而艰苦的工作，包括现在自由撰稿的工作。我始终都记着那位经理最后所说的那一句话，也不再看轻自己手中的工作。

苦和难，是人生必须经历的一些过程。尽管在经历过苦难的洗礼之后，并不一定会赢得人生和事业的成功，但是，它们一定会使我们的生命变得愈加成熟和勇敢。

那么，请你数一数口袋里的宝贝吧，除了幸福和甜美，曾经历过的挫折和磨难也是财富。

翅膀折了，依旧可以微笑

冯有才

假如生命可以选择的话，我想，她一定还会选择来到这个世界的。

在美国加州（即加利福尼亚州）的圣保罗医院，我看见了她，她当时已经有七岁了，可是仍然不会说话。但是，她有一个最能打动人的表情，就是微笑。

她出生的时候，就没有双手和双脚，取代四肢的，是圆圆的一团肉。甚至，她出生后医生就下了断言：这个小生命坚持不了一周。因为她的身体太虚弱了，智商也不正常。她的父母很是伤心，把她留在了医院的特殊护理室，一直到她14个月。

但是与其他生命相比，有些表情她就比别人要早些学会——比如微笑。她生下来一周的时候，就会笑了，即使是见到陌生人。那甜甜的微笑，让看见她的每一个人更加惋惜——带着如此甜美微笑的生命，为什么会有这般遭遇？

美国有线电视新闻网曾经刊播过一段她10秒钟的微笑，博得了许多观众的好感。她那天真烂漫的微笑，被人誉为“天使之声”。来看她的人也逐渐多了起来，即使是一张陌生冷酷的面孔，也抵挡不住她笑容后的那份真诚与感动。

因为工作的原因，女孩的爸爸妈妈每周都会过来看她三次。所以更多的时候，她是和许多过来探望她的陌生人度过的。

一个凉爽的午后，一个络腮胡须的男人走进圣保罗医院。他提了一个大箱子，戴了一个遮边的帽子，显得十分严肃。在小女孩的病房内，他放下了箱子，在小女孩的枕头边放下了一个音乐盒，便匆匆离开了。那个大箱子里面装了什么，也成为大家最关心的问题，有人猜箱子里装的是钱，也有好事者说：这会不会是没有人性的恐怖分子？

随后，警方打开了箱子。令大家遗憾的是，里面竟然是磁带，一盘盘贝多芬的磁带，从《命运交响曲》到《月光曲》，十分齐全。当然，大家也不是完全猜错了，箱子里还有一张支票——花旗银行的1000万美元的支票。这张支票，也成为当时加州最大的一笔慈善款。

由于当事人不愿意透露自己的身份，所以并没有人去仔细追查。院方利用这笔钱，成立了一个快乐女孩微笑基金会，同时，还购置了一套音响设备。我去看这个小女孩的时候，整个医院里，正在播放轻柔的《月光曲》。

我想，小女孩之所以能够生活到今天，首先是自己感动了自己，才让更多的人去关注她。而她的微笑，也成了最温暖的语言，尽管她不能开口说一句话，但她微笑所发出的每一个细小的声音，足以扣人心弦，成为天籁之声。

美国最负盛名的媒体《华盛顿邮报》曾经在一次摄影比赛中，评出了最能打动人的五幅照片，这些照片全部是读者在众多照片中投票评选的，其中有三幅带有微笑。当然，小女孩的图片也囊括其中。报纸的压轴处，是报社的评论——这个时间，还有什么能比微笑更值得去尊敬呢？

我曾经看过一部名为《隐形的翅膀》的电影，并被这个故事深深地打动。电影中的小女孩，在双手截肢后，依旧乐观地面对生活，在爸爸妈妈及全社会的关爱下，她学会了用脚流利地写字，争取到了重新上学的机会，成为一名残疾人运动员，并取得了进军残奥会的资格。在看这个电影的时候，我仿佛都能看见电影中那个女孩天使般的微笑。

记得儿时调皮，和小伙伴们一起上树抓鸟，一只小鸟翅膀折伤了，小伙伴把它带回了家。每天清晨和傍晚，那只鸟儿依旧能够歌唱，直到最后死去……

我一直都深信生活的美好。真正的强者，从来都不害怕失意与痛楚，那是因为他们懂得，真正有价值的人生，并不在于生活是否完美，而是在于能否完美地去生活。

翅膀折了，我们依旧可以放声歌唱，依旧可以选择微笑。

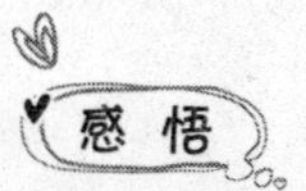

翅膀折了，我们依旧可以选择微笑，这是一种心态。

对于不开心的朋友们，要告诉他们：人活着，开心是一天，不开心也是一天，既然如此，与其伤心一天，还不如快乐地过。

开心生活，在于完美心态。

我不过是个坏孩子

一路开花

10年后，同学聚会，我呆坐在窗前踟蹰茫然。很多人打来电话，急切中卷着怜责：来吧，兴海，10年了，多想见你一面啊。

我不清楚自己是否该去。因为当年，我不过是个遭人厌恶的坏孩子。虽然，这些年转变极大，但由于这期间并不曾相见，所以对于他们来说，我仍然是那个曾经不可一世的我。

寻思片刻，我到底是裹着风衣去了。

刚进校门，便有人认出了我。他从人群中探出手来，朝我挥摆，示意我快些。我忘了他的名字，但我记得他曾经坐在我的后排。当时他沉默寡言，与我并不熟络，可并没有因此而幸免于难。

他的冷漠和古板，激怒了年少轻狂的我。

一个夏日炎炎的午后，我把装满大红墨水的文具盒放在了门框上面。他刚推门进来，便被从天而落的文具盒砸得晕头转向，不知所措。

大红墨水淋湿了他的头发，再配着他那张怒气冲冲的国字脸，真有种血肉模糊、面目狰狞的恐怖感。

从教室门口路过的小女生们吓坏了，尖叫着四处逃窜。唯独我一人趴在讲台上，笑得涕泪交流。

此刻，重新坐到他的旁边，感受他的热情和友善，我忽然有种深深的自责。

对面的长发女士朝我招手：“嗨，海哥，还记得我不？”我仔细端详她的面庞，脑中倏然闪过一段画面。

她是坐在我前排的女生，长发飘飘。不过，10年前的愚人节后，她便彻底和那头黑亮如缎的长发说再见了。

那天清晨，我把一个绿色的特大号打火机递给她："来，帮帮我，打了半天也打不着，好像是坏了。"

她很乐于助人，二话没说便把打火机接了过去，她凑近看看，又捏着瞧瞧，刺啦，她试着打了一下。但她绝对没有想到，只是这么一下，疯狂的火苗便吞噬了她的眉毛和头发。

事实上，这非但不是一个淘汰品，还是一个精挑细选出来的霸王级打火机。为了使恶作剧达到完美，在她没来之前，我就把气阀拧到了最大。

突如其来的惊吓使她放声大哭。下午，她画了眉毛，剪了头发。

这位在当年一度被我捉弄的漂亮女生，此刻正端坐在我的对面。她的真诚和风趣，让我感到一阵阵愧疚。

"老头"来了，仍然是那套米色的中山服和黑色的边框眼镜。所有人都恭恭敬敬地起来迎接，我也一样。

他刚看到人群中的我，便笑了："稀客，稀客啊，印象中，似乎你还从来没有对我这般恭敬过，受宠若惊，受宠若惊啊！"

他爽朗的笑声使我有种恍如隔世的亲切。整个少年时期，我有过很多老师，可没有谁像他这般，对我宽容有加，呵护备至。

教导主任曾暴跳如雷地拿着铁丝朝我挥来，所有老师静坐不语，唯独他，毫不犹豫地抱住了我的身躯。

细柔的铁丝在他瘦弱的手背上割出了一道深深的血痕。后来，伤口未愈，他便执意批改作业，以致墨水渗入其中，再也无法洗去。

他指着那条细细的黑疤对我说："看，酷吧？江湖文身。"

所有人都被他搞怪的表情逗乐了，只有我，难受得说不出半句话。

毕业前，同学录盛行一时，却极少有人找我写上只字片语。他们都被我嘲讽过，捉弄过，他们都讨厌坐在后排角落里的我。

中考落榜后，我决定弃学打工。他一直鼓励我，并跟我母亲说，再让他读读看，相信我，能搞那么多恶作剧的脑袋，笨不到哪里去。

因为他的这句话，母亲四处筹钱，让我硬着头皮上了高中。然后，才有了今天。

新书出版，他邀我去给他现在的学生们说几句话，我想来想去，最终在黑板上写下了这么一段肺腑之言：坏孩子虽然惹人厌恶，但坏孩子也有坏孩子的寂寞和烦恼。当然，坏孩子也该有自己的梦想。相信我，能搞出那么多恶作剧的脑袋，笨不到哪里去。

“坏孩子虽然惹人厌恶，但坏孩子也有坏孩子的寂寞和烦恼。当然，坏孩子也该有自己的梦想。”我们应该给坏孩子体谅和包容，帮助他们追寻梦想。

宽容和理解，让人与人的心贴得更近。

青春的长跑线

李兴海

马小川是我一直谨记的名字。每每遇到昔日的同窗，我总会满怀期待地问上一句：“你有马小川的消息吗？”

这些年，我实在迫切想要知道，马小川此刻身在何处，过得怎样，是否成家。很多人都会对我的问题感到诧异。要知道，当年我和马小川可是班上摆明了的冤家对头。

虽然我俩学号紧紧靠在一块儿，彼此却从不愿将自己的作业和对方交在一起；生活委员不会将我俩排在同一天值日，如果真那样的话，我敢保证那天绝对没有人打扫卫生；班长也不会让我俩各抱一沓试卷依次分发，因为我们从来不接受此类的碰面机会。当然，这样的情况不是没有过。可结果呢？有了A卷的同学往往少了B卷，有了B卷的同学又缺了A卷。

既然当年闹得如此僵冷不堪，我为何还要对这个名字镂心刻骨、念念不忘?

确切地说，我和马小川的矛盾源自一场双人接力赛。当天，向来速跑第一的我决然没有料到，事情竟会因马小川的帮助而变得混乱狼狈。

马小川是众所周知的长短脚，走起路来一高一低，甚是滑稽。记得入学体检时，有人问他身高多少，他刚要回答，周围的男生们便嚷嚷着："一米七一米八！"那人奇怪了："为何会有一米七一米八？到底是一米七，还是一米八？"

"傻瓜，你看他走路就知道啦！左脚下去的时候是一米七，右脚下去的时候是一米八，不是一米七一米八，难不成是一米四一米五？"

后来，这段关于马小川特征的对白，一度成为经典，在校园的各大角落里变换着花样传唱不息。

马小川和我搭成了一组。这要命的配合，使我哭笑不得。与我同一赛道的选手都跑出大半圈了，马小川才气喘吁吁地扬着接力棒朝我奔来。结局可想而知，我一世英名，就这么无辜地让马小川给葬送了。

我当着众人的面，把瘦弱的马小川狠狠奚落了一番。从此，与他两不相识。

他莫名其妙地练起了长跑。高中生涯的最后两年，他几乎每天都要去当日赛跑的球场上狂奔半小时。他说："迟早有一天，你会在学校的报喜栏里看到我的照片！"

高二那年的冬季运动会，马小川毅然报了5000米长跑。全班同学包括老师，没有一人不当场瞠目结舌。马小川看了许多关于长跑方面的书籍，做足了赛前准备，他也因此，意外获得了11名的好成绩。可遗憾的是，上天并没有眷顾他的坚持和努力。当时橱窗里虽然贴满了参赛运动员的照片，但看来看去，却只有前10名。

我以为马小川只是和我赌气，气消了，他自然会放弃，回到旧日的生活中。岂料，他仍旧是拼了命地跑，偶尔我骑着自行车到学校里晃悠，都会远远看到他倔强而又孤独的背影。

马小川又一次参加了比赛。这次，他破天荒跑了第五名。我在赛道的人群里为他暗自鼓掌，欢呼雀跃。可天公不作美，报喜橱窗里只挂了前三名选手的照片。

最后一年，马小川鼓足勇气参加了中学校园联谊赛。一路上，他跑得咬牙切齿，汗流浃背。当他知道自己夺了第三名时，竟在人群的欢呼声中呜呜哭了起来。可这一年，学校的橱窗里依旧没有他的照片，大红底板的报喜栏里，唯有冠军一人的心路历程。

不言而喻，马小川成了众人心中的失败者。

我依旧对他嗤之以鼻，冷眼相待，依旧轻蔑他的种种能力。

时光荏苒，直到去年被邀请回校做签售活动时，我才有缘再见那块熟悉的操场。从车窗里远远望去，广袤的视野里，似乎仍有那么一个男孩在环形跑道上无所畏惧地狂奔着。

掐指细算，当年马小川的奔跑，竟持续了整整735日。我忽然对失败的他崇敬不已。

昔日嘲笑他的那些人，如今都已不堪现实的残酷和社会的压力，在短短数年间放弃了自己最初的梦想，去接受一份又一份自己并不热爱的工作。

我一直都在打听马小川的消息，一直都想知道，当年那个孤独而又倔强的男孩，此刻身在何方。而我之所以对他难以忘怀，是因为我从他身上明白了一个简单的道理。

其实追逐失败，也是一种超脱的活法。

人们习惯于关注胜利者，也的确，一马当先，万人在后，那是不一样的出众，也需要不一样的能力。其实，还有其他形式的成功，比如，不断提升自我。虽然没能站到峰顶一览众山小，但对于自我的生命却是一种极限的成就。这样的成功一样值得尊重和礼赞。

所谓成功，有时候不是赢得第一，而是不断超越自我。

心里的阳光

范泽木

朋友打电话让我去KTV里唱歌。我到了包厢，发现认识的人寥寥无几。但一个20来岁的年轻人却一下子吸引了我的注意。

他穿着亮晶晶的皮衣，褶皱的牛仔裤，在沙发上又叫又唱。每个人唱歌的时候，他都发出尖叫，继而热烈鼓掌，气氛很是热烈。轮到他唱的时候，他拿起话筒，边扭动身子边唱。奇怪的是，他唱的每一首歌都需要原唱。

后来，他对我说，如果没有原唱，他一首歌也唱不来。说完后，他又开始大声尖叫，把包厢里的气氛调动了起来。我不禁暗自佩服，这个年轻人真有活力。

再次轮到他唱的时候，我不禁仔细观察起来。我发现他唱歌的时候总是斜着眼睛，而且不停地眨巴。他唱得很投入，虽然有些五音不全。

过了许久，他站起身来准备去上厕所。他的脚显然受过伤，走路的时候，两只脚往内拐，并且一拖一拖的。

朋友告诉我，这是他表弟，现在在杭州读大学。他跟我说起表弟的故事。

他是挺乐观的一个人，成绩一直很好。小学毕业的时候，他忽然得了小儿麻痹症。他住进了康复医院，开始接受定期的康复治疗。可奇怪的是，他没有像康复医院里的其他小孩子那样忽喜忽悲，自暴自弃。他安然地接受了命运的安排，继而十分配合地接受医院的康复治疗。

他的身上曾经插满银针，他曾经被绑在椅子上做肢体运动。大人都怕他会受不了，他却愣是一声不吭。倒是他的父母，常常看得眼泪满眶。

后来，他的身体慢慢好转。在这期间，他一直去学校里上课。曾经，班里的学生总是嘲笑他，他沉默不语，没有还嘴，也没有哭泣。后来，同学们再没有嘲笑他，倒是经常帮他端饭，扶他上厕所。那时，他的父母总是守候在学校里，怕他生活上不方便，但他毅然回绝了。

几年后，他已经基本和正常人无异了。他完成了高中学业，又考上了杭州的大学。朋友说到这里的时候，那年轻人又回到了包厢。

他开始拍手起哄，但我的心情很沉重。他把话筒递给我，说，来，唱歌嘛，来了就要开开心心地唱。

我拿起话筒，鼻子一酸，差点掉下眼泪。

走出KTV，年轻人热情洋溢的脸庞久久映刻在我的脑海里。他的坚强、乐观、开朗，无不让我动容。是的，只有心里拥有足够的阳光，世界才会灿烂多姿。

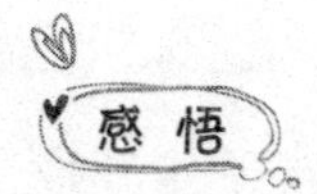

当我们无法改变生活的时候，就只能试着去改变自己的心。

在生活中，我们有时无法绕开沉重的乌云。但我们的心里，一刻也不能缺少阳光。要知道，阳光是乌云的心。有心，乌云也会灿烂成彩霞。

宽恕别人就是爱自己

林 夕

诺贝尔和平奖获得者、南非黑人领袖纳尔逊·曼德拉是一位国际政坛的风云人物，他一生都致力于反对政府种族歧视政策，推进南非民主进程的斗争，并因此遭到当局监视而被捕。在度过了长达27年的监禁生活后，1990年2月，南非政府宣布无条件释放曼德拉。

已是72岁高龄、两鬓斑白的曼德拉，在走出监狱的第二天，即投入自己钟爱并为之奋斗一生的争取民族独立和解放的运动中，并在南非首度不分种族的大选中获胜，成为南非第一位黑人总统。当时有五万人参加了就职典礼。就职典礼后，曼德拉设宴招待各国特使、来宾，他先致辞欢迎大家的到来。他说，他深感荣幸能接待这么多尊贵的客人，但他最感到高兴的是当初他被关在罗本岛监狱时待他以礼的三名前狱方人员的到来。接着，他邀请他们站起身，一一介绍给大家。

在场的人无不为之感动。这些人中，有一位就是美国特使团成员、当时身为第一夫人的希拉里。由于受白水案牵连而接受美国司法部门调查，不时遭受媒体攻击的希拉里问曼德拉：如何在激流险壑、风云变幻的政治斗争中，保持一颗博大、宽容的心？

曼德拉意味深长地看了她一眼，以自己获释出狱当天的心情回答了她。他说："当我走出囚室、迈向通往自由的监狱大门时，我已经清楚，自己若不能把悲痛与怨恨留在身后，那么我其实仍在狱中。"

曼德拉还告诉希拉里，感恩与宽容经常是源自痛苦和磨难的，必须以极大的毅力来训练。自己年轻时性子很急，在狱中学会控制情绪才活下来，他的牢狱岁月给他时间与激励，能够深入自己的内心，学会处理遭逢的苦痛。

曼德拉博大宽宏、乐观向上的精神深深地感动了希拉里，她暗暗告诫自己：要试着像曼德拉那样，以宽宏的精神处理生活中遭逢的苦痛。1998年8月的一天清晨，当她的丈夫、美国时任总统克林顿向她承认自己和莱温斯基有过不当亲密关系时，她愤怒得像一头狮子，冲着他大吼大叫。回忆当时的心情，希拉里在回忆录中这样写道：如果仅作为他的妻子，我真恨不得扭断他的脖子，但他不只是我丈夫，他同时也是美国的总统。无论如何，他领导美国与国际社会的风范依然让我敬佩。

就像我们知道的那样，希拉里最终宽恕了自己的丈夫。她以常人难以想象的毅力控制住自己的情绪，像往常一样投入地工作。她还利用假期旅游、向朋友倾诉、阅读和散步等方式抚平内心的伤痛，化解难言的愤怒。

因为宽恕，因为割下了心中的"毒瘤"，希拉里也宽恕了自己。

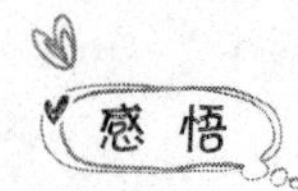

在我们的一生中，快乐和痛苦经常是交替出现、交互作用的。所以当痛苦袭来时，我们应该试着像他们一样，把悲痛与怨恨抛在身后，乐观地向前。因为，这样不是为别人，而是为自己。因为，人的心也是一所监狱，如果深陷其中无法自拔，就会成为自己的囚徒，这才是最大的痛苦啊！

一颗缺少美好滋养的心灵，很难弥漫爱的芬芳。

不是所有的花都开在春天

之　间

他大学毕业后，就在父母的资助下回家乡开了一家猎头公司。这是当地的第一家猎头公司，在他最初的设想中，经过三年左右的市场开拓，他的公司就应该发展出子公司。他几乎把所有的心思都用在了公司的发展中，但三年过去了，他的公司业务星星点点，也因此赔进去了许多钱。他有些沉不住气了，加之这时候有其他公司邀请他加入，待遇丰厚，他决定关闭自己的公司。在最后作决定前，他决定征求一下父母的意见。听明白他的意思后，父亲问他是不是真的对自己的公司一点信心都没有了，他嗫嚅着表示，并不是完全没有信心，只是觉得希望太遥远。父亲听完他的解释，没有再说什么，就回了自己的房间。他愣怔在沙发上不知所措。这时候，一旁的母亲突然说要给他讲一个故事。虽然他觉得此刻并不适合听什么故事，但碍于对母亲的尊重他还是专注地听着——

有一对年轻人，同岁，又住在同一条街道，女孩出身富户，男孩则出身于一个普通的工人家庭。在他们18岁那年，相互萌生了爱慕之情。当女孩将自己的少女情怀说给家人后，立刻遭受到父母的坚决反对，理由很简单：门不当户不对。女孩并没有因此而妥协，在此后的漫漫岁月中，女孩以死要挟，拒绝着一个又一个的上门求婚者。万般无奈的女孩家人强行将女孩送到了国外的亲戚家。女孩和男孩从此断了联络，连道别的面都没有见就分离了，连一句爱的约定都没有说就失去了音讯，人们都以为男孩和女孩迟早会妥协于分离和岁月，迟早会各自另偎温暖。时光流转，三年过去了，男孩没有迎娶，五年过去了，女孩没有出嫁……当女孩被送到国外八年后，女孩的父亲病故，女孩奔丧回到国内，几乎处处都已经物是人非。女孩和男孩再一次相见，他们第一次将双手牵到一起，彼此约定，等女孩父亲的丧事处理完后，他们携手私奔去他乡。女孩父亲的丧事还没有完全处理完，女孩的母亲就找她谈话，母亲对已经30多岁的女儿说，一直阻拦女孩和男孩婚事的是女孩的父亲，现在女孩的父亲已经去世了，女孩的母亲不想女孩一生孤独，如果女孩执意想嫁给男孩的话，会成全他们……

他听母亲讲述着，已经明白了母亲故事中的主人公就是他的父亲和母亲。他被父亲和母亲之间矢志不渝的爱情感动着，但他仍旧不明白母亲讲起他们的爱情故事和自己要关闭公司有什么关联。母亲似乎看出了他的困惑，语重心长地对他说道："不是所有的花都开在春天。"他顿然茅塞顿开，明白了母亲的用心。

今天，他的公司已经成为当地影响颇大的猎头公司。每每有人问起他当初创业的艰辛以及是什么支撑他走过艰辛赢来成功的时候，他就会讲起父亲和母亲的爱情故事，而最后，他总会重重地重复着母亲当年说的那句话："不是所有的花都开在春天。"

春天来了，那些未能开放的花朵，并不是缺少开放的苞蕾，而是因为这些花蕾，需要更持久的忍耐与坚强，才能等到属于自己的花期，然后灿烂开放。

从某种意义上讲，耐性是一种能力。

逆境和顺境同样可以促人奋进，顺境加速成长，而逆境更能锻炼人，使人迈出的步伐更加有力。一个人的将来总是操纵在自己的手里。对于意志薄弱者来说，人生像一根细细的绳子，在困惑、忧伤面前显得异常脆弱；而对于意志坚强者，千锤百炼方成钢，方能成就壮观人生。

不需要太多，忍耐一下，再忍耐一下……

第三辑

受伤是一种成全

沉浸在一片静美里

崔修建

夏日的午后，走过街角那个修鞋的小摊，我没有看到一个顾客，只看见那位年近七旬的老人，正倚靠在一把竹椅上，微眯着眼睛，轻轻摇晃着头，伴着半导体收音机里面播放的京剧，很惬意地哼唱着，一板一板地，仿佛一个超级的京剧票友。

一曲唱罢，老人拿起那个装了茶水的大罐头瓶子，美美地喝了一大口茶，舒坦地长舒了一口气，又调了一个波段，津津有味地听起了现代评书，一会儿的工夫，便陶醉在那评书的世界里，全然没在意一天还没有一个顾客光临他的修鞋摊。

悠然的老人，真让人羡慕。走出很远了，我仍情不自禁地回转头来，朝老人那边望去。我知道，他退休后便摆了这个修鞋摊，生意不好不坏。他就住在对面的小区里，他有一个智障的儿子，40多岁了，还要靠他赚钱养活。可是，我从没见过他愁眉不展，倒是常见他乐呵呵地，有顾客光临如此，一个人也如此。

回到一楼的家中，我站到窗前，看到住顶楼的小黄老师，穿着一件干净的短袖衫，正在小区的院子里，满脸慈爱地看着五岁的女儿，将他准备装修房子用的那堆沙子，用一个红色塑料小桶，一桶一桶地运到花坛边，饶有兴致地堆沙堡。女儿的脸红扑扑的，有亮晶晶的汗珠滚落，她胖乎乎的小手上去一抹，细细的沙子，便金粉一样粘在了脸上。他看见了，笑得更灿烂了，他似乎想起了自己的童年，也凑到女儿跟前，与女儿一道玩起了沙子，就像当年与小朋友们在一起玩泥巴那样，脸上也粘上了沙子，父女俩相视而笑。

沙堡堆好了，女儿只欣赏了一小会儿，便推倒了，又在爸爸的指导下，开始信心十足地堆房子。她手中挥舞着一把小铲，像一个聪明而勤快的建筑师，在忙忙碌碌中，享受着满怀的快乐。

一只翩翩的蝴蝶，忽然从身边飞过，将女儿的目光吸引过去。她追逐着蝴蝶，两条高高翘起的小辫子，可爱地摇摆着。蝴蝶飞走了，她又对花坛里那些花朵产生了兴趣。小黄走过去，指点着那些花朵，一一地向女儿报着花名：芍药、月季、打碗花、鸡冠花、扫帚梅……女儿崇拜地问父亲怎么认识那么多花啊，小黄笑着告诉她，都是自己在书本上认识的，要想认识更多的花，就要好好读书。女儿似有所悟地说："我长大了也要读好多好多的书，也认识好多好多的花。"小黄赞许地说："好孩子，我相信你将来一定会好好读书，会做一个热爱生活的人。"

"什么才算是热爱生活的人呢？"女儿仰起笑脸，眼睛里盈满了天真。

"热爱生活的人啊，就像你现在这样，对很多事情好奇，做事情投入，快快乐乐的，没有烦恼，也没有忧愁。"

"那就是一个幸福的人啊！"女儿的嘴里突然蹦出这么有意味的一句。

"对，对，就是做一个幸福的人。"小黄赞赏地抚摸着女儿的头。灿烂的阳光里，似乎也渗入了淡淡的花香。

望着阳光里的小黄老师和他女儿那副旁若无人的投入，我的心里暖暖的，还有一缕缕的疼痛。我知道，小黄老师得了肝癌，医生说他的生命最多还能维持半年。可是，我从没有见到他悲伤过，更没听到他抱怨过。他跟我说过，他只想让自己沉浸在幸福中，多留一些美好的记忆给妻子和女儿。

修鞋的老人和小黄老师，是我身边熟悉的两个人，也是令我十分敬佩的两个人。他们或是被生活的困顿缠绕，或是被宣告生命将提前谢幕，但他们没有愁容，没有抱怨，他们仍微笑着沉浸在一支唱段和一节评书里，微笑着沉浸在一堆细沙和一朵小花里，那该是怎样的一种气度啊！唯有懂得从沧桑岁月中读出诗意的生命，才能如此满怀爱意地，以如花的笑靥，坦然地迎接人生的不幸。

请忧伤和哀愁走远，沉浸在一片静美里，我听到了花开的声音，看到了美好在绽开，一束一束的。

生命之旅，总有些不幸难以避免，总有些遗憾无法回避。谁都可以有一些忧伤和哀愁，但谁都不可以由此陷入深深的悲观甚至绝望之中，而应该以灿烂的笑容，直面那些不如意。因为你对着世界微笑，世界也会回报你微笑。

最美的散沫花

阿 建

那是一个寻常的秋日，阳光静静地洒在利比亚的边境小镇德希巴。

哈桑老人踉踉跄跄地走出低矮的房门，颤巍巍地走到大门口，青筋暴起的手，缓缓地抚摸着那两枚炮弹壳做成的花盆，微眯着眼睛，看着里面栽种的三株散沫花。似乎那美丽的花瓣，正散发着美妙的香味。

那炮弹壳是儿子德萨四年前从山谷里捡回来的，散沫花也是他亲手栽下的。那年，他刚刚15岁，长得黑瘦，还有些木讷。但是，哈桑记得德萨说过，散沫花又叫指甲花，花和果实都是上好的染料。他还说等花开了，就先把母亲的指甲染漂亮了。

哈桑开心地笑了，她知道儿子一定会做得很棒，尽管儿子的音容笑貌，在她最清晰的记忆中，已永远地停留在他三岁时了。如今，她的双眼什么都看不见了，她已经在黑暗中摸索了12年，因为白内障。

她怎么也没有想到，德萨刚刚把散沫花栽下没多久，便在一个雨夜，被一伙拿枪的人连哄带吓地带走了，从此再也没回来。而在她心中，德萨还是一个需要她照顾的孩子呢。

散沫花开出了淡淡的小花，德萨托人捎信回来，说他加入了一支为和平而战的队伍，说他现在能吃饱饭了，还胖了一点儿，叫她不用牵挂他，只管在家里安心地等他回来。

儿子信里说的很多话，哈桑都不明白，因为那些话特别像广播里说的，那么冠冕堂皇。她清楚，儿子的智商明显地低于同龄的孩子，他学说话晚，10岁才去学校，但只念了两个月的书，因受不了小朋友的嘲笑，加上家里又没钱，他就辍学回家了。他总共识字不超过100个，他说不出那么多似乎藏着很多大道理的话，那信是别人代写的，有些句子，她得慢慢地咀嚼，才能似懂非懂。所以，她恳请邻居替她将那信念了一遍又一遍，才宝贝似的将它塞到床底下。

德萨走后，哈桑就经常地失眠。她怎么能安心呢？聪明健康的孩子出去当兵了，做家长的都要牵挂的，何况儿子还是那个样子。只是，她不能把担心说出来，她还要骄傲地告诉邻里乡亲，她的儿子也自立了。

那天，哈桑又对着散沫花说起了心里话。自从德萨离开家以后，她就习惯了和散沫花说话，似乎它们真的懂得她的心思，能够看到她的喜怒哀乐，尽管它们始终默默无语。而她，更懂得它们的所有心思，她与它们可以无话不说。

其实，家里还有一个叫阿莎的女儿，在陪伴着她。只是阿莎先天痴呆，比德萨还大两岁，却一直需要人照顾。德萨在家时，哈桑还可以轻松些，他一离开，阿莎频频地惹祸，先是被热水烫伤了大腿，因无钱医治，变成了一个瘸子。接着，她又玩火，把家里的草房点着了，差一点儿把母女二人活活烧死。

最令哈桑难过的，是阿莎在她午睡时，淘气地将三株开得正盛的散沫花全都从炮弹壳里薅了出来，还将它们摊在阳光里暴晒。

哈桑发现后，赶紧手忙脚乱地将其重新栽回去，她还新填了些沙土，浇了水，心里默默地祈祷上苍，让它们重新活过来。

那天，哈桑第一次狠狠地打了女儿两巴掌。打完了，她便抱着女儿一起不停地流泪。

还好，在她的精心呵护和热切期盼下，那一株已发蔫的散沫花，重又恢复了生机。

但让她忐忑的是，德萨的信断了快两年了。儿子在最后一封信里，说他奉命去执行一项重要任务，如果有机会路过家门，他一定回家看母亲，还要看看自己栽的散沫花长多高了，开的花多不多。他还说，他回家要做的第一件事，就是给母亲染指甲。

哈桑相信儿子的话，更相信自己涂了散沫花的十指一定会很漂亮。一个人的时候，她就幸福地想象着那个甜蜜的时刻，德萨怎样细心地给她涂指甲，自己又怎么用那漂亮的十指，温柔地抚摸着德萨和阿莎那泛黄、卷曲的头发，再把他们一一地搂在怀里，听着他们年轻的心跳，嗅他们身上各种好闻的味道，汗味、草味、沙土味……

10年前，她差一点儿随丈夫一同在那场车祸中离开人世。她本来已被放进棺木里了，可固执的德萨哭叫着不让下葬，或许是他太想留住母亲了，不相信她会撇下他和姐姐。而奇迹，真的就诞生了，就像那晒蔫的散沫花，昏睡了一整天后，她竟又活了过来。

有人感叹哈桑的命真大，她却轻描淡写道："我是母亲，还有两个需要照顾的孩子，单是为了女儿，我就得努力地活长一点儿……"

尽管医生早就宣布她患了严重的心脏病，需要住院治疗。可是，生活始终拮据的她，只是服用过一点点廉价的草药，从未到医院住过一天。她曾两次突然晕倒，不省人事，最终又顽强地从死神那里挣脱出来。

她笑呵呵地告诉邻里，她还不能死，她还得等着儿子回来给她涂指甲，还要帮他娶媳妇，何况女儿也离不开她啊……

然而，她最终没能等到儿子回来。那天，她像往常一样，慢慢地采着散沫花。忽然，她眼前一黑，便一头栽倒在地上。这一次，她没能奇迹般地苏醒过来。

哈桑不知道，其实在一年前，德萨就在执行任务中遇难了。

但愿，在另一个世界里，她能够遇见朝思暮想的儿子，并欣然地将手里捧着的散沫花瓣递给他，慈爱地望着这个四岁才开口喊妈妈的儿子，微笑着摊开双手，看着他将自己的十指涂得漂漂亮亮……

在利比亚的很多地方，都能见到美丽的散沫花。可是，我却愿意将那一株散沫花叫母亲花。在听了去利比亚旅游的朋友给我讲的这个哈桑老人的故事后，我立刻有了这样的命名冲动。我相信，天堂的德萨会同意的，人间的阿莎也会同意的。

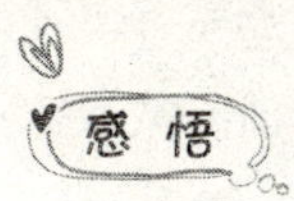

因为心中汩汩流淌的爱，哈桑老人在那样艰难的日子里，一直坚毅地生活着，就像坚信美丽的指甲花会涂出漂亮的指甲一样。她坚信苦难终会凋零，坚信幸福也一定会垂青自己。

正是那份执着的美丽，绽开时，才如此令人泪湿衣襟。

一句话，一辈子

一抹纤尘

小时候的我，是个性格内向、木讷怯懦的孩子。我的学习不是很好但也并不很坏，我不爱参加班上的活动但也不给班干部拆台，以致好学生中找不到我，坏学生里也没有我的名字。

我没有朋友，也不喜欢和大家玩，更多的时候我要么是看小说，要么是瞅着窗户上的玻璃发呆，在老师和同学们的世界里，我是个可有可无的人，我用表面的冷漠掩饰着内心的自卑。

初二第一学期，班上新来了个姓谢的语文老师，长得很丑，戴着个酒瓶底一样的眼镜，说话声音很大，一点儿也不招人喜欢。

两个月后的一次作文课上，当她用尽了几乎所有华丽的词语表扬完一篇作文后，突然大声喊着我的名字，让我到讲台上去拿我的作文给同学们读。在当时，一个学生的作文能被老师当做范文绝对是一件无上光荣的事，在同学们惊羡的目光中，我的脸涨得像一块刚刚浸染过的红布，脑子里一片空白，我不知道后来发生了些什么，只记得那一次我听到了14年人生中第一次属于自己的掌声，并且那个偶然得到的荣誉成了我生命中最原始的动力。

16年后，我已经成了当地一名小有名气的撰稿人，"五一"回老家探望父亲，在家乡的小县城中碰巧遇到了谢老师。她已经退休，我站在她面前喊了好几声谢老师，告诉她我是她教过的县二中46班的学生，她只是摇头，显然她已经不记得我了。

我把她拉进旁边的咖啡馆，告诉她16年前是她的那句"朱砂，来拿你的作文给同学们读"改变了我的一生。我还告诉她，那篇文章是我在看了一晚上《射雕英雄传》后，于凌晨两点找了几本书凑起来的。

"噢，想起来了，是那篇写故乡的文章吧？如果我没记错的话，第一段抄的是黎巴嫩诗人纪伯伦的《亚利马太人约瑟》中的句子：我爱我的故乡，爱他的歌声之春，他的酣喜之夏，他的激情之秋……"

我愕然，原来谢老师从一开始就知道我的文章是抄袭的，她不但没有揭发我，反而给了我在当时来说最无比骄傲的荣誉，而那时如果她给我的不是鼓励而是挖苦的话，我想我的今天肯定又将是另一番模样。

"作文的初级阶段就是模仿，你知道到哪儿去抄，而且知道抄哪一段更合乎你所表达的中心思想，这在你的同龄人中已经是个很了不起的成就了。我一直认为，一个好老师其实就是一个好农夫，他所要做的便是相信每一粒种子都能长成参天大树，并努力为他们寻找最适合他们成长的土壤……"

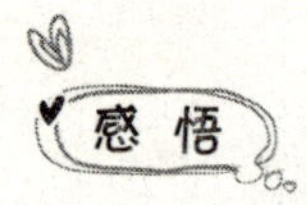

"相信每一粒种子都能长成参天大树，并努力为他们寻找最适合他们成长的土壤……"这是一句很耐人寻味的话，这一刻，我们忽然非常希望所有的人特别是所有的老师都能看到这句话。

没有失败的学生，只有不成功的老师。

无法不对你残酷

安宁

弟弟第一次到北京读大学的时候，与我是同样的年龄。在父母的眼里，17岁，只不过是个孩子，而且，又是个没出过县城连火车也没有见过的农村孩子。母亲便打电话给我："要不你回来接他吧，实在是不放心，这么大的北京，走丢了怎么办？"我想起这么多年来，一个人走过的路，很坚决地便拒绝了。我说有什么不放心的，一个男孩子，连路都不会走，考上大学有什么用！

弟弟对我的无情，很是不悦，但父母目不识丁，也只能依靠自己。我能想象出他从小县城到市里坐火车，而后在陌生的火车站连票都不知道去哪儿买的种种艰难，但我只淡淡告诉他一句"鼻子下有嘴"，便挂掉了电话。是晚上12点的火车，怕天黑有人抢包，母亲提前五个小时便把他撵去了车站。他一个人提着大包小包，在火车站候车室里坐到外面的灯火都暗了，终于还是忍不住给我打了电话。我听着那边的弟弟几乎是以哭诉的语气提起周围几个老绕着他打转的小混混，便劈头问道："车站民警是干什么的？这么晚了还来打扰我睡觉，明天车站见吧。"弟弟也高声丢给我一句："车站也不用你接，用不着求你！"我说："好，正巧我也有事，那我们大学见。"我举着电话，听见那边嘈杂的声音里弟弟低声的哭泣，有一刹那的心疼，但想起几年前那个到处碰壁又到处寻路的自己，还是忍住了，我轻轻地将电话挂掉。

弟弟是个不善言语又略带羞涩的男孩，普通话又说得那么蹩脚，瞥一下眉眼，便知道是乡村里走出的少年；亦应该像我当初那样，不知道使用敬辞，问路都被人烦吧。他一个人在火车上，不知道厕所，水都不敢喝。又是个不舍得花钱的孩子，八个小时的车程，他只啃了两袋方便面。下车后不知道怎么走，被人流裹挟着，竟是连出站口都找不到。总算是出来后，一路上挤公交，没听到站名，坐过了站，又返回去。等到在大学门口看见我笑脸迎上来，他的泪一下子流出来。看着这个瘦弱青涩的少年，嘴唇干裂，头发蓬松，满脸的汗水，额头上不知从哪儿划破的一道轻微的伤痕，我终于放下心来，抬手给他温暖的一掌，说，祝贺你，终于可以一个人闯到北京来。

临走的时候，只给他留了两个月的生活费。我看他站在一大堆衣着光鲜的学生群里，因为素朴而显得那么的落寞和孤单，多么像刚入大学时的我，因为卑微，进而自卑。我笑笑，说，北京是残酷的，也是宽容的，只要你用心且努力，你也会像姐姐那样，自己养活自己。我知道年少的弟弟，对于这句话，不会有太多的理解，他只是难过，为什么那么爱他的姐姐，在北京待了只是几年，便变得如此不近人情？他之所以千里迢迢地考到北京来，原本是希望像父母设想的那样，从我这里获取物质和精神的多方支持，却没想，连生活费，做姐姐的，都要自己来挣。

一个月后，弟弟打过电话来，求我给他找份兼职。我说，你的同学也都有姐姐可以找吗？他是个敏感的男孩，没再说什么，便啪地挂断了。顷刻，母亲的长途便打过来。她几乎是愤怒，说，你不给他钱也就算了，连份工作也不帮着找，他一个人在北京，又那么小，不依靠你还能依靠谁？我不知道怎么给母亲来解释，才能让她相信，我所吃过的苦，他也应该能吃，因为我们都是乡村里走出来的孩子，如果不自己闯出一条路来，贫困只会把所有的希望都熄灭掉，而且留下无穷的恐惧给飘荡在城市里的我们。碰壁，总会是有，但也恰恰因为碰壁，才让我们笨拙的外壳迅速地脱落，长出更坚硬的翼翅。

我最终还是答应母亲，给弟弟一定的帮助，但也只是写了封信，告诉他所有可以收集到兼职信息的方法。这些我用了四年的时间积累起来的无价的“财富”，终于让弟弟在一个星期后，找到了一份在杂志社做校对的兼职。工作不是多么轻松，钱也算不上多，但总可以维持他的生活。我在他领了第一份工资后，去赖他饭吃。他仔细地将要用的钱算好，剩下的，只够在学校食堂里吃顿“小炒”。但我还是很高兴，不住地夸他，他低头不言语，吃了很长时间，他才像吐粒沙子似的恨恨吐出一句："同学都可怜我，这么辛苦地自己养活自己；别人都上网聊天，我还得熬夜看稿子，连给同学写封信的时间都没有；钱又这么少，连你工资的零头都不到。"我笑道："可怜算什么？我还曾经被人耻笑，因为丢掉50元钱，我在宿舍里哭了一天，没有人知道那是我一个月的饭费，而我，又自卑，不愿向人借，可还是抵不住饥饿，我在学校食堂里给人帮忙，没有工资，但总算有饭吃。你在现实面前，如果不厚起脸皮，是连走路的力气都没有的。"

那之后的日子，弟弟很少再打电话来，我知道他开始"心疼"钱，也知道他依然在生我的气，因为有一次我打过电话去，他不在，我说那他回来告诉他，他在大学做老师的姐姐打过电话问他好，他的舍友很惊讶地说，他怎么从来没有给我们说过有个在北京工作的姐姐呢？我没有给他们解释，我知道他依然无法理解我的无情，且以这样的方式将自己原本可以引以为傲的姐姐淡忘掉。就像我在舍友们谈自己父母多么大方时，会保持沉默且怨恨自己的出身一样。嘲弄和讽刺，自信与骄傲，都是要历经的，我愿意让它们一点点地在弟弟面前走过，这样他被贫穷折磨着的心，才会愈加地坚韧且顽强。

学期末的时候，我们再见面，是弟弟约的我，在一家算得上有档次的咖啡馆里，他很从容地请我"随便点"。我看着面前这个衣着素朴却自信满满的男孩，他的嘴角，很持久地上扬着，言语，亦是淡定沉稳，眉宇里，竟是有了点男人的味道。他终于不再是那个说话吞吐遇事慌乱的小男生，他在这短短的半年里，卖过杂志，做过校对，当过家教，刷过盘子，而今，他又拿起了笔，记录青春里的欢笑与泪水，并因此得到更高的报酬和荣光。他的成熟，比初到北京的我，整整提前了一年。

我们在开始飘起雪花的北京，慢慢欣赏着这个美丽的城市。我们在它的上面，为了有一口饭吃，曾经一次次地碰壁，一次次地被人嘲笑，可它还是温柔地将我们接纳，不仅给我们的胃以足够的米饭，而且给我们的心那么切实的慰藉和鼓励。

逆境有时候是充满营养的海，软弱者自溺，勇敢的人迸发力量，而智慧的人感恩。比如，苹果砸到牛顿的头上，牛顿感恩，想到了万有引力；苹果一定也砸过其他很多人的头，也许，回应的只有诅咒。

没有残酷，便没有勇气；没有勇气，便没有奇迹。

你连忌妒的资格都没有

去绝踪

10年之前，我的同学小林刚从大学毕业，应聘进了深圳一家大型企业，起初的时候也是雄心万丈气势如虹，可渐渐地他发现在公司里像他这样的人太多了，每个人都在努力，都想浮出水面。他感到了艰难和失望，甚至觉得努力并不是最重要的，重要的是没有机遇。于是他放弃了努力，只是按部就班地打发时日。

公司最年轻的副总赵峰，和小林毕业于同一所院校，小林刚入校时，他还没有毕业，那时赵峰并不是学校里的风云人物。可他在这家公司干了三年多的时间，就升到了副总的位置。

在一次年终的小型聚会上，在一个单独的机会，赵峰对小林说："你刚来的那段日子，表现得挺突出的啊！"小林怔怔地不知如何接话。又过了片刻，赵峰突然问了一个让小林很惊讶的问题："你忌妒我吗？"小林愣然了好一会儿才说："不，不，我不忌妒你，我很钦佩和羡慕你！"赵峰意味深长地笑了。

然后，赵峰紧盯着小林的眼睛，说："你是不会忌妒我。书上说得很对，别人高出你一点半点时，你才会忌妒，要是高出很多时，就是羡慕了！换句话说，你现在连忌妒我的资格都没有！”小林目瞪口呆，他没有想到赵峰会说出这样一番话来，特别是最后一句，深深地刺痛了他。赵峰缓和了一下口气又问：“告诉我，你面对我感觉自卑吗？”小林点点头，说：“我当然自卑！”赵峰却坚定地摇摇头：“不，你同样没有资格自卑！面对很强的人，我们都不会有自卑的感觉，只有面对身边那些比你强比你过得好的人，你才会有自卑感，就像我们面对比尔·盖茨谁都不会自卑一样。也就是说，和自己大致在一个层面上的人才会让你自卑，而你连忌妒我的资格都没有，就表明你不是和我在一个层面上，所以你也没有自卑的资格了！”说完，赵峰起身离开了。

小林木然地在那里坐了很久，这一次谈话像一把利刃，残忍地割开了他心中最脆弱的部位。他想恨，却无从恨起，他知道，赵峰说的都是正确的。心割破了，热血喷涌而出，他站起身来，再也没有回到聚会的大厅，而是径直走向茫茫的夜色。他又重拾回刚出校门时的激情，努力提高自己的能力。一年以后，他被提升为公司的中层领导。又三年后，副总赵峰辞职，他接替赵峰成了副总。

去年，小林在一次商务聚会中偶然遇到赵峰，此时的赵峰已经拥有了自己的公司，事业蒸蒸日上。之后两人在酒店小酌，这时的小林已今非昔比，赵峰也对他赞赏有加。面对赵峰的笑容，小林微笑着说：“我想我现在有资格忌妒你了，你还是比我强啊！”赵峰说：“嗯，忌妒的资格是有了，可是你却不必再争取自卑的资格了。你看，其实我当初也并不一定真的比你强，能力上差不多，只不过位置有差别而已，而位置是不能衡量一个人的能力的。你当初羡慕我仰视我，是你自己把心放得太低。现在好了，我们处于同一层面上，其实你现在的心态，已经和任何人都处在同一层面上了。”

年初时见到小林，谈起往事，他对我说：“我现在有资格去忌妒任何人了，因为我的心与他们平等！”

感悟

更多的时候，别人的歧视和打击，并不一定就是一件坏事。因为总有那样的一种境遇，会让人消沉，随波逐流，从而失去斗志。这个时候，一般性的鼓励就会失去作用，比如赵峰对小林所说的话，那就是在用一把刀给小林做着心灵上的手术，从而让他知耻而后勇。

逆境当成顺境过

朱吉红

20世纪30年代，他出生在一个地主家庭，16岁时考入军政干校，开始了他坎坷的军旅生涯。23岁时，正值风华正茂的他因为家庭背景和海外关系，望眼欲穿也没有等来军部的调令，却接到去北大荒的通知。于是，他一路坐着闷罐车，从湛江来到黑龙江。半年后转业到地方，从宣传队到文化馆，再到县政协，一过就是34年。

新中国成立后的历次“运动”，他都是被批斗的对象，然而他没有抱怨，他感谢北大荒给予他的一切。他记得，在北大荒，白天贴他大字报的同事，到了晚上会偷偷请他喝酒；在宣传队，还有女孩子攒下粮票送给他。

对此，他是这样说的：“我脸上没有伤疤，心里没有伤痕，我伤不起来，北大荒给我的全部是恩情。心灵的空间不大，应该留着装爱，不能装太多的怨。我这个人就是不会记仇，谁欺负了我，谁整过我，我都忘了。可是，帮我的人，我怎么也忘不了，哪怕给过我半斤粮票。”他写出的歌曲《喊一声北大荒》表达了他当时的心情：尽管你不再荒凉 / 尽管你不再迷茫 / 我还是亲亲地喊你北大荒 / 喊一声北大荒 / 能喊出纯真 / 能喊出坦荡 / 能喊出热泪两行。

1979年春天，他到香港和姐姐、姐夫以及姑妈见面，至此，也迎来了他人生的春天。

1992年5月，57岁的他不顾家人的阻挡，凑了2000元钱，买了硬座票，从哈尔滨坐火车到深圳。他不会干别的，只会写歌，就在一家企业文工团找了份工作。

初来乍到，为了省钱，他硬是吃了3个月的盒饭；舍不得花钱坐公交，一个月磨破了一双鞋，但他的心不断地被“杀出条血路来”这句话猛烈地撞击着。第一个月发工资，会计给了他一沓钱，让他激动了好一阵：原来在单位月工资只有200元，现在一下子拿到了3000元。为此，他写下第一首诗叫做《闯世界宣言》：既要往前走／就别为丢失脚印心碎／既要奔明天／就别为告别昨天流泪／这世界不问你当年勇／只问今天你是谁。

很快，他便适应了深圳的生活，亲眼目睹并参与了特区的建设和发展。在深圳，他在邓小平同志走过的大街上追踪着伟人的脚步，真切地感受着春天的声音，脑海里总是浮现出一个画面：小平同志站在中国的地图前指点江山，寻找着中国经济腾飞的突破点。他在中国的南海边找到了深圳，就在这个地方画了一个圈。这个感觉一出来，唤醒了心灵共鸣，《春天的故事》诞生了。

他从来没想过“成功”二字，只想不断努力，把事情做好一点。后来的事情他完全没有料想到，《春天的故事》像插上了翅膀一样奇迹般地唱红大江南北。接下来，他陆续创作了《走进新时代》、《金光一缕》、《中国梦》等经典歌曲，成为共和国的“红色经典”。新中国成立60周年国庆大阅兵时，用四首歌表现共和国一个甲子的历程，其中两首歌《春天的故事》、《走进新时代》的歌词就是他创作的。

如今，74岁高龄的他仍旧豪情满怀，笔耕不辍，文思泉涌，保持着旺盛的创作热情，《中国梦》、《中国好运》等作品不断从他笔下流出。

他就是广西的蒋开儒，我国著名的词作家。有人问起他成功的原因，他深情地说：“将逆境当成顺境过，每个人都能变成铁打金刚。”

什么是逆商？逆商就是直面挫折、摆脱困境和超越困难的能力。正如蒋开儒的一首诗："晴天雨天都是好天气，顺境逆境都是好经历，花季花甲都是好季节，月圆月缺都是好美丽。"一个人，多培养自己的逆商，将逆境当成顺境来过，心中就会充满阳光，并能用阳光谱写一曲华美的生命乐章。

出人意料的成功

鲁先圣

几乎所有的人在取得成功之时都会引来这样的惊诧：他本来还不如我呀，他怎么成功了？当初，我以为他那样做是走不通的，怎么就走通了？真没有想到啊，太出乎意料了！

所有的成功似乎都有这样的规律：成功是理所当然的事情，因为人家付出了你所没有付出的，你没有付出成功所必需的勇气和智慧，因而成功又出乎你的意料之外。

威勒是18世纪美国最负盛名的房地产商和银行家，但他在发迹之前不过是一家银行里的一个普通职员。他本来是在一个亲戚的店铺里帮忙，因为勤快肯干，深得亲戚信任，就让他负责跑银行的业务。因为经常到银行去，同银行的人就熟悉了。银行老板看他机灵诚实，决定聘请他做银行的职员。在银行里，威勒的才华很快显露出来，很快升为主管，负责有关房地产方面的投资。

18世纪正是美国历史上大规模的开发建设时期，房地产开发炙手可热。在华盛顿的近郊有一块地皮，威勒认为有无限的开发前景，应该买下来。他的同事都不同意他的观点，认为那里偏僻荒凉，不会有开发的前景，投进去很可能就烂在了那里。但是威勒坚持认为，美国的经济正在进入大发展的时期，无数的农民拥到城市里来，华盛顿用不了几年就人满为患，就必须扩大城市规模，而那块地方无论从哪个方面说都是开发建设的首选。同事们仍然不以为然。老板也拿不准，但是凭着他对威勒的信任，决定让威勒放手去买这块地皮，并负责那里的开发。

就在威勒买下地皮，办完有关的法律文件，刚刚开始开发的时候，华盛顿市政府作出了一个决定，要在那里兴建新的商业中心，作为华盛顿的新城。威勒一年前买下的地皮在一夜之间飞涨了10倍。所有的同事都对威勒佩服得五体投地。威勒的这一个决定让银行老板一夜之间挣了数百万美元。老板为了表彰威勒，奖励了威勒10万美元。

在那个时候的美国，能拥有10万美元是非常了不起的事情。威勒决定以这些资金为资本，自己干一番事业，他从自己熟悉的房地产开始，逐步扩大到许多行业，后来成为美国著名的房地产开发商和银行家。

威勒成功的秘诀，就是在一个机会还没有显示出它的价值的时候，在别人都不以为意的时候，他能凭借自己的能力和智慧，发现它潜在的价值。

具备出人意料的智慧，才会有情理之中的成功。

离恨最近的地方

沧桑载世

10年之后，她的心里仍然无法淡漠那份疼痛。那种直入心扉的、让她常于午夜中悚然惊醒的疼，轻易地刺穿了10年光阴的壁障，就如面对最初的伤口，仿佛受伤只是在瞬间之前。

10年前，她正有着绝美的年华，也拥有着纯美的爱情。他是一个警察，有着吸引她的正直与刚毅，那是一种灵魂深处透出来的风骨。

事情发生在一个寒冷的冬夜。她的父亲去参加一个商人间的聚会，可是那一夜，竟成了她与父亲的永别。聚会的商人之中有毒枭存在，警察围捕之时，发生了激烈的枪战，当场击毙了数人，其中只有一个是无辜中弹的，那就是她的父亲。而据说开枪击中她父亲的，正是他，她一直深爱的男人。

她无法接受这个残酷的现实，他也承认是亲手向她父亲开枪的。而他却没有过多的解释，她也怀疑他极有可能是有意为之。当初，他们婚姻路上最大的阻力就是来自于父亲，她父亲看不起他，一个穷警察，门不当户不对，而他们都坚持着自己的爱情，为此，她父亲曾找人狠狠地教训过他。

可是，还没等她对他爆发出心底的疑惑和愤恨，他却是先发制人，毅然与她离了婚。仿佛昨日的所有深情，只在决绝转头的瞬间灰飞烟灭。只是几天的时间，她的生活发生了翻天覆地的变化，失去了父亲，失去了家庭。父亲的公司也倒闭了，并有那么多的债主盈门，家里几乎被洗掠一空。从小就失去了母亲的她，从那一刻起，失去了所有温暖的东西。

回想昔日的恩爱点滴，却如一点点灼热的火种，引燃了她心中滔天的恨。她在生活的最底层苦苦地挣扎着，除了恨，万事皆休。可他并没有因此放过她，他经常一身英武地带着漂亮的女孩出现在她面前，用恶毒的语言刺激她本以脆弱的神经。

幸运的是她并没有断了心中那根细细的弦，这些反而激起了她的力量。10年的挣扎，10年的血与汗，她崛起于商界，书写了一个传奇一个神话。可在她坚强外表的背后，支撑她立于人世间的，只有恨。她曾对人说过，我的心，是离恨最近的地方。

她如愿以偿地看到了结局。在一次行动里，他中弹牺牲。那一刻，她的心仿佛卸去了千斤重负，却有着一种莫名的空。她去了他的墓地，见到了墓碑上那张脸，还有坟前他的那些战友。第一次，她从警察们的口中得知了真相。父亲其实就是最大的毒枭，而他求局里将此事保密，他不想毁了自己在她心中的形象。而且他与她离婚，并常去刺激她，只是想让她因为有恨而能好好地活着，而他带去的女孩，只是局里的同事。当初如果他不离开她，她不会听他的解释，也不会原谅他，她只会被心中的怨恨湮没。

她站在坟前，凝望着那张熟悉的脸，依然是10年前的样子。她的心里有些疼痛，也有些麻木。恨了10年，终于明白，离恨最近的地方，离爱也最近。

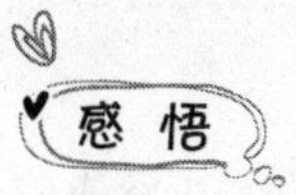

感谢生活中的磨难，并不只是因为它使得我们的心变得坚强，使我们变得执着。更是因为，在更多的时候，那些磨难打击，使我们的心变得坚韧而不坚硬。虽然风霜弥漫，却不会冻结心里的温度，更不会让心上结出厚厚的茧壳。也感谢那些曾伤害过我们的人，使我们更懂得一些情感的美丽，更懂得该去珍惜些什么，放弃些什么。

把伤害留给自己

崔鹤同

“二战”期间，一支部队在森林中与敌军发生激战，激战后有两名战士与部队失去了联系。他们在战斗中互相照顾、彼此不分，因为他们是来自同一个小镇的战友。两人在森林中艰难跋涉，他们互相鼓励、安慰。10多天过去了，他们仍未与部队联系上。这一天，他们打死了一只鹿，依靠鹿肉又可以艰难度过几天。可因为战争的缘故，动物四散奔逃或被杀光，这以后他们再也没看到任何动物。他们仅剩下一些鹿肉了，背在年轻战士的身上。这一天他们在森林中又遇到了敌人，经过再一次激战，他们巧妙地避开了敌人。就在这时，只听一声枪响，走在前面的年轻战士中了一枪，幸亏是在肩膀上。后面的战友惶恐地跑了过来，他害怕得语无伦次，抱起战友的身体泪流不止，又赶忙把自己的衬衣撕下一条包扎战友的伤口。

晚上，未受伤的战士一直念叨着母亲，两眼直勾勾的。他们都以为他们的生命即将结束，身边的鹿肉谁也没动。天知道，他们怎么过的那一夜！第二天，部队救出了他们。

事隔30年，那个受伤的战士安德森说：“我知道谁开的那一枪。他就是我的战友，他去年去世了。在他抱住我时，我碰到了他发热的枪管，但当晚我就宽恕了他。我知道他想独吞我身上带的鹿肉活下来，但我也知道他活下来是为了他的母亲。此后30年，我装着根本不知道此事，也从不提及。战争太残酷了，他母亲还是没有等到他回来，我和他一起祭奠了老人家。他跪下来，请求我原谅他，我没让他说下去。我们又做了二十几年的朋友，我没有理由不宽恕他。”

一个人，能容忍他人的固执己见、自以为是、傲慢无礼、狂妄无知，却很难容忍他人对自己的恶意诽谤和致命伤害。唯有以德报怨，把伤害留给自己，让世界少一些仇恨，少一些不幸，才能回归温馨、仁慈、友善与祥和，这才是宽容的至高境界。

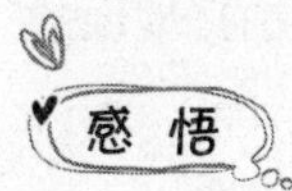

古人说，忍一时风平浪静，退一步海阔天空。对朋友的忍让和宽容，是一种美德，是一种大智大勇的表现。我们要不计较一时的高低，眼前的得失，而是胸怀全局，着眼未来。海纳百川，有容乃大。只有输得起，才能赢得了别人。

命运的花瓣

杨凤丽

小时候，和许多胆小的孩子一样，我非常害怕死人，总是把死人与鬼联系在一起。姐姐和她的同学经常讲一些悬疑故事。因为好奇，我喜欢坐在一旁听，到了晚上，满脑子都是鬼故事。特别是《卫生间里的毛手》的情节记得最清楚：在一个荒芜的古堡里，住着几个女学生，晚上去卫生间时，墙壁上会出现一只带毛的大手，伴随着恐怖的声音“我给你纸”……于是每晚睡觉时，我都会下意识地看着门，似乎故事里的鬼会突然闯进来。于是，便越看越怕，到后来，我用被子将自己的头蒙得严严的，不是捂得周身是汗，就是在噩梦中吓得满身冷汗。

做医学生时，寝室八个人，对床上铺是个胆大的女孩儿。学习《人体解剖学》时，她经常把教学用的不同年龄、性别的头颅拿到自己床上研究。我每晚睡觉时最痛苦的事情，就是看到那些可恶的头颅。每当夜深人静时，我总是不自觉地把头颅与鬼联系在一起。夜里去卫生间成了最大的难题，每次准备去卫生间前，我都不断地鼓励自己：不要怕，不要怕，那不过是个死人的头颅。可每当下定决心走出寝室门的时候，我仍然无法摆脱那个头颅如幽灵一样跟在自己身后的感觉；于是就快走，可是越快越紧张，快走时，自己拖鞋拍打地面的声音，令我心惊肉跳，而进入卫生间后便自然想起“毛手”与那声音……每次从卫生间回来，都像被鬼抓了一样。后来，为了避免晚上去卫生间，干脆不喝水。我白天也经常在课堂上走神，担心那个头颅什么时候不小心掉下来，滚到自己床下面。

第一次上人体解剖实验课，我担心同学笑话自己怕尸体，就强装镇静地跟在同学后面，不敢看尸体的面部，心惊胆战地只看了看尸体的那双大脚。站在解剖台后面的同学看不清楚尸体，几个男同学偷偷把解剖室地上如棺材一样的铁箱子搬过来，有同学见我站在后面，不知道我是害怕，以为我没有抢到有利位置，于是让我和他们一起站在铁箱子上。我刚战战兢兢地站到铁箱子上，只听哐啷一声，我感觉自己突然踏空掉进了水里，脚底下踩着一个软东西。我低头一看，箱子里装的是一具女尸，我踩的正是尸体的腹部。我本能地大叫一声，窜了出去。原来实验室地上的铁箱子里，用药水泡着不同年龄与性别的尸体。事后，同学们说我的那声大叫，是原汁原味的惨叫。自从那次以后，老师每次再上试验课时，都先提醒大家注意地上的铁箱子。

曾经在一本书中看到这样一句话：“许多事情，当自己亲身经历的时候，才能对别人的痛苦有更深的理解与同情。”或许正是这个道理，后来，我在临床工作久了，面对死亡，也就渐渐淡定了，也懂得了这个世界上是没有鬼的。

无论在工作之时，还是在日常生活中，凡是自己身边胆小的同事，或者生活中的朋友，在她们遇到恐惧的事情时，我都本能地给予深切的理解与同情，在自己能力范围内给予体贴与帮助。因为拥有不掺杂任何功利性的同情心，我在平淡的生活中收获了真诚的友情。每当被我帮助的同事或朋友们向我投来感动的目光时，我的心总能泛起暖暖的阳光。那束阳光让我感受到理解和同情在很多时候，是一种精神力量。

原来，那些被以为会成为自己心灵和成长阴影的刻骨铭心的胆小日子，非但没有成为心灵的负担，反而在无意之中培养了我的同情心。我也终于懂得，人生中的所有经历，快慰的也好，苦痛的也罢，都是命运的花瓣，都蕴藏着芬芳和我们的美丽。

生活中，有明媚也有阴郁，有芬芳也有酸涩，有快乐也有泪水。明媚、芬芳和快乐带给我们幸福和力量，阴郁、酸涩和泪水一样会带给我们启迪和动力。珍惜一切，就如同珍惜雨后的阳光一样。

你的世界，来自你心的光亮

顾晓蕊

他是我的博友，轻快幽默的文笔，常令人捧腹不已。这样睿智通透的一个人，也有烦恼的时候。他和杰曾是关系很“磁”的朋友，杰平时喜欢乱花钱，遇事就找他借，他每次都爽快地答应。杰生病住院，他不仅垫上医药费，还专门请假，到医院陪护他。

有一天，他发起高烧，正好杰打来电话，他让杰帮忙买些药，可等了大半天，也没见杰的影子。病好后，他问及此事，杰说自己粗心，把这事给忘了。同事打趣道，前两天上司生病，你跑前跑后，服务倒是挺周到。杰神色有些尴尬，他宽宥地一笑，没再多说什么。

不久后，杰被调到另一个部门，提升为业务经理。他约杰出去玩，杰以种种理由搪塞，见到他，也很少主动打招呼。他怎么也想不通，自己真心对待他，尽量去包容他，为什么得不到相应的回馈和尊重。

其实，类似的情景在人际交往中并不鲜见。她和娜从小玩到大，是要好的姐妹。后来，她经别人介绍，结识了位男友，他是刚毕业的大学生，长得又英俊，她疯狂地迷恋上他。她怕因此冷落娜，约会时经常喊上她，仨人一起吃饭、逛街、看电影。

谁曾想有人传言，男友和娜谈起了恋爱。她只觉眼前一黑，胸口像被针扎了似的疼，说不出的难受。她跑去质问娜，娜淡淡地说，爱情的事，没法说对错。她转身离去，走在风里，泪不停地流。此后多年，她心扉紧闭，走不出往事的阴影。

前段时间，我到南方的一座小城，寻访一位旧友。记忆中的她，说话温言软语，声音那么动听。年少时的我们，是形影不离的伙伴，有说不完的悄悄话。刚转学时，我们通过几年信，这些年联系不多，但我一直挂念着她。

我到了她居住的街巷，附近正在拆迁，灰尘弥天漫地。沿着楼牌号找下去，我看到了她。她刚从外边回来，头发乱蓬蓬的，怀里揽着大白菜。她身后跟着个小男孩，她边走边吵，嗓门很大，孩子不停地哭。

她认出了我，把我让进屋里，没说上几句话，话题又绕到孩子身上。她絮絮地说着，完全没有想到，我是怀着怎样的一腔热情，千里迢迢来寻她。坐了一会儿，我起身告辞，她甚至连挽留的话，都没多说一句。

我们会原谅陌生人无心的过错，却无法坦然接受朋友的辜负、伤害或漠视。自己很看重的一份友情，结局竟是如此潦草。那种感觉，就好比你被美妙的音乐所吸引，听得如痴如醉，乐曲却戛然而止，让你心里空空的，很无奈，也很失落。

直到那天，我读到这样一句话：世间万象不过一镜而已，你给它天籁之音，它便许你丝竹管弦之乐；你给它十分相爱，它便予你莲花处处开。你的世界，永远都是来自你心的光亮。我很难形容那一刻的感觉，仿佛一束光芒，穿越内心深处，驱散积压在心中的阴霾。

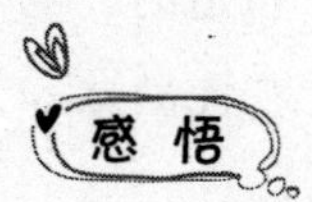

漫漫人生路上，我们总会遇见一些人，收获芬芳是幸运，而陕入阴霾也不该泄气。伤感之后，要学会迎着阳光走。因为迎着阳光走才能把阴影甩在身后，让光亮抵达内心。唯有内心充满光亮，你才有可能用热诚与善良，成就另一段情意，使其在红尘中润泽成珠。

一个首席执行官的道歉

睿　雪

不久前，耗资4000万元人民币、耗时半年的美国著名餐饮品牌垂德维客的全球第31家分店的装修工程开始收尾了。作为这个品牌驻上海的总负责人兼总经理，杨岷却在这个时候遇到了一个难题：餐厅酒吧舞池里的地板买不到进口的实木材料。

按照计划，餐厅几天之后就要开业了，为了不耽误行程，杨岷没有按照设计图纸中的要求使用实木材料，而是买来国内一级的仿木材料进行装修。通过比较，杨岷发现仿木材料比实木材料更不容易留下一些印迹，完全经得起穿高跟鞋的客人们随意踩踏。

经过两三天的奋战，杨岷和手下的工人们终于把餐厅彻底布置好了。就在餐厅开业的前一天，垂德维客的首席执行官安东尼乘坐飞机赶到了餐厅视察。

一踏进餐厅，安东尼就敏锐地发现舞池里的地板有问题："为什么不按照图纸的要求使用实木材料？"

杨岷解释道："国内没有地方买到这种材料。其实仿木材料更结实耐用，也是一种理想的地板装修材料……"

没等杨岷说完，安东尼就发起火来："即使这个地板是用金子打造的，也比不上实木的材料！你知道为什么吗？品牌！品牌！什么叫品牌？你能解释一下吗？"

几声吼叫下来，杨岷被吓坏了，她支支吾吾地说不出话来。而安东尼则继续着他的责骂："垂德维客这个品牌在全世界另外30家分店的装修样式，我很想叫你去参观一下，因为它们是多胞胎，完全是一种装修风格。它们当中，没有一家餐厅的负责人随意改变图纸的原样！你真是个不合格的管理人员。"

杨岷委屈极了，她没有多加解释，而是含泪跑了出去。

明天就要开张了，所以安东尼只能无奈地分配餐厅的人员准备开张仪式，至于餐厅的一些装修不合格事宜，安东尼准备开张后再停业整顿。

餐厅的开张仪式很顺利，让安东尼没有想到的是，开张后，餐厅涌进了一大批人，准备在这里娱乐、就餐。看着这么多顾客光临，安东尼很是纳闷，他找来杨岷的助理，问他为什么"非正宗"的垂德维客反而吸引了这么多顾客。

助理小心翼翼地说："这些都是杨岷经理辛苦努力出来的。她知道中国人对实木的东西已经接触很多，已经没有新鲜感，所以在没地方买到原材料的情况下，她根据中国人的喜好换上这种仿木材料。而在其他细节上，她的付出则更多。"说完，助理用手指着各处，让安东尼看个究竟。

安东尼这才发现，餐厅里确实有着很不寻常的一些细节：大厅里的餐桌上，都同时存在刀叉和筷子、碗碟两副餐具，方便大众的使用习惯，而包厢里则按照中、西餐风格安排餐具；在餐厅的一个角落里专门设置了一处品茶的地方，让疲惫了的客人们随时品品茶、聊聊天；迎宾的小姐也一改欧式打扮，穿上最喜庆的大红旗袍，微笑迎客……

"正是这些细节，这里的人才爱到这里来。杨岷经理一点儿也不想违背总公司的装修风格，可为了让客人更舒心，她不得不换地板和多考虑这些细节问题。"助理感慨地说。看完，听完，再感受完，安东尼彻底后悔了，后悔自己的乱发脾气。

当天晚上，杨岷收到了一封信，这正是安东尼写给她的："尊敬的中国姑娘：我深深地为我今天的无理咆哮表示抱歉！你能这么细心地为我们的顾客做出这么多细节，我代表整个公司向你说一声‘谢谢’！另外，过几天，我将向整个公司宣布：前30家餐厅的雷同风格到此为止，改变，将从这第31家餐厅开始！”

手捧首席执行官的道歉信，杨岷激动不已。第二天，她满含着泪水和笑容，回到了那第31家餐厅。

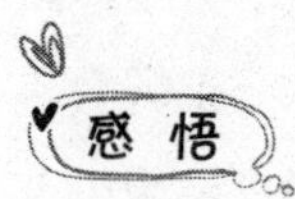

首席执行官肯向一个分店经理道歉，原因一定只有一个：后者的思维得到了前者的极度认可。磨砺是既可怕又可爱的东西，对于优柔寡断、瞻前顾后的人来说，它就是千斤顶，压得人喘不过气来；对于敢于挑战、不畏困难的人来说，它就是推波助澜的动力。

受伤是一种成全

马 德

清朝时，淄川有一个穷小子，腊月将尽，还缺吃少穿，他不知道这个年怎么过。穷极无聊，他想出一个馊主意。这天，他操着一根棍子，悄悄伏在墓穴中，希望能等到孤身路过这里的人，然后劫掠一点东西。

等了半天，也不见一个人来，凛冽的西风，吹得他瑟瑟发抖，他都快绝望了。就在这时候，有一个老头背着东西经过这里。他大喝一声，操着棍子冲了出来。老头哪里见过这阵势，一边哆嗦，一边求饶，说自己是个穷光蛋，身上背的米，也是刚从女婿家借来的。

穷小子不由分说，把米抢了过来。回到家，媳妇有点儿吃惊，问他从哪里弄来的。他信口胡编，说是赌债还的。本来，穷小子以为媳妇这一关不好过，没想到，挺大一件事，稀里糊涂就搪塞过去了。

尝到甜头，穷小子第二天又去了。过了不久，他见一个人拿着根棍子，跳进了旁边的一处墓穴，蹲踞眺望，看样子，颇似同道。穷小子悄悄潜伏到那个人的身后，那人一回头，吓了一跳。一番对话，方知真是同道上的。穷小子有点儿激动，说："没想到，遇到大哥了。"

大哥上下打量了一番穷小子，说："别激动，今晚领着你干一个大活。前村有一户人家嫁女，晚上，举家皆疲，我俩去偷，如何？"两人一拍即合，夜深后，他们潜到这家窗根下，依稀听到屋内一老婆婆对一女子说："嫁妆都放在东厢房的箱子里，也不知道锁好没有，你去看一下。"女子娇嗔着，不愿去。两人听罢，迅速摸到东厢房，果然有一大箱子。打开，深不见底。大哥说，跳进去。穷小子"咕咚"一声跳了进去，摸索到一个大包裹，递了出来。大哥问："还有没有？"答曰："没了。"大哥说："你再找找。"趁穷小子继续寻找的工夫，大哥迅疾地把箱子盖儿盖上，还加了一把锁，然后一转身就走了。

穷小子一下子傻了眼。

没多时，老婆婆携女子举灯进到厢房内。进来一看，箱子上了锁，老婆婆觉得有些蹊跷，也没有多想，举步就要走。被困在箱子里的穷小子急中生智，发出一阵老鼠啮咬的声音。老婆婆听到了，喊女子道："赶紧去看，恐怕嫁衣被老鼠咬了。"女子刚打开箱子，穷小子一下子窜出来，瞬息之间，就没了踪影。

穷小子一口气跑出上百里，逃到一家偏僻的客店里，隐姓埋名，当了几年下人。打探着风声过去了，他才回到家，但从此再不做劫掠偷盗的事情了。

故事讲完了，说实在的，穷小子够倒霉的。他刚出道，同道大哥就给他上了刻骨铭心的一课，给他使了一个阴险狠毒的绊子，让他差点儿死在这个绊子上，也让他一下子清醒了过来。他才发现，这个世界，还有比贫穷更可怕的东西。

人世间，有好多人中过招，遭遇过来自于同道、同行甚至同事的绊子。因此，好多人栽过类似穷小子的大跟头。其实，从结局看，这也未尝不是一件好事。穷小子不就因此金盆洗手，改邪归正了吗？也只有经历过这么一回，才能知道这个世界上，真有难以预料的阴谋，真有猝不及防的暗算，真有防不胜防的险恶。当然了，也只有从人性的险象环生中走出来，才能进一步看清别人，才能进一步明白世事沧桑。

别怕受伤。有时候，受伤，未尝不是另一种成全。

伤害不了的爱

西　风

有一个美国小男孩，他一直觉得自己很不幸，因为父亲粗暴而专横。更可恶的是，父亲一次又一次熄灭他对于人生的梦想。

他想当钢琴家。因为他能坐在一架钢琴旁，仅靠耳朵听就能弹出听过的简单曲调，就像唱出来一样容易；对于任何想尝试一弹的新歌，只要花两分钟，便会找到正确的音符。

有一天，妈妈买回一架旧钢琴，从此，它就成了他最好的朋友。他不但能够像拣拾四处散落的珠子一样捡拾熟练的曲调，而且还能够自我创造，就好像他的灵魂一直在唱歌，而他只需要把它们在琴键上记录下来。

他每天最快乐的事就是飞奔到钢琴边敲敲打打，父亲则忍无可忍地说：“别再用力敲打那烂琴了！”

有一天，楼下传来可怕的噪声，他跳下床去看，原来爸爸正在把他的钢琴拆成一堆烂木片！他用一个铁锤用力地往里面锤，然后用铁锹撕拉它。他呆立着，吓坏了，眼泪滂沱而下。爸爸说：“它占了这儿太多地方，该丢掉了。”

他转身跑回房间，痛苦地哀号。直到今日，人生长路过半，他仍旧能够体验那种哀恸。

此后他一直不肯下床，爸爸则不许妈妈给他送饭。爸爸已经习惯了自己“老大”的权威，家里的每个人都只需带上笑容接受他的支配。但是这次，爸爸后来也意识到事情的严重性。

最后，他来到儿子的门前，彬彬有礼地敲门，请儿子允许他进去。那天，父子谈了很长时间，专门为此向他道歉，说没想到这架旧钢琴对他的意义如此之重大。最后，父亲说：“我们会给你买一架新的小的钢琴，你可以把它放在你的卧房。”他兴奋得喘不过气来，久久地用力拥抱父亲。

过了几星期，什么事也没发生。他想：“哦，他在等我的生日。”

他的生日到了，并没有钢琴。他想：“他要等到圣诞节。”

当圣诞节来临，小钢琴也没有出现。

一天天过去，他终于明白：爸爸当初根本就没有想要实践那诺言，他只是想骗自己出去吃饭。

这件小事在他的人生长河中看上去微不足道，但却对他的整个人生非常重要。被伤害、被欺骗、被辜负的感觉让他久久不能忘怀。

他高中的时候加入鼓号乐队、合唱团、管弦乐团，参加摄影社，当上校刊记者，还加入戏剧社、西洋棋社，还参加了辩论队，而且还每晚为一家当地广播电台做高中运动报道——他却没有想到，这样一份完全免费而义务的工作就此使他开始从事长达33年之久的事业。

有一天，他突然明白过来：

他没有当成钢琴家，没有当成自己想当的那种人，却发现和发扬了自己的广播天才。他的父亲“逼迫”他养成奋发努力的好习惯——用别具一格的方式促使他蜕变得更美丽，好让他能够体验到自己的生命可以活得多华丽。

他的父亲为使他走到人生的聚光灯下而狠狠地推了他一把，他却恨了父亲这么多年。

你看，世间事就是如此，只要换个角度看，伤害也就不存在，你会发现一切皆是完美。没有受害者，没有恶棍，没有好人和坏人。每个人来到你的身边，手里都带着给你的礼物——也许他们自己都没意识到。这礼物会让你成长，让你健壮，让你深思，让你睿智。

所有这些都是爱。

——爱是伤害不了的。

和自己的亲人，更是如此，只能如此。

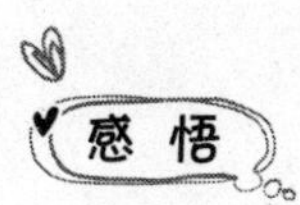

在面临伤害的时候，要想想应当怎样去看待"我被伤害了"这个问题。角度对了，伤害是礼物，角度错了，很可能礼物也会变成伤害。

世界并不缺少美丽，缺少的只是发现美丽的眼睛。

生命时时刻刻都在开始

闫荣霞

有一个家伙很倒霉。

他本来很体面，却先是老婆和他离了婚，紧接着公寓又失了火，自己还被一辆车撞了，又被炒鱿鱼，紧接着唯一的一辆车也被偷了。于是他就从一个有家有业的金领人士堕落成一个无家可归的流浪汉，露宿草坪。

在这个地方，他认识了很多流浪汉。有人给他一双干袜子，有人分给他一些空瓶子，有的人发了财（路人施舍给他五块钱），就买东西回来大家一起吃。

有一天，他从报纸上浏览到一条招工启事，他跑到电话亭，往投币口丢下宝贵的25美分，打通了电话，结果人家却告诉他，负责人不在，等他来了回你电话。电话挂了。他开始等待。三个小时，没有回电。

第二天一早他就起床，准备在电话亭旁边打持久战。9点35分，电话终于响了。最后，负责人让他去试试。挂了电话，他大叫一声。旁边两个家伙路过，问："伙计，有什么喜事？"他把原委一说，其中一个慢吞吞地问："你打算怎么去？就这鸟样？"

的确。

他的长发凌乱不堪，已经几个星期未理，衣服脏兮兮，而自己连买肥皂的钱也没有，再加上还需要往返的公交车费，他这才惊觉自己有多穷。

那两个人互看一眼，说："来吧！小子。"

于是，这个已经45岁的老"小子"就乖乖跟他们来到一圈帐篷那里。扎营在那里的几个男人每个人都往一个小小的棕色纸袋里丢了一点钱，让他拿这笔钱去洗干净他的衣服，旁边住小拖车的一个妇女则保证给他熨平。

几个钟头后，他衣着光鲜地出现在广播电台。他得到了那份工作，一周可得100元！

他成了营区里的有钱人，搬到了一间小木屋里面。气温下降，他轮流邀请朋友们分享他的房间，也请他们一同花他的钱。他从来没有忘记他们曾经为他做过些什么。在这里，他终于学会了感恩。

后来，他又有了更好的工作，离开了那个地方。那九个多月的时光，他学会了忠心、诚实、真实和信任，学到了简朴、分享和存活，学到了失败不是死亡，学会了不去诅咒，而去感恩——从他拖着露营用具跋涉到公园的那一天，他好比死去之后，重获新生。

他甚至感谢偷走他车的小偷，感谢那烧毁他公寓的一把大火，感谢赶他出门的前妻，感谢坏天气和曾经饿得空瘪瘪的肚皮。他感谢他遇到过的所有人和所有境遇，因为所有这一切都让他明白一个道理：生命时时刻刻都在重新开始。人的一生，死并非只有一次，只要你愿意，每个人都可以在每一个时刻给自己举行一个小小的葬礼，然后转过身来，用眼下的黄金时刻，创造未来崭新的自己。

我们学过辩证法，知道好事可以变成坏事，坏事又可以变成好事。其实，也许根本没有好坏之分，任何时候的任何经历都可以是好事，只要肯以看好事的眼光去看待。否则，接踵的就只能是坏事。

光决定影子，你的心决定你的生活。

生命中的“贵人”

吕麦

北京收藏家协会会员、睦明唐古瓷标本博物馆馆长白明，在做客《小崔说事》时，给年轻的大学生和收藏爱好者讲了这样一段经历:.

白明还是愣头青的时候，家里忽然来了个富裕的香港伯伯，要出一万块钱，买走家里48件破烂瓷器。白明简直不敢相信自己的耳朵。一万块？可是父亲整整20年的工资呀。于是，他们一迭声地说：“卖了！卖了！”可是，两年后，他无意中翻阅一本香港杂志，看到他可爱的香港伯伯，正乐不自禁地捧着一件“破烂”做广告。底下打的价钱，竟然是六位数。白明又气又恨，后悔不已。

他的一个非常好的朋友，宽慰他，让他别生气，生气没用。咱在这块摔的跤，还在这块爬起来，成不成？他说怎么弄啊。朋友神秘地说，少安毋躁，得等机会。

不久，朋友拿来一只描龙瓷瓶。白明小心地拨弄瓶子，看着瓶底下几个繁体字说：“好像……是宣德瓷器？”朋友得意地说：“对！我两万块钱卖给你，你转手卖给你香港伯伯，开价20万，狠狠赚他一笔，如何？”“好是好，可是我到哪弄两万块呢？”白明发懵。

朋友收起瓶子，鄙夷地奚落说：“穷命就是穷命。小子，你得记住，你是怎样和20万元擦肩而过的。”这话说得太狠了！年轻好胜的白明一想：“自己和香港伯伯有仇，和钱没仇啊。买！”可是，搜遍家里的犄角旮旯，七拼八凑，也不过只有八九千块钱。于是，他说服刚结婚一年的老婆，将几样值钱的首饰一并抵给朋友，终于拿到了瓶子。

瓶子搁哪他都不放心，干脆抱着它坐在床上，只等香港伯伯来验货、付钱，他就发财了，报仇了。好不容易熬到下午，香港伯伯终于到了。他想跟人家寒暄、客套几句，可人家迫不及待，单刀直入地说：“东西在哪？”他显出小心翼翼、金贵无比的样子，将盒子打开，请出瓶子。不料，香港伯伯瞥了一眼说：“你小子什么意思呀？蒙我？这东西还烫手呢。”

白明以为香港伯伯又使诈，让他说出子丑寅卯。香港伯伯不慌不忙地拿起瓶子，告诉他：宣德时期画的龙，非常讲究、精致，连一片龙鳞都不敢画瞎，更讲究画龙点睛。瓶子上的这条龙，不但像条死蚯蚓，而且眼睛就用一道线代替，它能是皇帝老子用的？更何况，颜色完全不对。所谓“外行看热闹、行家看门道”，白明彻底“打眼”了。

朋友用假货骗了他两万块钱，多年来，一直刻意躲着白明。“其实，如果没有那次大的‘打眼’，我不会对古玩、陶瓷，下工夫去学习、研究，更不会有今天的成就。”白明平静地说，“如果，我有机会见到他，我会热情地上前跟他握手，拥抱，并感谢他当年的导引。他是我生命中的贵人呐。”

其实，在我们的四周，到处都可能发现自己的贵人。他们不一定是直接提拔你的尊长，危难时刻伸手拉你一把的朋友，反而可能是坑过你、害过你、蒙过你，让你吃过苦头的敌人。只要你能在他们身上有所领悟，并促进、导引自己走向更好的未来，在某一方面有所建树，他们，都是你的贵人。

所以，不要轻视、仇恨任何人。因为那些让你“受教”的人，可能就是你的贵人。

社会大学的门，对谁都敞开着，但是却少有导师般的引路人。我们的所谓长大、成熟，多是受伤、受骗后愈合的伤口结起来的“痂”。在这个过程中，“摔跤”留下的伤口不重要，重要的是我们是否有勇气在摔下去的地方，擦干眼泪，勇敢、坚强地站起来，总结经验教训，使未来的步子走得稳健而踏实。

我只允许你笨10年

古保祥

自小起，我就是个笨拙得要死的孩子。据父母讲，我生下来不会哭，熬到几日后才在父亲的巴掌下“哇”的一声叫出声来；别人家的孩子会走路了，我却只能沿着桌沿勉强走上几步，然后跌倒在尘埃里。

我自小成了别人家的比较对象。邻家的堂弟，比我小三个月，上学却比我早，学的东西也比我多，每每听到邻家的院落里传来堂弟均匀稳重的背诵唐诗的声音时，父亲的脸上老是搁不住，总是一摔门，将无尽的失望摔在有声有色的世界里。

我不是块上学的料，只是块种地的料，父亲对我下了这样的评判。因此，我在上学的闲暇时光里，便尾随着父亲，一声不敢反抗地将禾苗种进夕阳里，我也因此养成默不做声的习惯。渐渐地，这成了一种惯常，父亲对我的高要求也不那么强烈了，每次我捧着个非常低的分数送到他的面前时，他总是笑一下，然后将分数扔进风里。

我12岁那年的夏天，父亲那晚喝了酒，回到家里便开始与母亲吵架，吵来吵去的，焦点却是我。父亲去床上拽起了正在昏昏欲睡的我，摆的满地的都是我考试不及格的分数，看得我有些心惊胆战。

父亲不顾母亲的劝阻，拉得我的胳膊生疼，让我低头看分数，写检讨。后来我才知道，父亲去参加了一个朋友的宴会，宴会上有许多像我这般年纪大小的孩子，他们的表演刺痛了父亲的神经。父亲自此以后，下定决心要让我坚强起来，让我聪明起来。他不顾一切地实施着自己的所谓美好方法。

他不再让我下地，让我没日没夜地看资料，温习功课，他狂热地邀请了几位家庭老师给我补课，不管我能否学得进去。在几任老师均收不到效果的情况下，他下定决心自己学习已经遗忘了几十年的课本，他说他要教导我，不信我成不了才。

母亲说我生下来就不是这块料，你不要逼迫，母亲又枚举了城市里多少学子在父母的高压下上吊的故事，她说到痛处，禁不住失声痛哭。我推开了门，斩钉截铁地对他们说道："不，就算是打死我，我也不会上吊。"父亲第一次正视着我。

紧张了一阵子后，一切均回归一种有序状态，但我却突然间感觉到高压政策下的一种潜力，原本对课本不感兴趣的我，现在喜欢上了它，先前是父亲在场时我逢场作戏，直至后来变成了一种常态。

我开始认真地分析自己与堂弟的区别：他天赋好，看一遍资料就可以记忆犹新，我呢，看几遍才记下来。我想着，笨鸟只能先飞啦。我拼命地补偿自己10年时光里遗落下来的知识，以至于初中毕业那年，我竟然破天荒地与堂弟考入了同样一所收费昂贵的学校。

父亲的高压政策并没有因此停止，每当学习成绩下发时，他总是像个孩子似的跑到学校里，拿起我的分数与堂弟的进行比较，但每次，他总是失望至极，抬起手来，好想将一记耳光赏给我。

我因此吃尽了苦头，晚上点着蜡头看书已经是常事，鸡叫头遍时，父亲便将我揪起床，我的书桌上摆满了小学中学时的课本。父亲给我的硬性规定是，全部看完，一年时间里。这对于我来说简直是天方夜谭。

但我却做到了。一年时间里，我几乎读遍了以前没有弄懂的所有课本。虽然反应仍然不那么灵敏，但毕竟我回归了一种正常状态，我已经能够攀上班级的上游状态，我甚至看到了灯塔在前方闪耀着。

岁月不居，时节如流，一晃我便考上了大学，踏上了异乡的征途。

接到父亲病危的消息时，我正在宽敞的办公室里接待外宾。我马不停蹄地往家里赶，到时却见满院的白花白布，我跪在父亲的灵前痛哭流涕。

眼前又闪现出父亲倔强的面容，时光突然回转到10年前的那个黄昏，父亲喝醉了酒，一记耳光，将我的混沌初开打醒。

收拾父亲的遗物，看到了几个日记本，里面全是教育我的心得，在一本日记本的目录上，我赫然看到了几个大字：我只允许你笨10年。

笨是相对的，不是绝对的，天赋固然重要，但厚积薄发后的力量也是无穷无尽的。在成长的某个阶段，影响我们终身的，有时候恰恰是几句话、几个方式而已。父亲的教诲让我明白：在这艰难的人世间，自己才是舞台的主角，我可以笨拙几年，但不能笨拙一辈子。

请赦免他们死罪

进 退

他是一名德国人，因为生意的关系，他被总公司派到中国担任当地的合资企业的厂长。家庭观念十分强烈的他，到中国后不到半个月，就将妻子和孩子接到了中国。他觉得，一个人事业无论多么成功，如果不能给家人带去温暖和爱，都不是完美的。然而，厄运却在一天晚上突然而至。那天夜里，他和妻子、孩子正睡得香甜，突然听到房间内有异常响声，他便起床去看，结果发现有盗贼进入房间行窃，他立刻上前试图制止盗贼。让他没有想到的是，盗贼共有6人，并且各个携带利器。双方立刻打斗在一起，很快，他因寡不敌众倒在血泊中。这时，他的妻子和8岁的女儿被惊醒，从卧室中走出来，6名窃贼见状，又将尖刀斧头等砍向他的妻女……

他和他的妻女的尸体第二天被人发现时，都圆瞪着眼睛，死不瞑目。

血案发生后不久，6名歹徒很快就被公安部门缉拿归案，最大的只有20岁，最小的刚刚15岁。

很快，他的亲属以及总公司表示要派代表到中国就相关事宜进行谈判。中国有关方面十分重视，连夜准备了多种处理方案，准备进行一场“艰苦的谈判”。而6名犯罪嫌疑人的家人则惊恐不安，都觉得6个孩子将凶多吉少。

谈判开始了，中方代表向德方代表详细介绍了案发过程，被缉拿归案的6名犯罪嫌疑人的具体情况以及6名犯罪嫌疑人家人所能提供的经济补偿等。最后，中方代表表示，一定会按照相关法律严惩这几名犯罪嫌疑人。这时，一直沉默着的德方代表开口了，询问按照中国的法律，这6名犯罪嫌疑人可能遭受到的判罚。中方代表表示，6名犯罪嫌疑人中，主犯极有可能被判处死刑。

死亡字眼的出现，让谈判室内一下子陷入沉静。少顷，德方代表提出要集体商量一下。随着德方代表们的退场，谈判室内的空气更加紧张，所有人都担心德方代表会提出苛刻的要求。大约10分钟后，双方代表再次坐到谈判桌上，让中方代表所有人意外的是，德方代表只提出一个条件："赦免这6个孩子的死罪！"

有记者采访德方代表：为什么会提出这样的要求？一名德方代表满眼含泪地说道："一个人的生命是最宝贵的，死亡带给我们的伤痛太重了，就不要让类似的伤痛再降临到这6个孩子的家人身上了。"

现场一片沉寂，所有人都落下泪来。

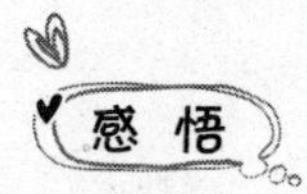

有人曾说："以恨对恨，恨永远存在，以爱对恨，恨自然消失。"如雨果的《悲惨世界》里，如果米里哀主教没有宽宥冉阿让偷窃自家银器的行为，也就不会有后来好善乐施、满怀仁爱之心的冉阿让。

比仇恨更有力量的，是包容仇恨的宽宥。

第四辑

受伤的是腿，不是路

10年前，你在做什么

白露为霜

在论坛上看到一个帖子，问题是："10年前你在做什么？"跟帖的人很多，有人说10年前刚参加工作，有人说10年前遭遇下岗，有人说10年前在读高中，有人说10年前刚离开家乡去南方漂泊，有人说10年前自己还是毛头小子，总之大家都有话说。而我呢，那时刚上高二吧。20世纪的最后一年，记忆最深刻的是，人们都豪情满怀地迎接千禧年。10年后的今年，我远离家乡，为了一份不高的薪水在一个陌生的城市打拼，忍受生活的磨砺。

时间流逝得很快啊，变化无常，令人感慨。而那些成功的人，10年前，他们在做什么呢?

10年前，台湾一家小演艺公司招了两名助理，一男一女，因为公司规模小，人手也少，他们两个什么都干：给演员端茶倒水，打杂，打扫卫生间。他们两个轮换着值日，女的一、三、五，男的二、四、六。他们每次值日都在卫生间门后的表格上签到。当时，很少有人在意他们两个。10年后的今天，他们的名字被大家熟知：女的叫刘若英，男的叫金城武。

10年前，她刚考取中央戏剧学院表演系。在班里，她不是最漂亮的，也不是专业最突出的，她经常因为交不出好功课而被导师下"最后通牒"。那时，班里许多同学到处走穴，有人已经成为百万富翁了。她有些着急，但并不浮躁，耐心等待属于自己的机会。10年后，她已经成了大名鼎鼎的国际影星。她叫章子怡。

10年前，他还是一个小青年。因为从小成长在单亲家庭，他不爱讲话，性格孤僻，学习成绩也一直不好。高中毕业后，他一直找不到工作，只好应聘到一家餐馆当了名服务生。他每天的工作就是把厨师做好的菜送到餐厅，再由女服务员端到客人面前。这份工作看似简单，可真正做起来却并不容易。因为客人多了，就容易把菜传错。而一旦出了错，他不仅要受顾客的气，老板还要扣发薪水。但他有一个爱好，就是唱歌。10年后，他被无数少男少女崇拜。他叫周杰伦。

10年前，他正式辞去公职，创办网站。他上门向人推销自己的产品时，经常被人拒之门外。这也难怪，因为他身形瘦小、其貌不扬。年少时，他三次参加高考，踏入社会，几易职业。这坎坷的经历更加激起他对成功的渴望，他也更加努力。10年后，他的网站成为全球电子商务最好的品牌之一，是目前全球最大网上交易市场和商务交流社区之一。他的网站叫阿里巴巴。他叫马云。

10年前，她刚高中毕业。迫于生计，她在茶餐厅当过女侍应、点心妹、地盘工人、卡拉OK侍应。为补贴家用，她一天内做4份工作。后来因为偶然的一次机会，她接拍了几个小广告，因为形象清丽秀美，遂被导演找去在电影中出演一些小角色。10年后，她成了知名演员。她叫张柏芝。

10年前，他高中毕业没考上大学，由于出身于农家，家里没钱让他复读，他不得不走出家乡到外面打工。17岁，正是青春年少的时光，他独自流浪在深圳的街头，后来因为他喜欢唱歌，便去了一家酒吧当歌手维持生计。酸甜苦辣尝遍，冷暖自知。10年后，他是“快乐男生”的年度总冠军。他叫陈楚生。

10年前，16岁的他去哈尔滨打工时，因长相平平、身材枯瘦，差点被老板拒绝，后因在台上的精彩表现才勉强被留下。刚开始登台的时候，经常被人起哄，甚至被骂，有时候被人从舞台上轰下来，每次演出都好像如临大敌。他收入不高，每天也就赚一二十块钱，住的集体宿舍，狭窄黑暗。10年后，他成了红遍全国的笑星。他叫小沈阳。

想想10年前自己在做什么，再想想10年后自己将变成什么样，你会有不同的感受。

感悟

10年，说长不长，说短不短。在这3650个日日夜夜里，每天都有许多故事发生。在人生的道路上，肯定有诸多意想不到的困难，要么你战胜了困难，要么困难把你压倒。但只要你目标确定了，全力以赴，能够经得起寂寞和磨砺，结局肯定会不一样。以上的这些人物，他们所经历的事情，有些我们也正在经历。他们成功了，而我们，是否仍碌碌无为？

被嘲笑出来的奇迹

陈亦权

马尼尔·托雷斯是西班牙马德里市一家摩托车厂的普通喷漆工。三年前的一天，马尼尔正在车间里给摩托外壳喷漆，厂长在巡视时见他工作挺认真就夸了他几句，马尼尔竟然连喷嘴都没有关就转过身去了，红色的油漆一下子喷到了厂长的白衬衫上。厂长被弄得哭笑不得，同事们见状也哈哈大笑起来，他们纷纷嘲笑马尼尔真是个蠢蛋。

本来事情也就这样过去了，可在一个月后，又发生了一个小小的意外。那天厂里举办庆典活动，而且还建议员工们都能带着自己的爱人参加。他陪着妻子走遍了大半个马德里，终于挑选到了一款最满意的服装，然而等参加聚会时才发现，一位女车间主任的着装竟然和马尼尔的妻子一模一样，主任瞟了几眼马尼尔的妻子，对马尼尔说："你不是会喷衣服吗？为什么不给妻子喷一件独一无二的衣服呢？"这番话惹得同事们再一次哈哈大笑了起来。

马尼尔和妻子羞愧得说不出话来，无趣地离开了。路上，马尼尔咀嚼着同事们的话，突然灵光一闪：如果真能发明一种"喷罐面料"，会怎么样？第二天，马尼尔来到工厂辞职：“是我的那件蠢事给了我灵感。我想要回家研究用喷漆的方式制作衣服！”

“你要研究用喷漆的方式制作衣服？这简直是太荒谬了！”厂长被他的这番话乐得前俯后仰，但马尼尔去意已决，他也只能批准了。

辞职后，马尼尔把大量的时间都用在了查阅各类资料和书籍上，生活的担子全落在了妻子一个人身上，这让妻子非常不满，时常发牢骚说他已经被同事们笑傻了。但马尼尔并不介意，他依旧继续着自己的研究，并且开始频繁拜访许多大学的化学教授和时装设计师，希望能创造出一种速干、廉价的无纺布料，做出像皮肤一样合身而且绝对不会雷同的衣服！

两年多以后，马尼尔从早期纺织物上悟到了制作这种面料的方法。他尝试着把棉纤维、塑胶聚合物和可溶解化学成分的溶剂组合在一起，果然做成了一种不需一针一线去编织或缝合也能结合在一起的面料，又经过半年多的研究和实验，马尼尔从天然纤维到合成纤维，从基色到荧光色，研发出了花样繁多的面料。

马尼尔请来一位模特带上护目镜，将喷嘴对准对方身体轻轻一喷，一件纯白色T恤就穿在了模特身上，而如果担心纯白T恤略显单一，还可以给T恤喷上其他颜色，让它变得更吸引眼球。当然，喷好的衣服也能脱下来清洗，还可以再次穿到身上。除了T恤，马尼尔还充分发挥想象力，制作出喷制连衣裙、裤子、泳装和帽子等，再也不必担心衣服不合身或者“撞衫”。甚至，当人们厌倦某种设计后，还可以把面料再次溶解，然后修改成别的款式。

2010年9月，马尼尔向政府申请了专利，并成立喷罐面料有限公司和研究团队，致力于科技和设计的交叉学科研究，时装界更是把这种“喷罐制衣”称作是面料与时装界的“奇迹”，纷纷争先恐后地与他签订长期合作协议，下一步，马尼尔准备进军医药行业和更多生活用品方面，如喷制绷带、药膏等。

“如果说这是一个奇迹，那它就是一个被嘲笑出来的奇迹，我感谢曾经嘲笑我的每一个人！”在产品发布会上，马尼尔这样说。

马尼尔的话值得品味，“感谢曾经嘲笑我的每一个人”，为什么？正如马尼尔自己所说，正是他们才使他有力量创造出了奇迹，所以，任何时候，当你的想法和做法被人嘲笑时，千万别因此而放弃理想，而应该把这种嘲笑看成是一种动力，继续为自己的理想而奋斗！

感谢生活烙下的创痛

吕麦

向日葵长到一米高左右，农民便会毫不留情地掰去它身上多余的枝丫，任凭每个“伤口”像胶树一样流出大滴大滴的“泪珠”。但向日葵并不会因此枯萎，而是“心无旁骛”地引颈向上，让自己长得更结实更粗壮，以抵抗狂风暴雨的侵袭，自信地对着太阳绽放黄灿灿的笑脸，结出粒粒饱满的果实。

生活里，一些成功者的经历，有着和向日葵相似的共性。

我认识一位小有名气的画家。八年前，他只是小城一家服装厂的图案设计员。他曾刻骨铭心地爱恋同单位的一个女孩。女孩的父亲是小城商界名人，而他家境贫寒，父母皆是农民。因此，女孩的父亲一直不愿接纳和认可他。但他不介意，他认为两个真心相爱的人，不会被世俗、金钱、门第所干扰。

那年五月，他突然被单位委派去党校脱产学习半年。可等他学习期满，女孩已听从父亲的安排，成了别人的新娘，嫁给了一个前程似锦的“海归”。

他的心，痛得裂成无数个碎片。短暂的颓丧之后，他毅然决然辞掉安逸清闲的工作，独自去了一个陌生的城市。几经周折后，他找了一份临时工作。工作之余，他把全部精力投入到复习功课中去，不留时间让自己沉湎。两年后，他考取了当地的一所艺术院校，选修绘画专业。四年的半工半读，他常常窘迫得只能啃馒头充饥。可他没有放弃，咬着牙坚持。一次，在学院举行的绘画展上，他的作品“崭露头角”，他也被幸运地留校做了美术教师。近几年，他的作品一次次在省里和全国的画展上获奖。因此，他破格成为当地美术家协会最年轻的理事。

当记者采访他，问起他成功的经验时，他平缓淡定地说：“就是因为曾经烙在心底的创痛，不断鞭策我，提醒我奋发向上，所以才有今天的成绩。”虽然，昔日的伤痛依然“盘踞”在心底，但他眼里流露出来的却是感恩的光芒。

给向日葵剪枝截条，那是人强加给向日葵剜心割肉的痛楚。年少时，初恋的失败烙在心底的刻骨伤痛，终生难忘……每一个生命在成长、成熟的过程中，总避免不了受到伤害，承载这样或那样的痛苦，只要你不在创痛中沉沦、颓败，而是将苦痛化作向上的动力和源泉，那么，你必定会有所收获，直至成功，因为“阳光总在风雨后”。

任何生命，不但要经历春夏的润雨暖阳，也要承受秋冬的冷风和阴霾。如果我们坚挺得像树，柔韧得像竹，所有的风刀霜剑只会将我们磨砺得更加完美和从容。

感谢生活烙下的创痛吧，有时，它恰恰是凤凰涅槃的火焰。

武岩纸贵

侯拥华

少年酷爱书法，自幼练习，到了十四五岁的时候，书法水平就已能达到为他人撰写碑文的水平了。为提高书艺，少年决定拜访名师。母亲很快就在城外一个深山的古庙里访得一位世外高人。母亲回来告诉他，此人，须发已白，然而精神矍铄，神采飞扬，气度不凡，书艺更是卓尔不群。少年一颗求知若渴的心就跟随母亲的描绘飞向了远方。

少年决定亲自去拜访大师，他带上自己的作品，在母亲的叮咛声中，独自上路了。

一路跋涉，在深山古庙里，他终于见到了传说中的老人——武岩法师。

他向法师问好，简单说明来意，又将自己的作品送给法师看。

法师只瞟了一眼，就将他的作品推到一边，毫不客气地说："你还不会写字，回去吧。好好练练再来。"少年听后泪水几乎就要涌出来。他那颗高傲的心一下子就破碎了。

虽然有些伤心和失落，但少年很快就振奋了精神——这件事情更激发了他拜师学艺的强烈决心。于是，他恳求法师再考虑考虑。

老法师思忖了一下，终于松口了："你要拜我为师，可以。不过，有一个条件。"

"什么条件？"少年急切地问。

"你到我这儿学字，笔墨我来供应，不过，纸钱由你来出。"老法师顿了一下，进一步解释说，"你的纸张不行，写字要用好纸，用宣纸。"

少年高兴地点点头，心想，不过一毛二一张的宣纸，咬咬牙，家里还是供得起的。正在他得意的时候，老法师似乎看透了他的心思，又说话了："一毛二的纸张不行，你就用我的吧。我的宣纸好，五块钱一张。每次来，记住带钱来。"

法师的话把少年惊得张口结舌说不出话来。少年在心里默默琢磨，两块钱一袋面粉，五块钱就是我们家两个月的生活费呀！

回去的路上，少年忐忑不安，异常矛盾——如果就此放弃，他就错过了一次绝好的学习机会；可是，学下去，家里怎么能够承受得起这么高的学费呢？这样的学习代价实在是太大了。

夜里，少年和母亲合计一宿终于想出一个折中的办法——只去两次，摸摸窍门儿，毕竟老法师轻易不收徒。

不久后的一天，少年拿到了家里省吃俭用积攒下来的五元钱又上路了。一路上，少年都在盘算着如何将老法师的手艺学到手。

到了古庙，老法师收了钱后就开始教学。老法师说，今天，我们只学一个字。看好了，我只写一遍，不写第二遍。于是，少年聚精会神地看着，生怕遗漏任何一个重要的细节。只见老法师轻轻蘸笔，缓缓落下，眨眼的工夫，一个端庄秀美的汉字就跃然纸上。

写完后，老法师起身从书架上取出一张纸，对折成六等份，裁开，取出一张，交给少年，说，去那边练写吧。

少年接过纸张大呼上当——这张宣纸和外面一毛二的也没什么两样，而且还只是它的六分之一。少年有气，嘴上却不敢说，只得老老实实地坐在一旁写。

但此刻，少年才发觉，刚才观看老法师写字的时间是那么的短暂。他握笔许久，手心都沁出了汗，横比画竖比画，就是没敢落笔——这一落笔，五块钱可就没了。过了一会儿，老法师走过来看他，发现还没有写，就骂他："你母亲让你来写字，你怎么不写呀？今天的授课时间到了。叫你写，你不写！告诉你，只能在这儿写，回家可不许写呀！"

你说不许写，我就不写了？少年飞奔往家赶，一路上都在回想老师写字时的样子，思索老师写字的要诀。

少年一到家，就抑制不住激动的心情，找来纸笔开始写。一落笔，立刻惊住了，这是怎么回事儿？怎么和老法师写得一模一样？端详半天，又觉得这一笔那一笔又都不像了。为了验证自己的想法，他又开始盼望着下一次学习时间的早点到来。

第二次再去的时候，少年已经顾不上五块钱学费是怎样来的，飞奔而去。一到古庙，他就迫不及待地让老法师再写一次，以便对照着验证自己的想法。当法师把字写出来后，记忆中迷惘的地方，一下子豁然开朗了。当少年等一切都了然于胸后再轻轻落笔时，一个端庄有力的字跃然纸上，少年兴奋得忙拿去让法师看。

少年被法师的教学方法彻底征服了，他决定跟随法师学习书法。

虽然，每次都是五块钱的学费，但少年再也不想这个问题了。一晃半年过去了，少年从老法师那里学习了篆、隶、楷、行、方、圆、正、侧各种笔法，还了解了中国书法的各种风格流派及其笔法奥妙。最后，老法师把他叫到身边，说："你学书已成，下山吧。"少年下山后，老法师便飘然离去，云游四海了。

后来，少年从母亲口中得知，他每次交的五块钱学费，第二天就被法师偷偷送了回来，半年时间，老法师根本没有收一分钱，只是那五块钱在三个人手中辗转往返着。

文中的那位少年，多年以后成为了一位书法大家，他就是当代大书法家欧阳中石。

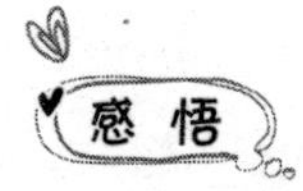

轻易得到的东西，往往不加珍惜。往往待到失去的时候，才捶胸顿足，后悔不已。"惜时"不仅是指珍惜时间，还指珍惜难得的机遇。

懂得珍惜，是需要铭记的幸福秘诀。

26个孩子和一道选择题

朱 砂

在新泽西州市郊的一座小镇上，一个由26个孩子组成的班级被安排在教学楼里面一间光线昏暗的教室里。他们中所有的人都有过不光彩的历史：有人吸过毒，有人进过管教所，有一个女孩子甚至在一年之内堕过三次胎。家长拿他们没办法，老师和学校也几乎放弃了他们。

就在这个时候，一个叫菲拉的女教师担任了这个班的辅导老师。新学年开始的第一天，菲拉没有像以前的老师那样，首先对这些孩子进行一顿训斥，给他们一个下马威，而是为大家出了一道题：

有三个候选人，他们分别是——A．笃信巫医，有两个情妇，有多年的吸烟史，而且嗜酒如命；B．曾经两次被赶出办公室，每天要到中午才起床，每晚都要喝大约1升的白兰地，而且曾经有过吸食鸦片的记录；C．曾是国家的战斗英雄，一直保持素食习惯，热爱艺术，偶尔喝点酒，年轻时从未做过违法的事。菲拉给孩子们的问题是："如果我告诉你们，在这三个人中，有一位会成为众人敬仰的伟人，你们认为会是谁？猜想一下，这三个人将来各自会有什么样的命运？"

对于第一个问题，毋庸置疑，孩子们都选择了C；对于第二个问题，大家的推论也几乎一致：A和B将来的命运肯定不妙，要么成为罪犯，要么就是需要社会照顾的废物。而C呢，一定是一个品德高尚的人，注定会成为精英。

然而，菲拉的答案却让人大吃一惊："孩子们，你们的结论也许符合一般的判断，但事实是，你们都错了。这三个人大家都很熟悉，他们是二战时期的三个著名的人物——A是富兰克林·罗斯福，他身残志坚，连任四届美国总统；B是温斯顿·丘吉尔，英国历史上最著名的首相；C的名字大家也很熟悉，他叫阿道夫·希特勒，一个夺取了几千万无辜生命的法西斯元首。”

学生们都呆呆地瞅着菲拉，他们简直不敢相信自己的耳朵。“孩子们，”菲拉接着说，“你们的人生才刚刚开始，以往的过错和耻辱只能代表过去，真正能代表一个人一生的，是他现在和将来的所作所为。每个人都不是完人，连伟人也有过错。从过去的阴影里走出来吧，从现在开始，努力做自己最想做的事情，你们都将成为了不起的优秀人才……”

菲拉的这番话，改变了26个孩子的命运。如今这些孩子都已长大成人，他们中有的做了心理医生，有的做了法官，有的做了飞机驾驶员。值得一提的是，当年班里那个个子最矮也最爱捣乱的学生罗伯特·哈里森，后来成了华尔街上最年轻的基金经理人。

在菲拉出现之前，也许，在孩子们的心里，他们都觉得自己已经无可救药，因为所有的人都这么认为，久而久之，他们自己也认命了。是菲拉老师第一次让孩子们的心灵觉醒了，使他们第一次清楚地意识到：过去并不重要，他们还有可以把握的现在和将来。

原谅少年卑微的乞求

安宁

我从来不曾向人乞求过什么东西，金钱，物质，爱情，同情或者怜悯。强烈的自尊心，让我一路走来，始终骄傲地高昂着头，并将一颗柔韧敏感的心，用坚硬的外壳层层包裹起来。就像缓慢爬行的蜗牛，在日光下，将身体藏进安全的壳中。

可是，我却用过整整一年的时间，恳求一个女孩，给我一段携手向前的温暖的友情。

彼时我读高一，是被舅舅费了很大的努力，才从一所普通中学转到重点高中里来。我记得我进教室的时候，正是课间，老师在混乱嘈杂中，简单地介绍几句，便让我坐到事先安排好的位置上去。没有人因为我的到来，而停止歌唱，或者喧哗。我就像一粒微尘，在阳光里一闪，倏忽便不见了踪影。我在这样的忽视中，坐在一个胖胖的女生旁边。她只是将放在我位置上的书，哗一下揽到自己的身边去，便又扭头，与人谈论明星八卦。

我突然地有些惶恐，像是一只小兽，落入陷阱，却怎么也盼不来，那个将要拯救自己的人。而蓝，就是在这时，回头，将一块干净的抹布放在我的桌上，又微微笑道：许久没有人坐，都是灰尘，擦一擦，再放书包吧。我欣喜地抬头，看见笑容纯美恬静的蓝，正歪着头，俏皮地注视着我。我在她热情的微笑里，竟是有一丝的羞涩，好像遇到一个喜欢着的男孩，初恋般的情愫，丝丝缕缕地，从心底弥漫升腾起来。

我在第二天做早操的时候，偷偷地将一块舅舅从国外带来的奶糖，放到蓝的手中。蓝诧异地看我一眼，又看看奶糖，笑着剥开来，并随手将漂亮的糖纸丢在地上。我是在蓝走远了，才弯身将糖纸捡起来，细心地抚平了，并放入兜里。

蓝是个活泼外向的女孩，她的身边，总是有许多的朋友，其中一些，来自外班，甚至外校。他们在放学后，聚在教室门口等她。她的朋友中，还有不少的男生，他们在一起，像一个快乐的乐队，或者青春组合，那种浓郁动感的节奏，是我这样素朴平淡的女孩，永远都无法介入的。

可是，明明知道无法介入，想要一份友情的欲望，还是强烈地推动着我，犹如想要靠近蓝天的蜗牛，一点点地，向耀眼明亮的蓝爬去。

我将所有珍藏的宝贝，送给蓝，邮票，书，信纸，发夹，丝线，纽扣。我成绩平平，不能给蓝学习上的帮助；我长相不美，无法吸引住蓝身边的某个男孩，从而靠近她；我歌声也不悠扬，不能给作为文娱委员的蓝增添丝毫的光彩；我还笨嘴拙舌，与蓝在一起，会让她觉得索然无味。我什么都不能给蓝，除了那些不会说话且让蓝觉得并不讨厌的宝贝。

起初，蓝都会笑着接过，并说声谢谢。她总是随意地将它们放在桌面上，或者顺手夹入某本书里。她甚至将一个可爱的泥人，压在一摞书下。她不知道那个泥人，是我生日时爸爸从天津给我专程买来的，它在我的书桌上，陪我度过每一个孤单的夜晚。它在我的手中半年了，依然鲜亮如初，衣服上每一个褶皱，都清晰可见。可是，却在我送给蓝之后的第二天，就发现它已经脱落了一块颜色。我记得当时我的心，像被人用针扎了一下，疼痛倏然蔓延全身。我小心翼翼地提醒蓝，说："这个泥人，是不经碰的。"蓝恍然大悟般的，这才将倒下的泥人，扶正了，又回头开玩笑道："嘿，没关系，泥人没有心，不知道疼呢。"

这个玩笑，却是让我感伤了许久。就像那个泥人是我自己，满心欢喜地站在蓝的书桌上，等着她爱抚地注视我一眼，可是，蓝却漫不经心地，像扫掉尘土一样，将我碰倒在冰冷的桌面上，且长久地，忘记了我的存在，任由尘灰，落满我鲜亮的衣服。

从不奢望可以像其他女孩子一样，在蓝的身边，轻松地来去。所以我只期望自己十分努力，可以换来蓝至少一分的友情。可是，蓝却像片云朵，被那缥缈无形的风吹着，如果路过我的身边，那不过是因为偶然。

我依然记得那个春天的午后，我将辛苦淘来的一个漂亮的笔筒，送给蓝。蓝正与她的几个朋友说着话，看我递过来的笔筒，连谢谢都没有说，便高高举起来，朝她的朋友们喊："谁帮我下课去买巧克力吃，我便将这个笔筒送给谁！"几个女孩，纷纷地举起手，去抢那个笔筒。我站在蓝的身后，突然间很难过，而后勇敢地，无声无息地，将那个笔筒一把夺过来。转身离开前，我只说了一句话："抱歉，蓝，这个笔筒，我不是送给你的。"

我终于将对蓝的那份友情，自尊地收回，安放在心灵的一角，且再不肯给任何一个淡漠它的人。

许多年后，我在人生的途中，终于可以一个人，走得从容，勇敢，无畏，且不再乞求外人的拯救与安慰。这样的时候，我再想起蓝，方可真正地原谅她。

我想原谅蓝，其实，也是原谅那个惶恐无助的年少的自己。

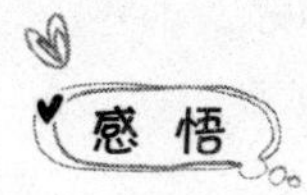

“不信任感和自卑感广泛存在于我们的世界里。”正如心理学家詹姆斯·道尔皮所说。每个人都有不同程度的自卑感，因为没有一个人对其现时的地位感到满意。对优越感的追求是所有人的通性。然而，并不是人人都能超越自卑，关键在于正确对待、理解生活。

打败自卑，常常需要自我的努力。

向一把椅子致敬

燕子南飞

我上大二那年，家里陷入了前所未有的困顿境地。先是母亲重病，住进了医院，后是父亲的生意在一笔买卖中输得精光。我之前的公子哥生活，至此，面临着结束的窘地。父亲打电话来，告诉我，说家里仅有的一笔为数不多的钱，为母亲治病用完了，生活费能不能自己想办法解决？电话那端的我，一下子就陷入失落与恐慌之中。

果然，一个月后，父亲终止了每月固定给我邮寄生活费，我无奈地开始了经济自立的生活。很快，我在校外找到了两份兼职，每天大约四小时的短工，还利用周末的时间去做家教，但生活仍然捉襟见肘，入不敷出。后来，我开始向同学借钱做生意，可几桩生意都赔得血本无归。

当我对自立生活完全丧失信心的时候，我打电话向父亲求助，希望继续得到父亲经济上的资助，可父亲果断地拒绝了我。他说，家里早已欠债累累，家里还曾想让你为家里想些办法呢。这样的结果令我极为沮丧，在结束通话前，我向父亲提起了那把放在书房当摆设的“老古董”—— 一把做工精致的古代雕花太师椅。

那是个岁月久远的老古董，什么年代的东西，我不清楚，只知道，至今它仍然摆放在父亲的书房里，几次搬家，都没有被扔掉。朱红色的油漆，已经黯然、斑驳，椅子的两个扶手也早已被打磨得锃亮，然而，从脱落油漆的地方，还是可以看到木料原本坚韧的质地。

据说，那不是一把真正用檀香木制作的古代家具，而是用极普通的桃木制作而成的，只因是先辈传下来的物件儿，所以一直被父亲视为珍宝而珍藏着。然而，它和那些现代家具摆放在一起，实在是显得有些扎眼，曾经一度是我和母亲提议处理掉的对象。母亲说，一把旧椅子，和这些现代家具放在一起，显得不伦不类，又没多大用途，就卖了它吧。我也随声附和，说如果有古董商给了好的价钱，就卖了，也好让它在别处有个属于自己的居所，真正实现它自身的价值。如果就这样放在我们家，早晚是要被用坏的。而父亲，从不理会我和母亲的话。

我在电话里再次给父亲提议，把它卖了，以解燃眉之急。因为之前，我听母亲说，曾有个收购旧家具的古董商跑上门来，在父亲面前伸开两个巴掌，十个手指，问父亲卖不卖。

我的话，引起了父亲的不安。先是一阵子沉默，之后，我听到父亲淡淡地说，你别怕，我来看你，然后就挂了电话。

两天后，父亲风尘仆仆地出现在我面前。看着一脸憔悴的父亲，我泣不成声。

那天，我向父亲倾诉了我的种种不如意，希望父亲能接受我的提议。父亲听了，没有拒绝我，而是给我讲起了古代家具制作流程的知识来。他说：“你知道为什么古代的家具会比现代的家具坚固耐用吗？那是因为它有自己独特的制作流程。”

父亲告诉我，制作一件上好的家具，首先要选好料，那些上等的檀香木、红松木自然在首选之列，如果没有这些木料，寻常百姓常会选用红心的桃木。但更为重要的不是这些，而是在第二阶段，经过第二阶段的处理，即便是那些房前屋后的寻常木头，也能做出一件坚固耐用的家具来。

那第二阶段，全部的奥秘就在于如何焙木：先是水焙，就是把木料捆绑牢固，抛在水井里浸泡，浸透后捞出来再晾干；后是火焙，就是把木料捆绑好放在泥炕上用暗火烘熏，直至里外熏干熏透。经过这样一个月左右的处理，做家具用的木料，虽外表依旧，可内在的性情早已大变。用这样的木料制作出来的家具，就会非同寻常。

父亲的话让我大惑不解——这样做，究竟有什么特别用处吗？

父亲笑了笑，向我解释说，经过了水火洗礼的木料，“内劲”已经在浸泡和熏烘中用完，所以做成的家具就不会因为潮湿而膨胀或因为环境干燥而干裂，再经过层层刷漆，自然坚固耐用了。

父亲的话语让我极为震惊和羞愧。我低下头，向父亲认错，也向那把太师椅深深致敬。原来，那把椅子，是先辈传给父亲的“精神宝贝”。

父亲走后，我又开始了自己的打拼生活。虽然仍旧波折不断，但我明白，只有经历了这样的生活，我才可以把自己制作成一件真正出色的“家具”。

人生需要历练。古往今来，伟人们不都是从历练中走出来，进而一步步走向成功的吗？“天将降大任于斯人也，必先苦其心志，劳其筋骨，饿其体肤，空乏其身，行拂乱其所为，所以动心忍性，增益其所不能。”可见，若想成就一番大业，历经千锤百炼的考验是必不可少的。只有经过历练，才能拥有创造天堂的力量。

受伤的是腿，不是路

麦父

朋友的儿子，前不久刚刚成功举办了一场个人书画展，我们都去祝贺他。他拄着拐杖，站在展览馆门口，迎候每一位前来参观的客人。虽然这只是一个小小的开端，但对他来说，获得这一切，已殊为不易。

他是个聪明又勤奋的孩子，5岁时，就被选拔到少儿体校练习体操。他的身体特别柔韧，弹性极佳，而且他非常能吃苦，被公认为难得的体操运动的好苗子。他自己最大的梦想，就是有一天能像体操王子一样，站在奥运会的领奖台上。10岁时，他就获得了全省少儿体操比赛的冠军，并被挑选进了省队，参加更专业也更严格的训练。在一次全国性的比赛中，他首次进入了前六名。他正一步步实现着自己的梦想。

然而，天有不测风云，在一次大循环的练习中，他意外地从双杠上摔了下来，一条腿重重地砸在了双杠的支柱上。体操运动员摔跤简直就是家常便饭，他不以为然地想和以往一样站起来，一阵撕心裂肺的疼痛，将他又重重地摔回到了地上。队医简单地处理之后，赶紧将他送进了医院，一检查，大家惊呆了，他的膝盖骨粉碎性骨折。这意味着，即使康复，他也再不能回到心爱的体操运动场了。

那一年，他刚刚16岁，十几年的梦想和汗水，在那一瞬间，全部破灭。

虽然在医生的精心治疗下，他的腿慢慢恢复，但一想到再也不能回到正常人的状态，再也回不到体操运动场上，他就陷入深深的绝望中。他的脾气也变得特别暴躁，即使是对无微不至照顾他的妈妈，他也没有一点好脸色。所有的人都为他揪心不已，孩子的这一生，不能随着这条腿而垮了。

朋友知道儿子喜欢听音乐，所以，特地给他买了个MP5，并为他下载了很多歌曲。音乐抚慰着少年的心。其中有一首外文歌曲，是非常雄浑、有磁性、好听的男声，有一天，少年忽然问，这是谁的歌？朋友告诉他，这是一位西班牙的著名歌唱家，名字叫胡里奥·伊格莱西亚斯。少年说，那你再帮我在网上找些他的歌，我喜欢。朋友喜出望外，立即搜索并下载了所有他能找到的胡里奥的歌曲。

胡里奥的音乐，成为少年的最爱，而随着对他的歌越来越熟悉，少年也想更多地了解这位歌手的情况。胡里奥和他的歌，成了常挂在少年嘴上的话题。朋友也经常将他找来的关于胡里奥的趣闻逸事，讲给少年听。

有一天，见少年的心情不错，朋友坐在他的病床边，给他讲了一个胡里奥年轻时的故事。朋友问儿子，你知道青年时的胡里奥的梦想是什么？儿子想都没想，说，一定是成为全球著名的音乐家。朋友摇摇头说，和很多西班牙男人一样，胡里奥少年时最大的梦想，是成为一名足球明星。事实上，他也确实拥有非凡的足球天赋。小时候的胡里奥狂热地爱着足球，在他17岁时，就加入了西班牙著名的“莱阿尔”俱乐部足球队，成为该队活跃的守门员。由于他出色的球艺和超群的弹跳力，他被称为“美洲豹”。成为足球明星的梦想，离他越来越近。

然而，在他20岁时，却意外地遭受到沉重而致命的打击：因车祸而使双腿受到重伤。在病床上，他整整躺了一年半。虽然最终治愈了伤残，但他却再也回不到绿茵场了。这是比严重的伤痛更让他无法接受的现实。有段时间，他甚至丧失了活下去的信心。

有一天，胡里奥的父亲给他带来了一把吉他。躺在病床上的胡里奥，轻拂琴弦，他立即被如水的琴声所折服。就这样，他在孤独和伤痛中找到了最好的解脱——音乐，同时也找到了他终身的挚友——吉他。在此后漫长的三年康复期中，轮椅上的胡里奥意外地发掘了自己的歌唱艺术才华，并重新开辟了自己的人生道路。如今，他的唱片已经在全球发行了10亿多张，获得了世界范围内1500多个奖项，成为一名杰出的音乐家。

少年安静地听着父亲给他讲的胡里奥的故事，他的眉宇慢慢舒展。朋友将手搭在少年的肩膀上，语气坚定地说：“车祸只是伤了胡里奥的双腿，而不是他面前的人生道路，你也一样啊。”少年沉默了半晌，懂事地点了点头。

第二天，少年就让父亲为他买来了毛笔和颜料，很小的时候，他就特别喜欢涂涂画画，只是后来因为要练习体操，而将画笔放弃了。经过一夜的深思，他想尝试着重新拿起画笔。

几年下来，少年已经长成了英俊小伙，他的书画也大有长进，因为长期练习体操，他的柔韧的身体，使得画笔在他的手中，变得非常灵逸，有一种特别的韵味。

后来朋友告诉我们，在给儿子挑选的众多歌曲中，那首胡里奥的《La vida sigue igual》是他特地放进去的，他想让儿子先喜欢上胡里奥的歌，然后再找机会跟儿子讲一讲胡里奥的故事。而他所做的这一切，就是想告诉儿子，受伤的只是腿，不是路，人生可以有很多种实现梦想的途径。

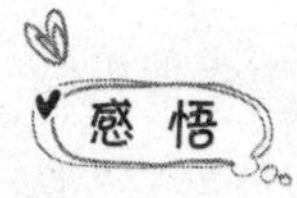

人的一生如同在大海中航行的一艘帆船，总会有起起伏伏，总会遇到风浪的打击。退一步，消极地沉浸在挫折带来的苦难中，你也许会被风浪淹没；而勇敢一些，积极地迎难而上，与困难斗争，也许风浪过后是无限美好的天空。

挫折并不可怕，重要的是以什么样的态度面对。

比别人付出更多才有可能成功

吕保军

他从很小的时候，就喜爱唱歌和表演，连晚上做梦，都经常梦到自己站在国际舞台的中央，下面坐着几万人热烈地鼓掌。多么令人兴奋的场面呀！

但是，父母亲对他有很高的期待，管教也很严格，他们始终认为读书才是最重要的事。他没有辜负爸妈的期望，成绩总在班上前五名内，只是在严父严母的管教下，性格有些内向。在学校里，因为他身材胖乎乎的，动作也慢悠悠，就成了男生们捉弄的对象，不是对他冷嘲热讽，就是将他扳倒丢来丢去。每逢这时，他就会很伤心，很生气。他常常想，被欺负或被瞧不起，是人家认为你不可能成功，如何把负面情绪转化为正面能量很重要，一定要想办法让自己变得更好，而不是一味地怨天尤人。他有一套自创的缓压法，就是大吃一顿、大睡一觉，起床后又是美好的一天，所有的不愉快就都抛到九霄云外去了。

考大学那年，他闷在家里埋头念书，念累了就吃东西提神，累到不行就睡觉，睡觉起来接着念书，然后再吃东西、睡觉，因为没有什么机会运动，他胖到140公斤。好在他的努力没有白费，如愿以偿地考上了台北商学院信息管理科。上大学后的他，眼前的世界豁然开朗，他不仅参加好多学校社团，还参加热舞社，这让他在校园内的知名度大为提升。其中有位学姐带他去参加各种比赛，他从此开始了悲喜交加的音乐比赛之路。

从未拜师学过唱歌的他，练唱方式就是不断地参加比赛。他参加了约30场比赛，从评审口中得知自己的缺点后，再摸索改进。但是他这样的外形，要在比赛中获胜并非易事。有一次，他唱的是张惠妹的《站在高岗上》，有位评审不客气地说他，你的声音很好听，不过你还是当谐星吧！也有评审说他的声音听起来很娘，男生唱歌还是应该像男生。他听到这样的评语，难免还是觉得很受伤。但他仍会使用屡试不爽的缓压方式：大吃一顿、大睡一觉，起床后又是美好的一天。正是这种乐观简单的个性，让他思想上没什么负担和压力。接下来，他依然无时无刻不在听音乐，努力不懈地练唱，哪怕是上厕所、打扫、洗澡，甚至算数学的时候都在唱歌。有人不解地问他：为什么这么喜欢唱歌跟表演？他思忖了片刻，才说，因为它能让我变得有自信。是的，他本是个很害羞的男生，但上节目和唱歌却一点不怯场，即便上台前五分钟还紧张得两腿发抖，但站上台就能尽情享受，完全陶醉在音乐里面。

大学刚毕业，他就跑去乐器行打工，只为圆心中的歌手梦。但是爸爸不赞成他跑到幕前唱歌，总希望他能找一份稳定、普通的工作，即使做幕后也可以。在他参加《超级偶像》失利后，爸爸就坦言他唱歌没有前途，甚至气急败坏地要跟他断绝父子关系。他望着懊恼不已的爸爸，选择了沉默。但他还是坚持做自己想做的，他对妈妈说，只要有机会我还要尝试，趁年轻有梦就去追，不想到三四十岁以后才因为没有尝试而后悔。也许得付出比别人更多的努力，才有可能成功。

2010年4月2日，这是小胖林育群一辈子都难以忘怀的日子。他在台湾歌唱比赛节目《超级星光大道》中，演唱了美国著名歌星惠特妮·休斯顿的经典歌曲《I Will Always Love You》，以24分高分打败对手。随后，这段视频被放到一家著名的视频网站中，全球观看次数已超越600万次，造成巨大轰动。留着西瓜皮发型、扎着蝴蝶形领结，身高一米七一、体重110公斤的他，将一首经典老歌演绎得美妙绝伦。通过网络的力量，影片迅速扩散到世界各地，海外媒体看到他的演出惊为天人，纷纷以“台湾苏珊大婶”的称呼重彩浓墨地报道。一时间，小胖林育群声名鹊起。

一次演唱、一段视频，彻底改变了林育群的人生。

一个半月后，索尼唱片公司不仅宣布与林育群签约，还不惜工本为小胖打造专辑，单企宣费用就高达上千万新台币。小胖听说自己被如此重视，惊呼

“这一直都像梦一样”。好事不断的他，还受邀赴美，接受知名脱口秀节目《艾伦爱说笑》及《罗培兹今夜秀》节目访问，备受制作单位的巨星般礼遇。当美国著名节目主持人提到他小时曾遭霸凌，请他给遭受相同情况的人一些建言时，林育群说：“每个人生下来都有用处，要对自己更有自信，最好的报复就是比他们（霸凌者）更成功。”

他的话音刚落，就赢来全场美国观众排山倒海般的掌声。

一个喜欢唱歌的男孩，没有惹眼的外表，却有着强大的内心力量。这又是一则丑小鸭变白天鹅的故事。文章沿着林育群唱歌这条线索，不蔓不枝地一路写来，几次把他对唱歌的由衷喜爱之情展露得淋漓尽致。最后，当他终于凭借一段视频走红，进而改变了人生的时候，我们也就觉得理所应当了：因为，他比别人付出了更多的努力！

阳光下，请抬起你的头

娇友田

那一年夏天，我因为一时没有找到合适的工作，便进入镇上的一家型煤厂做临时工。那是一项又脏又累的活，车间里飞扬的煤屑，将每一个人都围裹起来。再经过汗水的冲刷，每个人的脸上都像涂上了黑色的油彩似的，十分滑稽。

当时，那家型煤厂的厂长可能是认为我的身体比较瘦弱，便安排我跟一位姓苏的老师傅负责出库。其实，出库也是一桩累差事，只不过跟别的同事相比，我和苏师傅稍微多了一点自由罢了。

那时候，我俩的主要任务就是将车间里那一箱箱制作好的煤球搬到一辆人力板车上，然后再将它们拉到附近的一个车库里存放起来。

时而，我和苏师傅还要拉着板车，装载着一二十箱煤球，给附近那些订购型煤的居民和店铺去送货。

刚开始，我情愿待在车间里多出一些力气，也不愿意跟苏师傅一起到外面送货。每当我俩拉着板车行走在街市上时，我们那乌黑的面孔总能招惹来许多异样的目光。尽管那些眼神里并不一定都包含着嘲讽，但是在我的感觉中，那些目光火辣辣的，刺得我抬不起头来。

可是，苏师傅的表现却跟我截然不同。他总是一边弓着身子用力拉着板车，一边微笑着浏览路旁的风景。苏师傅认识的人很多，经常见他抬起手来，笑呵呵地跟别人打招呼。偶尔，他也会笑着逗弄我说："怎么鼻梁上架了副眼睛就怕人瞅，咱用水褪出来不照样还是个帅小伙啊？"继而，他就嘿嘿地笑，乌黑的面孔上泛起孩童般的笑容，露在嘴唇外的那两排牙齿显得愈加洁白了。

其实，苏师傅已经将近60岁了，他头顶上稀疏的头发早已经花白了，只不过被煤屑的灰尘给遮掩住了，反而呈现出几分年轻的神采。

还不到两个月的时间，当时跟我一起进厂的几个年轻人都选择了辞职。而我也在犹豫当中，只是还没有找到合适的工作。苏师傅当然也猜到了我的心思。

那天在送货的途中，苏师傅示意我停下车子休息一会儿。他蹲在马路旁边，卷上一支纸烟，并点燃。他一边吸着，一边问我道："你也想着辞职吧，那你找好工作了吗？"

我摇了摇头回答说："如果找到合适的工作，我早撒丫子了。你说天底下哪份工作不比咱这活儿强？"

苏师傅吐出一口烟，很认真地说："是啊，年轻人总得有点志向。不过，你眼前还没有找到别的工作，那咱爷俩暂时还要合作下去。别人可以看不起咱这工作，但是咱不能自己看不起自己。"

苏师傅说完，啐了一口唾沫便站了起来。就在那个送货的下午，发生了一件让我铭记一辈子的小事：

那是在一家小饭店门口，我和苏师傅忙着帮店主往店里搬运煤球。恰在这个时候，一个打扮时髦，刚从饭店里吃完饭的女人从里面疾步走出来。我躲闪不及，差点跟她撞个满怀，不过被盛满煤球的塑料筐挡住了。

她尖叫一声，洁白的裙子上被印上了一团污渍。我连忙尴尬地跟她道歉，而此时她的面孔因为气愤而开始变得有些扭曲。她怒斥道："你没有长眼啊？"

跟在女人身后的，是一个身材魁梧的男子。他看到女人被弄脏的连衣裙，顿时明白了刚才所发生的一切。他不由分说，挥拳朝我的面部打过来。苏师傅眼疾手快，使劲往旁边一拽我，而他的身子却迎了上去。那一拳重重地落在苏师傅的腮上，血水止不住地从他的嘴角流出来。

此时，旁边围过来很多看光景的。在店主的劝说下，那一对男女才骂骂咧咧地走开了。而我一直站在旁边，愧疚地低着头。

苏师傅拭了一下嘴角的血水，大声对我说道："把头抬起来，接着干咱的活！咱虽然衣裳脏，可是咱的心是干净的！"

在往回走的路上，我仍像先前一样沉默地拉着盛满空塑料筐的板车，但是我不再像以前那样低着头，故意躲避行人的目光了。我像身旁的苏师傅一样，迎着阳光，把头抬得高高的。那一刻，我的眼睛里热辣辣的，耳畔一直回响着苏师傅说过的那一句话："咱虽然衣裳脏，可是咱的心是干净的！"

转眼之间，这些事情过去将近20年了，苏师傅也在两年前去世了。记得我的第一本集子出版的时候，我在去探望苏师傅时，特意给他带去一本。当时，他因为中风而瘫痪在床上。虽然苏师傅识字不多，但是他知道那本书是我自己写的。他抚摸着那本书的封面，显得很兴奋。

当我向苏师傅提起那段他因我而被打的经历时，老人却早已不记得了。也许那个下午，在苏师傅的眼里，只是一个平平常常的下午吧。

不过，当我提起他说过的那一句话时，苏师傅颇为感慨地说："只要咱心里干净，咱不管什么时候都可以抬着头走路。"

我从苏师傅朴实的言行中，体味到了什么才是真正的自尊和自强。

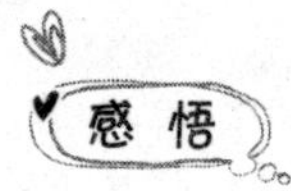

在生活中，不管从事什么样的工作，只要你的心灵是干净的，那么你就不是卑微的。别人可以看不起你，但是你不能自己看不起自己。在灿烂的阳光下，我们要昂起头来，给人生留下一道自尊自强的风景！

蜗牛人生

清 山

外甥女小婕最近考上了北京一所名牌大学的研究生，全家人都为她感到高兴。是啊，15年寒窗终于得到了回报，不但拥有了光辉灿烂的未来，同时也顺便满足了一下自己和亲朋好友的虚荣心。我怂恿姐姐一定要在全城最好的饭店庆贺一下。其实，小婕的求学之路并非一帆风顺。

她小时候，虽然脑门挺大，但并不属于特别聪明的孩子，在算术方面，甚至可以说有些不开窍。小婕从小就不爱说话，但做事非常认真，老师教过的写在黑板上的板书，回家后，她能凭着记忆，把内容全部再记在院子里的水泥墙面上。但数学课让她犯了难，考试经常不及格。上到小学二年级的时候，甚至在作业本上把二加三算成六。姐姐叹了气。母亲劝慰道：这才上小学呢！况且大学并不是人人都能考上的，上不了大学一样可以活得很好。

在亲人们都对小婕的学习忧心忡忡的时候，从小学三年级起，小婕的脑子似乎开了窍，成绩慢慢赶了上来。虽然在班里不是最优秀的学生，但也算是中等偏上的学生了。上到五年级时，小婕已然成为班里前10名的学生。后来，她幸运地考上了一所重点中学。由于中学会聚了全市许多优秀的学生，小婕考进这所中学的成绩，在她的班里是倒数第一。从此，她又开始了艰难的追赶。

学习是枯燥乏味而又艰苦的，好在小婕思想上并没有多大压力，平时休息非常好，中午哪怕只有半个小时的时间，她也会睡上10分钟。由于睡眠好，精力充沛，她学习起来感觉并不吃力。上到高中三年级时，她又成了班里的优等生，并考上了省城的重点大学。在大学里，她再次复制了在小学、中学时的经历，从成绩最差的学生再次成为一名优等生。大四时，她的成绩是班里的第一名。大学即将毕业时，学校要保送她上本校的研究生，学费全免，研究生毕业后留校任教的概率非常大。求之不得的好事，她竟然推掉了。看起来柔弱文气的小婕此时表现出的勇气和胆量让我想起了一句体育商品的广告词：如果知道要去哪里，全世界都会为你让路！亲人们都相信，在学习上已经没有任何困难可以挡住她。

在庆贺的酒宴上，面对亲人们的轮番祝福，小婕有些受宠若惊。她说她没有想到，自己取得的这点成绩会给大家带来这么多的欢乐。她自嘲不是一个聪明的孩子，在学习上一直在小步不停歇地追赶，并且在追赶的过程中，发现了学习的乐趣，从此乐此不疲。她说，在学习的过程中，也曾产生过懈怠的想法，但在中学时看到的一则寓言故事给了她无穷的动力：雄鹰可以轻易地飞到悬崖峭壁上，而蜗牛则需要长年累月的攀爬，并且在攀爬的过程中，可能还会掉下来，没有办法，蜗牛只有从头再来，继续努力地攀登。小婕说，在这个世界上有两种人能够成功：一种是雄鹰，拥有卓越非凡的才华，不费多大力气，可以轻易地登上人生的顶峰，笑傲天下；还有一种是蜗牛，它不聪明，不敏捷，只知道爬啊爬，但最后一样可以登上顶峰，虽然它耗费了多于雄鹰百倍的努力，成功的过程不那么潇洒，但最后它和雄鹰看到的风景是一样的……

这是我的外甥女的真实成长经历，小时候的她并不聪明，但一直像蜗牛一样坚持不懈地爬啊爬，并最终考取了北京名牌大学的研究生。她在学业上取得的成功，一度令周围的亲人非常震惊，难道不聪明的孩子，也能攀登上学业的巅峰？直到她给我们讲了那则寓言故事，我们才恍然大悟，其实，她非常聪明，总是把自己当作一只笨蜗牛，而只有傻瓜，才会认为自己是可以轻易爬上顶峰的雄鹰。

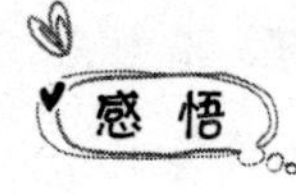

实际上，在生活中，我们中的大多数人都是蜗牛，但很多人都不愿意承认这一点，而更愿把自己想象成一只雄鹰，妄想可以在短时间内轻易地获取成功。事实证明，凭空把自己想象成雄鹰的人终其一生都只是一只蜗牛，而坚持不懈爬上山顶的蜗牛最终会变成一只雄鹰。

记得来时的路

范泽木

2009年冬天，我在一家建筑工地上班。在那些晴好的日子里，我负责放线、打样、监督工人施工等工作。

我的老板是个随和的江南人，他平日里常常和我们聊天。他喜欢和我们拉拉家常，喜欢和我们开一些玩笑。

冬日里的一天，他忽然对我说，走，咱们上浴室洗澡去。

我惊愕地看着他。我承认，有那么一会儿的时间里，我以为自己听错了。但他坚毅的眼神告诉我，这不是一个随便的玩笑。

我马上开始收拾东西。我收拾完毕的时候，他也一切准备就绪。

浴室里雾气弥漫，空气中充斥着各种洗发露和沐浴露的味道。老板随便选了个位置，便在洗澡间外面做起了高抬腿运动。

我愣在原地，眼神中的惊疑无以复加。

他说，这是洗澡前的热身运动，只有把身体搞热腾了，洗澡时才不会觉得冷。

“什么？你是说要用冷水洗澡。”

老板毅然点了点头。

我当然没有这样的勇气。我走进洗澡间，打开喷头，调好水，准备享受一场温热的淋浴。老板也进来了。耳边忽然传来他杀猪般的吼声，接着他大叫："爽，用冷水洗澡真是爽死了。"

回来的路上，老板递给我一根烟，说，你大概很纳闷我为什么喜欢用冷水洗澡。接着，他讲起了自己小时候的事。之前，我并没有想到，如今家财万贯的他，亦有如此寒酸曲折的童年。

他八岁的时候，母亲嫌家里太穷，毅然决定跟父亲离婚。离婚后，母亲跟了一个有钱的商人。从那时开始，他便知道，往后的路只能由他和父亲一起走了。父亲身体不是很好，无法干体力活。于是，父亲成为众多拾荒者中的一员。为了多攒点钱，父亲总是风雨无阻地出去拾荒。面对庞大的生活开支，父亲的收入总是显得杯水车薪。父亲的药费，他的学费，家里的柴米油盐，生活的刀刃残忍地分割着父亲的收入。

他很懂事，一到晚上或者周末就帮父亲整理垃圾，给垃圾分类。他经常把自己搞得浑身臭烘烘的。很多时候，同学们看到他靠近，就纷纷用手捂住鼻子。

他想去浴室里洗个澡，但是他知道，家里的钱不允许他常常去浴室洗澡。他一咬牙，决定用冷水洗。于是，在此后的很多个冬天里，他一直重复着这些事：洗澡前，他拼命做高抬腿运动，拼命搓热自己的身体，然后，一头扎进冷水里。从那时起，他就发誓，一定要混出个名堂来。

多年后的今天，他已经是一家建筑公司的老板。但是，他始终没有忘记父亲佝偻的身影，也没有忘记寒冬里的冷水澡。

他拍拍我的肩膀说，人成功之后往往容易忘记自己来时的路，容易不思进取。而每一次洗冷水澡，都让我醍醐灌顶，它提醒我要清醒，要奋进。我想，我们每一个人都需要一个生命的闹钟。

他说完，转身走入黄昏里。那个黄昏，却深深地刻进我的脑海里。

在没有成功的时候，那些痛苦总是让你自惭形秽。成功之后，那些曾经激励过你的痛苦都会随风而去。那时，你会忘记自己曾经走过的路。人生需要一个闹钟，来时时提醒自己，曾经走过怎样的路。

给季节留空

取舍

在一家医院工作的朋友来电话告诉我，他们医院抢救室刚刚接收了一名自杀的男孩子，男孩子自杀的原因似乎是因为考大学。我赶到医院的时候，男孩子还在昏迷着，男孩子的母亲守在抢救室外不停地哭着。我尝试着安慰男孩子的母亲，并询问男孩子自杀的原因。

男孩子刚刚20岁，共有兄弟三人，一个哥哥和一个弟弟初中毕业后都去外地打工了。虽然家境不算太富裕，但因为有哥哥和弟弟打工贴补家用，生活还能过得去。男孩子在前一年的高考中考了595分，虽然这个成绩已经让太多的高考考生和家长们羡慕不已，但男孩子却十分不满意。他觉得自己如果不是发挥失常，是完全有把握考出更好的成绩，被自己理想的大学录取的。经过一番思考，男孩子毅然作出复读一年重新再考的决定。但让男孩子没有想到的是，在他复读刚刚开始不久，他的父亲就因为肝癌晚期而住进了医院。三个月后，虽然倾尽了人力财力救治，但男孩子的父亲仍旧不治而去。这个时候，因为给父亲治病，男孩子的家庭已经欠下了数万元的外债。想到自己考上大学后那大笔的费用，男孩子的心里渐渐有了一份压力。在每天复习的间隙，他总是会不停地盘算哪一家大学学费低一些，哪一家大学的奖学金高一些。随着这样的压力越来越大，男孩子对复读、考大学渐渐失去了信心，他开始担心的不再是能否考上大学，而是即便考上了，负债累累的家是否能够承受得了。终于，男孩子那压力重重的心弦绷断了。在这个冬日的午间，从位于三楼的他家的阳台跃向地面。

这个采访让我的心久久地被一种沉重感压抑着。

在我赶往我新买的房子去监督木工师傅们安装地板的路上，我的心仍旧难以从压抑中解脱出来。当那名50多岁的木工师傅一边安装着地板，一边询问我是不是有什么心事时，我叹息着讲起那男孩子的事情。正讲着，我发现新铺的地板和墙壁之间有2～3毫米的缝隙，便停下讲述，提醒木工师傅地板安装得不够紧凑。木工师傅听了我的话，笑着回应道："现在是冬季，如果地板和墙壁之间不留点空隙，等天暖起来后，地板就会鼓的……"木工师傅解释着，我的心突然一怔，再次想到那个自杀的男孩子。

冬季铺地板的时候，为了避免地板在天热时鼓起来，要在地板和墙壁间适当地留空，这是为季节留空。而人生也是如此的吧，我们应该有一颗追求完满的心，但同时我们还应该有一份为境况留空的理性，为人生适时地留空，并不是无奈于缺憾，或许这就是花半开月半圆的美丽。

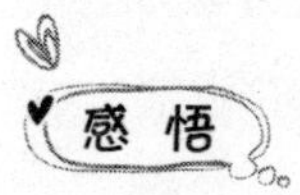

俗话说："水至清则无鱼，人至察则无徒。"现实生活中，对人、对事、对自己都不宜过于苛求，否则会使自己生活在孤寂和焦灼之中。生活的目的在于发现美、创造美、享受美，而不该盯着不完美、不理想的事物苦苦折磨自己。不苛求别人，也不苛求自己，你的内心就不会有压力和负担。

有了一颗轻松的心，你就能轻松地生活，愉悦之情就会油然而生。

错误是开到他人院里的花

天　下

那年秋天，相恋六年的男友在即将举行婚礼前突遭车祸而亡，我一下跌入悲痛的深渊中难以自拔。一段时间后，父母开始四处托亲友为我介绍男朋友。我懂得父母的良苦用心，可是，我那碎裂的心哪里有气力去撑起新的情感啊！最初，为了安慰父母，我还能迎合父母假意去相亲，但渐渐的，父母屡败屡试的执着让我连假意迎合也越来越不耐烦。

我的沉沦让父母的叹息声越来越重。又一个春天来的时候，父母买了一处新居，他们渴望新的环境能够对我走出旧情感有所帮助。新家在一楼，比旧居宽敞许多，并且窗前带有一个20平方米左右的院子。父母对这个院子很是喜欢，念叨着要将其变成一个园子，种上一些时令蔬菜。这天，看着等待耕种的院子，我心里闪过一个念头，我要将这个院子种满花，希望我的心随着那些花的成长与绽放，能一日一日明媚起来。我随即给做花卉养殖的女友打电话，表示自己想要一些花种，女友爽快地答应没问题，并问我想要什么花种。我一下被问住了。我是一个对花草并没有多大爱好、几乎毫无研究的人，想要种花，只是一时之念。这样的犹疑中，我的脑海中突然跳出一句曾看到的话："彼岸花，开一千年，落一千年，花叶永不相见。情不为因果，缘注定生死。"彼岸花花叶相念相惜永相失的悲恋让我再一次跌入对男友的怀念之中，脱口而出告诉女友自己要种彼岸花。女友告诉我，她那里没有彼岸花花种，即便有，北方的室外也根本种不活彼岸花。我却全然不顾女友的解释，固执地表示自己只要彼岸花花种。

两天后，女友送来一捧花种，并指导我将那一粒粒黑色、小巧的花种沿院子的铁栅栏种了一圈。

又一周后，母亲的一位老同事为我介绍了一个相亲对象，我刚拒绝不去相亲，母亲的眼角便有泪滚出。我的心一紧，改口表示自己去相亲。母亲满意地笑了，我盘算了一番后，打电话给送我花种的女友，让她冒充我去相亲。女友最初很是反对我的这种戏谑行为，但在我的苦苦相求下，最后还是答应冒充我去相亲。

从小到大所接受过的教育，让我一直秉承着为人处世真善为本的信仰。这次相亲事件后，我时常会为自己的欺骗行为感到愧疚，并时常担心骗局被对方知道，给对方造成伤害。还好的是，不久，我因公出国，终于摆脱了被父母逼着去相亲的困扰。

金秋时节，结束了半年国外生活的我回到国内。回到家中，我发现窗前院子的四壁长满了一种爬藤植物，叶子普通至极，藤叶之间的一朵朵红色的小花因为有五个角，像极了一颗颗红色五星，颇是惊艳。不过，遗憾的是，这些花儿，大部分随着爬到两侧邻居家院内的藤蔓开在了邻居家。

我将彼岸花开花的消息告诉了女友，女友却告诉我，那些花不是彼岸花。原来，我当初向女友要花种时，女友见我“中邪一般只要彼岸花花种”，便采取了瞒天过海的办法，将羽叶茑萝花种冒充彼岸花花种送给了我。女友还告诉我一个更加令我惊讶的消息，女友那次冒充我去相亲，和对方一见钟情，经过这段时间的热恋，两个人即将步入婚姻殿堂。

我被女友的羽叶茑萝和结婚消息惊呆了。女友语重心长地劝导我：“看看，你种错的种子在邻居家开了花，我冒充你相亲得到了向往的爱情。你啊，别再和过去较劲了，有些无奈，哪怕是错误，也应该放下，因为它们没准就能在未来开出美丽。”

云开雾散。

伤痛、挫折，乃至错误，不是让我们沉沦的，而应让多了沉淀和丰盈的我们更懂得对美好的加倍珍惜，对未来的加倍向往。

犯错不可怕，可怕的是知错不改，更可怕的是，因错丧志。犯错，对于坚强的进取者来说，是清楚了一条路不对，这并不是坏事，只有对弱者来说，才会是压顶的石头。

一个人只有尊重自己，才能得到别人的尊重。

如果有一些旧事可以怀想

清风徐

前天傍晚，我赶夜班的火车，去往那个叫安达的小城。

整个火车站，黑压压的人流，以惊人的缓慢速度蜗行。没有人退却，全体义无反顾。

车门处，旅客大量滞留，像一只没有按照规程操作的红酒的瓶塞，拔不出来，塞不进去。

那一瞬间，我知道，再淑女下去，这列火车将把我抛弃在站台上。我伸出双臂，以猛虎下山之势拨开众人，差点喊出“哇呀呀”，成功地冲进了车厢里。小时候家里蒸豆包，一个个挤挤挨挨地摆在笼屉里，几乎没有一点空隙。那一时刻的车厢，就是一只蒸豆包的锅，我就是黏豆包之一。而且，更为配合的是，在我成功装进锅里的20多分钟时间里，这节全封闭的车厢竟然没有开空调。汗一层层地从皮肤往外渗，每个人都湿淋淋的。这锅豆包，马上就熟了。然后头顶旋过一阵风，人们惊呼一声，知道终于开了冷气。前后温差，至少在70℃。

终于静下来。终于在端午的前夜，回到家。

每次回家，都要翻翻从前的东西。有时候，是照片。有时候，是一些旧信。有时候，只不过下意识地拉拉从前的抽屉。昨天，在写字台最底层的抽屉里，我看到整齐地摞着一沓档案袋。打开，自己都惊讶了，那是我当年写东西的手写稿。有的，距今已经20多年。翻到一篇《冬日里的一条河》，写的是雪后在八达岭登长城时，一对外国老夫妇帮助我的事儿。语言幼稚到只读了几行，便不好意思再看下去，可是淳朴的故事却唤醒了记忆。慈祥的老人在陡峭的台阶上拉我一把的瞬间，穿越时空，也穿越多年动荡的心，重又温暖了我。这篇文章，我发现前后共四稿，但还不是最后的定稿。到底写了几稿，看来无从查证了。像是被别人感动，我竟是一个那样用心的人。

端午没有去踏青。风太大，应该有六级吧，不知疲倦地刮了一天。这样的天儿，没法不怀旧。小时候的春天，刮的就是这样的风。出门一趟，从眼窝到鞋窠，细碎的尘土无孔不入。逆风行走的人们，眯缝着眼儿，身体前倾，梭子鱼样地前行。骑自行车的人，只能走S形路线。我也曾经如此。这风，难道是为了配合我的到来?

凡尘里一草根，我应该不会有如此呼风唤雨的本领。若有，我当祈下一场雨，洗净这场因我到来而扬沙四起的风烟。

傍晚，踏上回程的车。我常常会在摇晃着的路上，似梦似醒之间，怀想往事，并且执着地喜欢着这样安静的时刻。那是于我而言的安静，不管周遭聒噪成啥样，我沉在我自己的心里。

列车停靠在一个叫“宋”的小站。站牌上就是这么一个字，这个地方就叫“宋”。也许因为一个字的地名叫起来不方便吧，于是大家约定俗成地叫它“宋站”。我跟这里是有亲情的。它是我妈妈的故乡。从七岁开始，我便独自往返于安达和宋站之间了，并且不买票。直到到了该买票的身高也逃票好几年。真的不可思议，那时我才七岁。我爸爸会把我送上车，告诉我羊草停一站，曹家停一站，然后就是宋站，就可以下车了。有时候会交代给车上上了年纪面相忠厚的旅客，告诉他们照顾小丫头。这样的事一般发生在寒暑假。姥姥家并不是我的目的地，勾引我的是二舅家的与我年龄相仿的姐。和姐在一起，还有当地小孩子们，干过一些坏事儿，为不影响形象，在此忽略不“记”。

后来长大，十六七岁时，姐跟当地许多年轻人跑到大庆做买卖。我也去过好几次。到住宅区，用鸡蛋换粮票，换药，但是不换大米，我们背不动。换了的粮票和药品拿回宋站再转手，就可以赚钱了。我们那时乘火车仍然逃票，买票还能赚钱吗？从车窗爬上过，也从车窗爬下过，基本就是个当代版的铁道“游击队”。

如今姥姥和姐都已经离开宋站，姐在哈尔滨有自己的公司，有别克车，有成功的朋友圈。我们会在笑谈间偶尔说起过去，毫不避讳。说起当年事，岁月不卑微。那是一种积淀，不美好，却坚实。我们需要。

车启动。满车的乘客，谁会像我一样怀念起与停靠两分钟有关的那些旧事。于是内心不空洞，目光里，也蓄满了对日子的感怀。

车子加速。身旁刷刷退去的，并不是风景，是光阴。

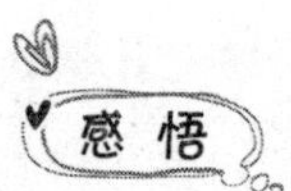

到一个地方，想念一个地方，都是因为那里的人，而不只是那里的风景：那里有一处很少触及的柔软，那里有我们的青春过往，那里有我们的付出和辛劳，那里有我们生命的痕迹——幸福就是：满足的心灵，仅只是活着，就值得感谢了，不是吗？

当一切都成为往事，它们其实并没有离去，当我们回想起那些点点滴滴，感恩能让我们拥有更多美好和幸福。

感伤来自心灵

清风徐

追溯我最初的感伤经历是件很容易的事，因为那个小男孩吃橘子的情景从没有淡出过我的记忆。80年代中期的东北农村，如今想起来就像我们在影视剧里经常看到的远古走来的废墟，然而就在这盐碱洼上、干涩的泥巴墙里，实实在在生活着我的父老乡亲。母亲领我去的，为何而去，那一家跟我们有什么关系，已经没印象了，只记得母亲从花布口袋里倒出了我们带来的橘子，立即吸引了年龄与我相仿的男孩的视线。他爬上炕，把散落在炕头炕梢的橘子聚拢起来，然后，抓起一个，定定地看了看，往衣服前襟上使劲蹭了蹭，张开大嘴啃了下去。天哪，他不会吃橘子！我怯怯地说："吃橘子要剥皮。""呸！"男孩把嚼烂的橘子吐了出去："我说怎么这么难吃！"他母亲两手搓着围裙，讪讪地说："从来没有吃过……不会吃。"少年时代的我，除了默默地怜悯，只能把这个镜头小心地记进日记本。

我姑妈一家在我们那个小城也应该算作底层劳动人民了。姑妈没正式工作，不论沙尘漫天，还是三九严寒，就靠在商店门口看自行车收几个小钱度日；姑父是瓦匠，出卖繁重的体力，回收卑微的报酬。表妹高考那一年，他们家的生活水平一如既往。表妹黄黄瘦瘦，明显的营养不良，学习成绩却如日中天。有一天她对母亲说她太想吃肉了，姑妈了解女儿，这孩子从小善解人意，不给父母增加任何负担，她是鼓足勇气提了这样一个要求啊！姑妈当下买回一斤五花肉。表妹望着放在砧板上待烧的肉，咧着嘴傻笑。姑妈问："笑什么呀，傻孩子！""妈，我现在就想咬一口。"一句话说得姑妈湿了眼眶。姑妈一家向来乐观，但是每个心灵都有一处最微妙的地方，那也是爱的发源地。在我的心灵空间里，我的感伤曾一度促使我去为他们做点什么，当我知道我无能为力以后，我感悟，贫穷不是过错，爱会使他们风雨无阻。

往事像翻书时不经意抖落的一页书签，常常在得意的时候，失意的时候突然跳到眼前，似乎在提醒什么，便想起了过往那些沉沉的令人感怀的片断，于是重新拾起夹进岁月。这些年来，社会竞争残酷、人心叵测，看过了形形色色的人，经过了五花八门的事，却仍然不能练就心如磐石的硬功夫。前几日，看报纸时发现一则短消息，郊县一家农民进城卖西瓜，途中发生车祸，有死有伤。不尽的感伤又滚滚而来……去年瓜贱伤农，今年据说情况有所好转，那一家子老小定是在曙光中揣满了浑圆的希望上路的……我把对瓜农的悲悯之情安放在心灵里最微妙的那个地方，让感伤化作善待的目光，去尊重阳光下那些流汗的塑像。

有一种人生，未必有理由去歌唱，但绝对值得我们去思想。

在一次聚会顿谈中，一个作家朋友说：上苍给每个人一片天空，或大或小，我们只在自己的天空下劳动、真诚做人，足矣。她祝福大家一定要幸福，一定要豁达，一定要爱惜自己！这个作家朋友有坎坷的人生和情感历程，吃过很多别人看来很难咽下的苦，一直在孤独中坚持写作。20多年的奋斗，终于迎来一片艳阳天。

当我们被旭日阳刚一首《春天里》感动得欲哭时，我们知道，我们是在心里，向每一个阳光下那些流汗的脊梁致敬，那些发自肺腑的音符让我们明白，诚实的劳动，是劳动者永远的光荣！

鲜艳的玫瑰总有荆棘相伴

岸上的水手

单位里新进来一位年轻未婚女同事，人长得美，有品位，成了许多单身男青年的追求目标。我一向讷于言，虽然内心也很喜欢这位年轻的女同事，却总是找不到机会。不多久，那些追逐着进攻的男同事都不再众星捧月般围着那位女同事了。

我有几次与她单独接触的机会，常常在很好的氛围里，我要表达的话常会被她莫名的话语打乱，或者被她狠狠地用语言“刺”一下，我浪漫的心情变得郁闷起来。时间长了，她的美丽就成了可远观而不可近赏的风景了，我终于理解了那些男同事先亲后疏的缘由了。

后来，我无意间同母亲谈起单位里的这位女同事，内心仍然止不住流露出对她的爱慕。母亲问我：“那你为什么不去主动一点接触她呢？”我告诉母亲，她虽然优秀，也很美丽，可我无法接受她咄咄逼人的模样。母亲笑了笑，说：“鲜艳的玫瑰总有荆棘相伴，正因为她样样出色，才会锋芒毕露。如果没有这些缺点，她就会与别的女孩子一样平常，如果你能试着接受她的这些缺点，你就会获得她的许多优点。”我觉得母亲的话也有道理，就尝试着继续同她交往，时间长了，我就感觉不到她的那些“刺”了，相反她那些优点却得以长足地显现出来。

如今，那位女同事就是我现在的妻子，我为母亲具有的远见而庆幸。妻子在保有一些小缺点的同时，那些优点无与伦比地显现出她是多么的与众不同：处事果断，有敏锐的预见能力，敢于承担后果，这让她得以瞬间抓住很多稍纵即逝的机会。鲜艳的玫瑰总有荆棘相伴，我现在既闻到玫瑰的芳香，又习惯了她的荆棘相伴，妻子成了我的得力助手。

另一件事让我更加明白了这个道理。一位朋友投资报业，成了一家报社的“控股”老总。在人事改革时，他大刀阔斧地进行人员岗位变动，在注重民意的同时，他更注重自己的感觉，把一些充满活力又有个性的年轻人充实进各个重要岗位。起初，很少有人明白他的安排，那些个性魅力十足的人，依仗自己有点实力，很难管理。但是，朋友的话让大家信服：要想嗅到玫瑰的芳香，就要习惯着忍受它们身上的荆棘。

果然，那帮活力四射的小伙子把原来僵硬的报社搞得生机勃勃，正因为他们得以充足地施展个性，他们的才华才能得到发挥。如果捆绑住他们的手脚，拔去他们身上的荆棘，也许会让他们的芳香消失，又怎么能够在广阔的范围里施展手脚？

鲜艳的玫瑰总有荆棘相伴。

如果要拥有玫瑰的芬芳，那么就不要在乎玫瑰的刺针。她的尖锐，有时是为了保护自己，有时也是一种天赐的本领。

第五辑

那缕吹展生命的风

散佚在时光中的错误

马 德

时光就像旧墙根下的苔痕，一寸，一寸，低眉回首间，一切都老了。

然而，就在这一寸一寸的光阴里，掩藏着人生长长短短的故事。隔着时空的烟尘往回看，这些故事像旧年夜晚路灯下的光晕，朦胧已经不在，虚幻早已散去，而触动心弦的部分，则在眼前愈加清晰地浮现出来。

记得读高中的时候，有一个姓张的同学，患口腔溃疡，舌头上、口腔四壁，多是白白的溃疡面，疼得他总是咝咝啦啦地吸凉气。印象中，他吃过好多药。冬天，他不上课，在宿舍的炉火上熬药，最后把药渣倒在宿舍的窗台上，黑黑的晒一溜，空气中泛着淡淡的草药的气息。那时候小，不懂得这是人生的一种痛，常和这位同学开一些和病有关的玩笑，吓唬他。每每这种时候，同学就苦苦地笑一下，然后便低下头，默默地、一遍又一遍地搅和着药罐里的药。

在大同打工的时候，在做小工的人群中，我曾遇到过一个小伙子。碰上阴天下雨，或者工歇，我们常在刚盖成的楼里，用木头棍和石子玩一种叫“狼吃羊”的游戏。那一段时间，没考上大学的我，感觉前途渺茫，人生百无聊赖，特别消沉。他就不断地劝我，希望我能在消沉中振作起来。黄昏中，在夕阳残照的余晖里，有我们携手并行的背影；无月的晚上，在蚊子低回的脚手架下，有我们的喁喁私语。他总说，没事，不行就复习，总有考上的时候。这差不多是那一段时间，我听得最多的一句话。

毕业之后，我曾在一家企业给老板当过一段时间文秘。说是文秘，其实是打杂。有一次，车间忙得紧，我们去帮忙。正赶上有一批产品要出厂，正在最后调试阶段。地板上，纵横着的全是电线。一不小心，我的一只脚绊在了一根电线上，我被绊了个趔趄，紧跟着调试那边的产品全部停了电。当时老板正在调试产品前，他回头一看是我，脸立刻变成猪肝色。

“你干什么呢？”他怒吼道。

“我，”我支支吾吾，“我没看见。”

“没看见？”老板看着我，依旧满脸的愤怒，“我还以为，地上有五分钱，你要急着去捡呢。”

那一刻，我仿佛被羞辱了祖宗，自尊心受到了极大的伤害。我正要回击他，离我不远的一个副总工程师站起来，说：“老板，不怨他，就在他绊线之前，我断了电源。因为我这里有一个数据误操作了，情急之中，就断了电源。”老板干笑了一下，就头也不回地走了。只剩下我，一个人傻在那里。

行走在幽深的时光长巷中，总有一些人，与我们相伴走到最后，也总有一些人，会成为我们生命中的过客。然而，就是这些在生命中一闪即逝的过客，或多或少地影响了我们的生活，也让我们的心中留下愧疚和遗恨。记得，那些年，我们常和那位同学开一些死呀活呀的玩笑，等我成年后，身边有人因为口腔溃疡发展成绝症时，我的心中就一惊，怕恰恰有厄运降临到我同学的身上，于是开始嫌恨自己的乌鸦嘴。那一年，考上大学后，我曾经固执地认为，之所以考上大学，是因为打工的艰苦对我的触动，包括我的亲戚朋友也这样认为。后来，当我不再懵懂，当一些事实的真相清晰地融化在内心，我才明白，是那一个小伙子给了我生命的触动，给了我人生的信心和希望。当然了，包括那次断电事件，此后多少年，我的内心一直对老板耿耿于怀，却忘了对那位副总工程师的感恩。

我们散佚在时光中的好多错误，不会随风散去，它们会以愧疚、悲痛和伤感的形式蛰伏起来。等到有一天，我们像一棵虬枝纵横的老树沉稳地站立在秋阳中，看清了尘世的一些事情，并开始意识到愧疚，感受到伤感，

感知到伤痛时，那一刻，我们才真正懂得了人生中的对与错，懂得了生命中所有擦肩而过的人曾经给予我们的一切。

感谢上苍，我很幸福

冯有才

在一辆出事的公共汽车里，一对年轻夫妇紧紧地拥在一起。他们的脸色显得很安详，没有其他人的那种死亡之后仍褪不去的苍白恐怖，尽管他们永远地睡着了。但他们那出奇平静的脸以及他们眼角的那一润泪痕，似乎在告诉着人们什么。

负责现场处理的同志很奇怪，他们工作这么多年，从来没有遇见过这样的情况。意外地，有人发现那个男的手中紧紧地攥着一张纸。摊开那张皱皱的纸，只见上面写着几个笔画颤抖的字——感谢上苍，我很幸福！从字迹上看，应该是他在临死之前尽最后努力写的。

在整理死者的遗物时，有人从那个男的身上的挎包里发现了一张结婚证。看上面的日期，是上午才办的！看到这，大家不住地叹息，不住地摇头，也不知是为了他们年轻的生命，或者是他们逝去的幸福！

大家继续整理死者遗物，在男的上衣口袋里，大家意外地翻出了一张病历。从封面上看是一个女的名字，对应结婚证，显然，是他的新婚妻子的。翻开病历，最令大家心跳的是上面的四个字——肝癌晚期。

此刻，车内一片沉寂。

在这个世界上，一个人，如果在他得知自己相恋的人身患绝症即将逝去的情况下，仍能悉心地爱护她照顾她是一种勇气的话，那么，在她离世前能够一同陪她享新婚所赋予的温馨快乐则是一种幸福的牺牲。诚然，汽车的出事是一个意外，但那个男的手中紧攥的八个字仍值得全天下所有相知相恋的人潸然泪下。请我们永远记住这八个字吧！

感谢上苍，我很幸福！

“别人手中的苹果永远是最好的”，很多人都会有这样的感触。殊不知，那是因为我们不懂得珍惜！

学会感恩，学会满足，学会珍惜。懂得眼前来之不易的一切，对自己说句“我很幸福”吧！

踹自己一脚的智慧

陈亦权

清朝康熙时期，有一位大臣名叫明珠，他是掌权最大的官员之一，为人为官不但清廉正义，而且疾恶如仇，因而有不少以权谋私、贪污腐败的官员都对他恨之入骨，无不欲除之而后快。

有一年，明珠正在暗中与几位贪官较劲，结果反而被那几位贪官联合起来反咬一口，陷害明珠贪污受贿，而且证据“确凿”。他们纷纷跑到康熙皇帝面前，要求将其弹劾下狱。

康熙对明珠一直颇为信任，虽然他从心里不相信明珠是这样的人，但看着那一项项明明白白的“证据”，康熙也只能依法办事，将明珠收入了监牢。如果不收入监牢，以后就不能服众了。但收入监牢后，康熙一时半会儿也想不出该怎么样才能保住明珠。

明珠眼看自己就要面临身首异处、家破人亡的处境，这时，他想到了一个办法——通过他的政敌来救自己！

明珠因为平日里人缘极好，所以哪怕是深陷囹圄，看守的牢头们依旧对他恭恭敬敬，只希望能帮上他一点小忙。于是明珠就让其中一位较为可靠的牢头传话给自己的政敌，说自己身上还有一件大事，那就是谋反！

牢头听后吓了一跳，别人进狱，都忙着为自己辩解还来不及呢，哪有反过来踹自己一脚的？但他寻思着明珠既然要这样做，那就一定有他的道理，于是就悄悄找到明珠的政敌那里，告诉他们明珠一直在准备谋反。

明珠的那些政敌们一听到这件事，可乐坏了，他们就盼着能早日把明珠给整倒呢，现在碰上这么一个好时机，哪能错过？于是他们纷纷他们附和上书攻击明珠。然而，康熙皇帝听到这件事后，会心一笑，心里明白了一切。他并没有大规模地调查，而是装模作样、草草地调查了一下，然后以查无实证的名义“断”了案。而且，通过这一点，康熙还把明珠那些“贪污受贿”的事情一把全揽到了自己身上。他对百官们说：“那些所谓的贪污证据，其实是我派人暗中设下的，我的目的不是为了要陷害明珠，而是要看看朝廷里到底有没有一种相互监督的好作风！”

康熙接着就下令把明珠无罪释放了。明珠得救了，而到这时，那些贪官们还没有搞明白这究竟是怎么回事！

原来，康熙虽然没有办法证明那些证据是别人陷害明珠的，但他依然深信明珠是被人陷害的，也正因此，他才迟迟没有处斩明珠。而正在这时，那些陷害他的贪官们又告他“谋反”，要知道，谋反可不是一两个人的事情，必然会牵扯到明珠的政友们身上。明珠在朝廷里人缘好，威望高，一旦查起来，人多势众的“明派政友”为了保住自己，必然要下死力保住明珠，这样一来，皇帝就要与整个明派政友对抗。

皇帝当然不怕手下的这些官员，但是朝廷里一直是“两势相当、相互牵制”的局面，如果一头对着明派政友，那就必然造成另一股势力独大的局面，甚至可能会动摇皇帝的根基也未可知。这是康熙无法接受的结果。所以皇帝刚好趁此机会保住明珠，以平衡朝廷力量。当然，康熙把“陷害”一事以“测试”的名义揽上身，他也绝对没有什么后顾之忧，因为没有一个人敢跳出来说康熙袒护明珠，谁说出来，谁就等于是在揭自己的短！从那以后，明珠又回到康熙皇帝的身边担任大臣，而且一干就是20年，直到去世。

明珠之所以能够成为皇帝身边的红人，除了自身有真才实学和刚正不阿的风骨之外，更与他为人处世的智慧分不开。试想，有谁能够想出这样的办法，通过政敌们告自己谋反，从而达到自救的目的？

每个人都是自己的明星

雪小禅

前些天我去开笔会，大家相互恭维着，说久仰久仰，说你的名字早就如雷贯耳。的确是，小圈子里，谁不认识谁呢！主持人介绍到我——中国著名作家，我很受用，虽然说有点夸张，但是谁不爱听奉承话呢？

何况在当地，的确是有很多人认识我，我开的多是这种笔会，一到了大家都说：作家来了。

我以为，很多人是认识我的。我有一次去一个老先生家，他在我们这个城市极其有名，我觉得所有的人都认识他，就像自我感觉自己也被所有的人认识一样。

但是他不认识我，他说，不要觉得许多人应该认识你，那些和你无关的职业人不会知道你是谁，比如那些出租车司机，比如那些摆摊卖水果的人，他们怎么可能知道你是作家？他们只认识自己那个圈子里的人，那个圈子里的明星。

是啊，那些走街串巷的人怎么可能认识我？即使巴金又如何？那是与他们的生活毫无关联的一个人啊。

而给我印象更深的一件事是，《同一首歌》要来我们这座城市，我费了很大力气搞了几张票，据说有很多明星，宋祖英、那英、王菲等都要来，说好了我要带着奶奶一起去的，我要让奶奶感受时尚！

但奶奶说，宋祖英是谁啊？王菲是谁啊？我不认识她们，我要在家听京戏，你知道，梅兰芳比他们可强多了。

在我看来的巨星在奶奶那里却没有任何意义。

就如同我的小舅喜欢看赵本山的小品，他只承认中国有一个明星是赵本山。我的弟弟喜欢迈克尔·乔丹，他总用不屑的口气跟我说，中国那些明星也叫明星？

每个人都有自己的明星，而我的父亲说，每个人也是自己的明星。

没有哪朵花能够拥有整个春天，但每朵花都有属于自己的芬芳；没有哪个人能够拥有整个世界，但每个人都可以拥有自己的骄傲。花有花的绚丽，草有草的青葱，山有山的巍峨，水有水的润泽……粗浅的人，把自己和他人弄成水火不容，宽厚智慧的人，懂得在打造自己的骄傲时，也欣赏他人的骄傲。

每个人都有自己的骄傲，所以每个人都是自己的明星。

放下

澜 清

震撼于一个鬼故事。

《聊斋》小谢篇在临近结尾时，故事情节达到高潮。黑判要将秋容和小谢这两个在人间游荡了40多年的女野鬼收回地府，深感鬼情的道士画了两张让秋容和小谢服下后可以立刻投胎的灵符，但遗憾的是，灵符却被和小谢相爱的陶公子弄丢了一张。时辰已过，无法再补画灵符，秋容和小谢面临抉择：只有一鬼可以服下灵符，服下灵符的将投胎转世，另一个将被收回地府等待轮回。

一面是阴森冰冷的地府，在那里，可能千年万年的等待也无法获得轮回；一面是灿烂明媚的人间，在这里，可以血肉淋漓，情爱酣畅。

蒲松龄把选择给予他的鬼魅。

我一直认为，多么绵长悠远的爱，产生时都只是刹那，但我不知道，爱上一个鬼需要多久，我更不知道的是，让鬼魅忘记爱是否像让人忘掉爱需要等待生命枯亡般等到魂飞魄散。

在蒲松龄的笔下，陶公子和小谢的人鬼恋已经痴情到惊天地泣鬼神，小谢是多么盼望转世，那样就可以和陶公子在人世间朝夕缠绵日夜厮守。但小谢更了解秋容是何等地渴望转世，渴望去报杀身灭家之仇的深切。作为在冰冷的鬼魅世界里相互依恋的最为亲密的好姐妹，小谢毅然地将灵符塞给了秋容，把转世的机会给了秋容。而留给她自己的，是被收回地府，是和陶公子的从此人鬼殊途。

因为那灵符必须在第二天太阳升高前服下才有效，永别也就在第二天的太阳升高前。如果可以让夜晚长些再长些该多好，让这一个夜晚长到永远，就可以不需要永别。但黎明的曙光还是穿破了夜幕。

生也悲悲，死也凄凄。

因为鬼魅一旦被阳光照射到，就会立刻魂飞魄散，陶公子和小谢撑着阳伞慢行，脚步慢了又慢，可又如何能够把时光留住呢？这一别，真的就阴阳相隔，万千别情哽在喉，花不再香，风不再轻。

这时，秋容撑着一把阳伞走来，将灵符塞给小谢，让小谢服下灵符去投胎轮回，好能够重新做人，和陶公子两情厮守。小谢愣怔，询问秋容为什么突然把灵符转让给她。秋容轻轻淡淡地开口："这一个夜晚，我想了很多，你为我不惜放下属于你的一切，我突然就想通了，心中的仇恨似乎也一下都放下了，我不再需要投胎轮回，就将这生的机会留给你们这对情重爱厚、阴阳相随、生死相许的人鬼吧！"小谢喜悦，却又忧伤，她担心秋容这一回地府，怕是千年万年也难投胎。秋容又说："我要做我想做的事情。"

整个剧情在这一刻异常明艳耀眼——

秋容说着，紧握阳伞的手轻轻松开，那开满紫色薰衣草的阳伞从秋容的头顶轻轻滑落。阳光迎面铺洒下来，秋容扬着脸，满是清明从容，任由阳光灿烂地抚过她的头、她的身体……

旋即，秋容魂飞魄散。

原来，在阴暗冰冷的鬼魅世界游荡了40年的秋容最渴望做的事情居然是——拥抱阳光。

她知道，那一刹那的温暖将付出万劫不复的代价，她知道，那一刹那的明媚将失去她所有的机会。但她，仍旧毫不迟疑地放下阳伞、敞开怀抱，将阳光抱了满怀。从此后，不问人间情有多浓。

生生世世的轮回只为换来一刹那的温暖与明媚，那该是怎样的放下和清明呢？

蒲松龄笔下的鬼魅都情深爱重、义薄云天，以至于，那些鬼魅从他的笔下穿越了400多年的岁月，至今仍被交口传说。但这一刹那，我却被另一种东西震撼——秋容传递的两个字：放下。

放下纠缠梦想的枝蔓，放下缚赘热爱的功利，放下阻碍信仰的诱惑……心轻者上天堂，但有多少人肯放下呢？功名利禄、荣辱浮沉、爱恨情仇……现代人有着太多的不舍，太多的放不下，于是，行走得疲惫，活得挣扎。“两个空拳握古今，握住了还当放手。”《菜根谭》中早已将放下这个词解释得天高云淡。一位寺院住持讲经时说的一句话曾让我心动：如何向上，只有放下。人生的旅途艰难莫测，既短暂又匆忙，背着包袱怎么能欣赏到路途上的美景？又怎么能实现那灵魂深处的渴望？放下并不意味着放弃。放弃是绝对的，放下是相对的。放下是为了更好地进取。放下诱惑，就会脚步轻盈，攀登敏捷；舍弃拥有，就会心无旁骛，迅达目标……

此刻，我真想变成一个鬼魅，蒲松龄笔下的鬼魅。

人有的时候会被某种情绪所困扰，总也不能释怀，想想就会悲从中来。有时怀念已故的亲人，有时无端地郁闷，有时被家庭琐事困扰，有时是工作上不顺心……实际上，只要你把它们放下，很多时候残缺也不失为一种美好。

被毙也是一种成长

张珠容

在2012年春晚中，一个融合了武术、杂技、鼓乐的节目《鼓韵龙腾》在带给人们艺术冲击与激情的同时，也将热闹的春晚气氛推向高潮。这个节目是由从河南塔沟武校的演员表演的。算起来，塔沟武校的春晚路已经走了整整10年。从2003年的《十二生肖拜大年》开始，他们就连续登上央视的春晚舞台，以各种创意作品俘获观众的眼球。然而，就在所有人都为塔沟武校10年登顶震撼不已时，塔沟人心中却觉得今年的春晚并不完美，因为他们预备的主要节目并不是《鼓韵龙腾》，而是另一个融合杂技、魔术和武术的节目——《年夜饭》。2011年下半年，春晚剧组就给塔沟武校出了一个命题节目——《年夜饭》，让他们根据这个命题创编各种武术动作，然后再编排成节目。塔沟武校的刘海科校长决定将中国的饮食文化融合到节目里，于是订制了一个直径三米、重达200斤的大碗作为道具。为了能让这个沉重大碗上下起伏、左右旋转，刘海科特地从塔沟武校三万多学员里挑选出15个学员（10个主演、五个备用），让他们负责托举工作。

在春节前三个月，塔沟武校的演员就开始排练《年夜饭》。在这个节目的表演中，塔沟武校的10位演员要将这个200斤重的金属大碗举过头顶。但要实现这个节目的创意，这仅仅是第一步。当碗被举起之后，碗边有一位表演者要以八卦莲花步不断地游走、表演。碗下托举的10位演员手臂起落，大碗上下起伏，形成厨师烹饪时掂锅的精彩效果。

10个人托举着200斤重的碗，且手臂一直都是朝上，时不时还得翻转、蹲下，一般人没举几分钟就坚持不住了，可这10个小伙子常常一举就是20分钟。其他演员也一样，碗边上的孩子摔得满身是伤，舞蹈演员常常穿着短裙站在后台打哆嗦。他们流汗、流泪，甚至流血，每天排练长达十几个小时。但是，他们当中没有一个有怨言，因为一想到春晚舞台，他们就感觉全身充满激情。

排练一个多月之后，春晚剧组又给塔沟武校安排了一个导演。这个导演将节目进行了重新的编排和整合。对于这个节目，刘海科校长和所有演员都抱了极大的希望。距离春晚直播还有10天的时候，《年夜饭》还在一号演播厅里紧张地演练。近三个月的付出，一台全新打造的原创杂技剧终于完成，所有人都在等待导演组向他们宣布最终入选的那一刻。

然而，他们等来的却是晴天霹雳。直播前几天，春晚杂魔组导演王怡然带着沉重的心情宣布了入选情况："所有的领队、教练、演员，我非常非常遗憾地告诉大家，因为种种原因，这个节目不能站在春晚的舞台上……我代表春晚剧组给大家鞠一个躬……”

王怡然的话还没说完，演员们的不甘、绝望、委屈情绪全都跑了出来，舞台上哭成一片。刘海科校长的眼睛也湿润了。这个在春晚所有节目中排练时间最长、付出最多心血的《年夜饭》就这样被撤掉了。

春节过后，待所有演员情绪都恢复平静的时候，刘海科校长将他们集中在一起，说下这样一番话：“《年夜饭》得到这样的结果，你们一定不要认为是吃亏了，因为人生中多经历这样几次，那一定只有收获，这个收获名叫成长。当一个人历尽磨难做成一件事却被人否认，当时肯定很痛苦，但在以后的人生中，他遇到任何事情都会轻松扛过去，因为，他曾有过更苦难的经历和记忆！”

在场的所有演员都重重地点了点头。他们相信，《年夜饭》的经历也将成为他们以后人生道路上一笔非常宝贵的财富。

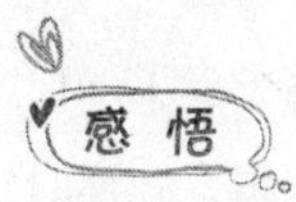

失败是最常见、最痛苦，也是最不可避免的，但也是最有助于我们成长的。如果把一个人的成长过程比喻成孩子蹒跚学步时的样子，那么将我们绊倒的石头就是磨难。对于磨难，我们能做的就是勇敢接受，因为只有这样才能为再次的爬起铺平道路。

所以，有这样一句话——失败乃成功之母。

我不是被遗弃的一朵花

包利民

有一个在大学任教的朋友，她是一个孤儿，是在福利院中长大的。不过，她不像其他孤儿那样敏感脆弱，在她30多岁的生命中所表现出来的，都是一种健康向上的美丽。

一次闲聊时，她提起收养孤儿的事，我笑问她："是不是因为你也同样曾是孤儿？"她点点头，随即又摇头，说："我虽然在福利院长大，可我并不是孤儿，因为我的父母都健在！"她是在5岁的时候，被父母遗弃的，那样的年龄，已经能够记得许多事了。也正因为如此，她比福利院中其他的孩子多了一份沉重的心思。她是那个年代的受害者，父母只想要儿子，她有五个姐姐。她那时不明白，自己和姐姐们长得都那么漂亮，为什么父母还是不喜欢。别人常说她家有六朵花，可是那一天，她这朵花却被无情地抛弃了，从此成了无根之草。

也不知是从什么时候开始转变的，仿佛是在那一年的春天。她对我说："那年春天，我正在读小学二年级。一天上午，老师带我们去校园后面的河边种花，热热闹闹的，可我却默默地走在最后面。"

那天，她提起一袋花籽儿，跟着大家往河边走。那是一条极细的小路，两边都是杂草丛生的荒甸，等到了河边，她忽然发现，装花籽儿的口袋漏了一个小洞，一小半的花籽都漏出去了。她一下呆在那里，虽然老师和同学谁也没责怪她，可她却愈加闷闷不乐。她跑向来路，仔细地在地上搜索着，想把它们找回来。

两个多月后的一个夏天，她又走上了去河边的那条路，当时她情绪极差。老师知道她心事重，便带着她到河边散心，同时想开导开导她。那条极细的土路已被茂草覆盖，她又想起了当初丢失的那些花籽儿。忽然，她发现两边的甸子里，开出了许多鲜艳的花朵，老师对她说："这一定是你当初丢的那些花籽儿长出来的！"她心底划过一阵激动和一阵感动。来到河边，他们当初种下的那些花儿也都竞相开放，再回头去看甸子里的那些花，她忽然明白，那些被丢失遗弃的种子，也同样可以开出美丽的花朵。

她说："就是在看了那些花之后，我才知道，别人丢弃了我，我却不能把自己丢弃！"她的确是那样做的，之后，她努力学习，虽然也会偶尔沉默，却不复以往的落寞。她就这样开始生根发芽，也渐渐地散发出光芒来。她以优异的成绩上高中上大学，最后留校任教，她的生活已经绽放出一簇簇的灿烂。后来，她的父母在电视中看到了她，知道了她的经历，认出是自己当年丢掉的女儿，便找到了她。她对父母已经毫无怨怼，那些美丽的姐姐，也让她有一种由衷的亲切感。

她对母亲说："妈妈，我不是被遗弃的一朵花，我只是被你们失落掉的一粒种子，也曾随风翻滚，最后生根发芽了。没有了温室，我可能变得更坚强些，开出的花也更有生命力，更持久一些。"

心中有希望，心中有阳光，心中有热爱，即使一颗被遗弃的种子，也会生根发芽，开出最绚丽的花朵。

在黯淡迷茫时，自怨自艾、怨天尤人只是一种自弃，终会独自枯萎。如果心里坚守着一份热爱，那么，所有的天风海雨皆是一种风景，一种历练，生命也会更加健康蓬勃。

沉默，也是一种美丽

崔鹤同

“昨天，一位病人向我反映，你中午值班的时候拒绝给她看病！”周一早晨，科室开完了例行的班前会，张主任阴沉着脸留下了浅宜。他稍作停顿便一阵连珠炮似的质问：“你知道医生的职责是什么吗？你坐这儿是干什么的？你不想干可以跟我说一下，别耽误病人！”他气不打一处来，他的大嗓门像喇叭一样，一声高过一声，引来了许多人的围观……面对这突如其来的暴风雨，浅宜起先有些莫名其妙，又感到非常难堪，一时难以承受，但她还是咬着嘴唇，满脸通红，没有吱声，忍住泪水在眼里打转。

浅宜医大毕业后，到市一院内科门诊坐诊。她温顺随和，与谁都合得来。她宁静甜美的笑容，周到的服务，深受大家的好评，病人也乐意找她就诊，所以她的候诊室里的病人总是排很长的队。对此，浅宜干得很充实，也很满足。她的自信、乐观而又愉快的神情，也吸引了人们艳羡的目光。

浅宜想起，昨天中午她值班时，来了一位糖尿病人，突然出现了低血糖症状，血压已经下降到休克水平。她和值班护士立即投入对病人的抢救之中。她们像旋转的陀螺，一刻也不敢耽误。这时又来了一位病人，浅宜看她不是太急就请她稍等一会儿，她就很不耐烦地说她也是病人，医生不能厚此薄彼。浅宜没有时间向她作过多的解释。等那位糖尿病人恢复了正常，浅宜立即向那位等候的病人道歉，谁知她毫不领情，仍然不依不饶：“你也太傲慢了！不理不睬的，我会让你记得我的。”说完，病也不看扬长而去。后来听说那是位官太太，她大概颐指气使惯了，不太习惯如此的“怠慢”。

浅宜今早刚想向主任汇报，兴许主任已经听了一面之词，不问青红皂白劈头盖脸就是一顿训斥。她深知主任的秉性，工作认真，脾气耿直。她没有申辩，这时申辩无异于火上浇油。

待主任平静下来后，浅宜去了一下洗手间。她擦干眼里委屈的泪水，调整了一下情绪，又微笑着出现在病人和同事的面前。

又过了几天，在下午快下班时，主任连连向浅宜打招呼，说“对不起”，一脸的愧疚。原来是和浅宜一同值班的护士告诉了主任事情的原委。

浅宜的涵养让所有的同事惊叹。

事后，浅宜的同事和朋友都为她鸣不平，有的反问她：“你怎能受那么大的委屈而不动声色呢？”浅宜温和地笑着，软声软语地说：“主任的发怒全是为了工作，又没有坏心。‘有则改之，无则加勉’，你说对不？”

是的，工作中免不了有些磕磕碰碰，有些误会，但是非曲直自有公认，大可不必心急火燎、拼死拼活地争个你对我错。那样争强好胜、急于争辩的结果，看似赢了理却输了人，实在是得不偿失。

大智若愚，大音希声。人是社会的一分子，不是生活在真空中，人与人之间总会出现矛盾和碰撞。这时我们不妨糊涂一些、迟钝一些，少一些敏感，少一些冲动，我们的工作可能就会做得更好一些，我们的生活也会过得更和谐一些。

沉默，有时真的是“无声胜有声”。

那缕吹展生命的风

顾晓蕊

初次见到夏小茉，她正望着窗外的三角梅发呆。那是初中开学的第一天，教室里一片喧哗，只有她显得漫不经心，目光被一团火红粘住，数着枝条上的花朵。

我"扑哧"一声笑了，在她旁边的空位坐下，说："嗨，你好。"她轻轻一抿嘴，唇角微微上扬，她笑的样子很好看。

我们成了同桌，课间，我讲故事给她听。书上的故事讲完了，就讲我和家人的故事，夏小茉托着下巴聆听。当我问及她的家人，她漠然地转开话题。

她常带些雪梨酥、米花糕等零食，跟我一起分享。夏小茉应当有位有钱的老爸，但她心里似乎藏着秘密，那一抹淡淡的忧伤，如睫毛上的雾，总也化不开。

班上成立学习小组，我们的组长是阳光少年孟浩。遇到不会的问题，夏小茉就跑去问孟浩，他耐心地给她讲解。那段时间，她的成绩有明显的进步。

有天放学后，夏小茉红着脸，说："你帮我把这个给孟浩，他帮我补习，我想送他一盒带香味的橡皮。"

我大大咧咧地走过去，把橡皮放到孟浩桌上，说："这是小茉送给你的。"有位调皮的男生抢走橡皮，恶作剧般地大笑："不得了，有人早恋啦。"

在20世纪80年代的校园，早恋是件很轰动的事。我回头看夏小茉，她眼里噙着泪，脸色蜡白如纸。最糟糕的是，班主任恰巧出现在门口。

"夏小茉，我正想表扬你的进步，你真让我失望。"班主任把我们喊到办公室，生气地说："还有你这个课代表，也不知道带个好头。"

我为夏小茉鸣不平，说："其实……那个……"这时，有位老师推门进来，喊：“教研组开会了。”班主任摆摆手，说：“你们先回去，好好想一想，明天再说。”

我们并肩走着，阳光在脚下跳跃，心情却灰蒙蒙的。夏小茉颤声问道：“老师会告诉家长吗？”我沮丧地说：“可能会吧。”

夏小茉失神地伫立在那里，眼里满是羞愤与悲伤。我想安慰她几句，她哭着转身跑开，背影歪歪斜斜地消失在巷口。

我一夜没睡好，第二天清晨，头昏沉沉地到校。奇怪的是，夏小茉没来。第四节是班主任的课，她专心致志地讲课，仿佛忘了昨天的事。

中午放学时，有位男子神色慌张地跑来，喊住刚出教室的老师，说：“我是夏小茉的爸爸……”男人把老师叫到走廊，我跟在后面，听到了他们的谈话。

“小茉吃安眠药自杀，现在已脱离了危险。”男人声音哽咽地说，“她妈妈前些年去世，她变得沉言少语。我忙于工作，疏忽了与她的沟通。”

“哦……原来这样。”老师红了眼圈，懊悔地说，“这孩子需要关爱，我昨天可能误会了她。要不，现在去医院看看她？”

男人沉思了片刻，说：“还是让她静一静吧，我不想这件事给她带来阴影。我给小茉请个病假，过一段她再来上学。”

我的眼泪也流了下来，逃也似的跑开了。

我期待她重返校园，可半个月后，我们家突然要搬迁。黄昏的月台上，我又想起小茉美丽而忧郁的眼神，心里有说不出的伤感。

再次见到她，是在多年后的一次同学会上，她微笑着走过来，说：“叶子，你还好吗？”记忆之门瞬间打开，往事呼啦啦奔涌而来。

当年的她，看到父亲一夕忽老，内心充满了自责。敏感又自尊的她，将自己幽闭在狭小的空间，可推开心窗才发现，爱一直都在，从未远离过。

这些年来，她先是失业，又做了两次大手术。她没有被困难击倒，还开了家“馨语”花坊，用心经营平淡的生活。

那些成长路上的伤与痛，不过是缕吹展生命的风。她如水的明眸，映出一片湛蓝的天，我那颗悬着的心，终于轻轻放下。

人的生命是如此美好，又如此珍贵，它不同于雪化了，云散了，花败了。人的生命不可复制，无法再生。无论何时何境，只要心怀希望，生命的枝丫就会繁花似锦。

善待竞争的智慧

陈亦权

在新加坡的一家大酒店里，有一对师兄弟都学到了一手精湛的烹饪手艺。

几年后，这对师兄弟离开师傅开始自立门户。那时候的新加坡北郊，有一条新开发出来的小街道，不仅人口密集，最重要的是那条街还没有一家饭店，于是他们师兄弟二人就在街道的两边各自租下一个店面开起了小饭店，生意都非常不错。

尽管如此，师兄却并不开心，他总在心里想："如果这里只有自己一家饭店，那所有的生意不就可以都自己一个人做了？而现在，却要和师弟一起分享。"

师兄决定离开这里，去一个没有竞争、没人分享的地方接着经营饭店。不久后，师兄就把自己的饭店转让了出去，然后跑到附近的一条新街，开了一家他自认为没有竞争、没人分享的新饭店。从此，师兄弟两人就各自做各自的生意。

后来，这条街的饭店越来越多，师兄在暗暗庆幸自己明智的同时，也善意地劝师弟远离那里，和他一样去找一个没有竞争的地方。可是师弟却没有这样做，他依旧留在了那条饭店不断增多的街道，和同行之间展开了激烈的竞争。而正是这种竞争，让他的饭店无论在硬件设施还是软件服务上都不断得到提升，最主要的是，因为饭店多而且竞争激烈，大家都把顾客当成了上帝去拼抢，这使得消费者们都喜欢到这一带来就餐。

因为竞争，这条街慢慢产生轰动效应，形成了一条著名的“餐饮街”，附近的人们要吃饭，首先想到的就是这里，就连师兄那家饭店附近的居民也愿意到这条街来吃饭。就这样，师弟的饭店和其他所有的饭店一起得到了不断的发展，而师兄那家“没有竞争”的饭店，生意却十分冷清。

后来，因为经营得法并且善于竞争，师弟拥有了足够的财力增设一家规模更大的酒店。在新酒店的选址上，他把目光停留在了竞争极为激烈的市中心“餐饮区”，最终，他的新酒店经营得同样非常成功。转眼20余年过去，如今的他已经在新加坡拥有了12家连锁餐饮企业。他就是号称“餐饮王”的华实连锁餐厅创办人钱小华，而他的师兄却在那种“无竞争”的追求中，生意越做越差，没几年就停业倒闭，沦为了华实餐厅的一位普通仓管员。

竞争不仅能提高自身的价值，而且能形成一个共同的轰动效应，其中的价值无法估量。比如一条街上开着100家服装店，而另一条街上却只有一家，人们买衣服会不自觉地选择那条“服装街”，这就是竞争打造出来的轰动效应。这是一个让所有参与竞争的人都享之不尽的共同资源，在这个基础上要做好生意就容易多了。

竞争是一种胸襟，因为那意味着将要和别人分享你的利益；竞争是一种资源，因为它能创造轰动效应；竞争是一种比较，它能让你不断地提升和完善自己。竞争的价值无法估量。善待竞争是一种智慧，拥有这种智慧的人，往往能够创造出非凡的人生！

那一笑的温情

感 动

他在教会的环境里长大。每天，他都跟着母亲去教堂，让他着迷的，是教堂里摆的一种叫钢琴的乐器。他认为那是一件很奇妙的东西，并惊讶于从那些琴键下流出的美妙声音。每当唱诗班唱歌时，就有一个人坐在那里弹奏它。但教堂里的管理实在太森严了，他一直没有机会去摸一摸那架钢琴。

九岁那年的一天傍晚，他趁教堂里没有人时，偷偷溜了进去，跑到钢琴前，迫不及待地去按那些黑白琴键，立刻，清脆悦耳的声音就从他指尖流泻出来。他一时兴奋得手舞足蹈，幼小心灵里突然萌生出一个朦胧的愿望，自己要学弹钢琴，让这美妙的琴音伴随自己一生。

他却不知道，自己肆无忌惮地乱弹，已惊动了楼上的神甫。一只大手突然按住了他稚嫩的双手。

“糟糕，一定会挨打了！”他吓出了一身冷汗，却不敢抬头。

“你喜欢弹钢琴？”这是一个很慈祥的声音，他紧张得只是胡乱点头。然后，他看到了自己每天都能见到的那张严肃的面孔，是神甫。没想到，以往严肃的神甫竟然弯腰抱起他，然后豪迈地笑了起来。

当时，他并不知道神甫在笑什么，但是这笑声就如同那琴键下流出的音乐，让他很放松，让他相信自己喜欢钢琴是没错的，自己一定要学会弹奏它。从此，他每天都要在傍晚时，去教堂里随意地“弹”一会儿钢琴，他最大的希望，就是学会弹奏它。母亲发现了他的秘密，就在假期里，把他送到一个乐器班学习弹钢琴。在那里，他不但学会了弹钢琴，还学会了其他的乐器。从那时起，音乐已成了他生命中不可分割的一部分。

因为不是正统音乐科班出身，他没有考上音乐学院，而是成了一名装潢设计师。但是无论在做什么，童年时那位神甫的笑声却如音乐般一直在他内心深处浅唱低吟，无数次回味，他才终于了悟那声长笑中的期许与鼓励，也明白了自己今生注定与音乐有着不解之缘。

1983年，他一时无心插柳，一首《小雨来得正是时候》就跃然纸上，然后满城尽是“淅淅沥沥下不停的三月小雨”的歌声。这让从未受过正统音乐学院教育的他名扬台湾，同名专辑更缔造全亚洲100万张的销售量。他牛刀小试，就划出了一个音乐时代。

在后来20多年的音乐历程中，他创作了3000多首歌曲，《只要你过得比我好》、《我是不是你最疼爱的人》、《爱江山更爱美人》、《心太软》……齐豫、潘越云、梅艳芳、陈淑桦、林忆莲、钟镇涛、张雨生、周华健、杜德伟、任贤齐、张惠妹、辛晓琪、苏慧伦等很多歌手因为演唱他的作品而家喻户晓。同时，由他担纲配乐的《阮玲玉》、《暗恋桃花源》、《天浴》等影片更是获得无数音乐奖项。仅仅是《心太软》一首歌，在亚洲地区就有超3000万的销量，这让记录全世界千万销量以上的钻石唱片排行榜，首次出现了任贤齐这张中国人的脸。

这个人的名字很平凡——小虫，但这个人却是台湾乐坛与罗大佑、李宗盛比肩齐名的“音乐教父”。

追根溯源，在谈到自己辉煌20年的音乐生涯时，小虫总忘不了幼年时教堂里那位慈祥豪迈的神甫，自己是受那温情一笑的助力，才走出了一片美轮美奂的音乐人生。

一个人对另一个人的影响，不会分时间和地点，也无论陌生或熟悉。所以，对于身边的任何一个人，我们都要心怀友善，用正确的态度给他以鼓舞，以激励。也许，我们的一句话，或是一个微笑，就足以改变他的一生。

天鹅懂得向着春天飞

之 间

我儿时居住的小村在一片无垠的湿地附近，我印象最深的是，每年春天，就会有成群的天鹅飞到湿地来，它们在这里生息、繁衍，秋天的时候，再飞走。儿时，我最大的梦想就是长大后能像天鹅一样飞向远方。大学毕业后，我追随男友去了深圳，终于实现了儿时的梦想。

然而，远方不只是风和日丽。

到深圳的第三年，男友选择自己创业，我不仅倾力支持，还将自己的所有积蓄倾囊拿给男友。令人欣喜的是，经过三年左右的打拼，公司终于走上正轨，虽然年利润百万元左右在流钱一般的深圳宛如沙砾，但对于大学毕业刚刚六年，依靠双手和智慧创业的我和男友，则无异于收获了珠玉一般。

事业上的小有成功终于让生活安定下来，我和男友的年龄都已经不小，我向男友提议结婚，男友爽快地答应了，并承诺我，一同去欧洲旅行结婚。就在我沉浸在对结婚的憧憬中时，意外发生了。因为一个订单违约，公司面临巨额索赔，如果如约赔偿，不仅公司多年的积蓄一无所有，还将面临不小数目的负债。我安慰着男友，不管发生什么，我都会和他不离不散，而且，我相信只要肯努力总会东山再起的。然而，男友却极为消沉。很快，男友作出一个决定，接受那个一直对他有好感的私企女老板的帮助，代价是，他和对方结婚。男友向我解释，他已经过怕了那种吃了上顿担心下顿的日子，虽然他不爱对方，但对方殷实的经济积蓄可以让他少许多挣扎般的打拼。而我还年轻，还来得及找一个不错的男朋友……

打击来得太重太突然，虽然季节正值火热，但我却感到彻骨的寒冷。大学四年，大学毕业后六年，共10年的苦恋怎么能说断就能断了？我变得异常脆弱和敏感，甚至神经，经常不管不顾地去找已经成为别人恋人的男友，渴望和他能再续情缘。最初，男友还能善言劝慰我，渐渐地，男友对我越来越不耐烦，直至羞辱谩骂。

我不明白，那般海誓山盟的爱情怎么说破碎就破碎了。我在男友负心和绝情的陷阱中挣扎着，难以自拔。秋天到了，憔悴不堪的我被好友送回老家的小村。这个我出生，并度过整个童年、少年时期的小村，在我考上大学后，就变身为假日才能回归的“度假村”，去深圳后，更是一年也难回来一次。父母对我的回家，乐得合不拢嘴，我努力掩饰着自己的失意和悲伤。

一日晚饭后，我信步走出小村，向远处的湿地走去。秋风已凉，我的心不由自主地跟着泛起凄凉。在一处芦苇荡前，我停下脚步抽噎起来。这时，父亲的声音从身后传来：“跟爸爸说说吧，看看爸爸能不能帮上你。”原来，父母早就发觉了我的异常。父亲听完我的哭诉，沉默良久，突然问我发现湿地少了什么没有。我环视湿地，远远近近、连绵起伏的芦苇和水草，看不出来少了什么，我摇了摇头。父亲说道：“天鹅，少了天鹅。”我恍然说道：“是少了天鹅，天冷了，它们都飞往南方了。”父亲点头，说道：“南方这个季节还温暖如春，天鹅懂得向着春天飞。不管你遭遇什么变故，你在爸爸妈妈心中始终是美丽、坚强又聪明的天鹅。”

那一刻，我那做了一辈子小学教师的父亲变身成一位智者，将我从失恋和伤痛的混沌中点醒。变幻人生，没有人可以避免风雨，遭遇失意、挫折、伤痛时，沉浸其中，只能加倍痛苦。要想从丑小鸭成长为天鹅，首先要学会天鹅的智慧：向着春天飞。

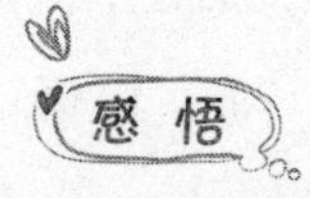

困境从某种角度来说是有积极意义的。困境使意志坚强的人思索出路，而希望常常隐匿在这样的思索中。

拿什么拯救你

清风徐

那年春天，我在一家部队医院护理病人。病人动了个不大不小的骨科手术，我们度过了术前的惊恐和术中的煎熬，接下来，就在平静中等待那块骨头复原。

这是一家部队医院，它位于城市的城乡结合处，也许出于经济效益考虑，也许出于军民的鱼水关系考虑，医院在医治患病子弟兵的同时，兼收地方上的患者，但是两者的收费方式不尽相同：军人是记账，日后与原部队清算；地方患者则正常缴费。因此，便出现了两种情况，穿军装的病人只要病情无大碍，大都洒洒脱脱神情泰然；而对于非军人患者，病情是雪，医药费是霜，无论是病人还是看护者，都是霜打的茄子。因为医院所处的地理位置，地方病人中以农民居多。这间病房除了我护理的这位是军人，其余的都是来自近郊的农民。

病房像间大教室，放了四张病床，四把椅子，通常情况下，我们这八个人各就各位。病情最重的是那个十八九岁的男孩子，骑邻居的摩托车摔伤了腿。我见到他的时候，他仰卧着，瘦削且泛黄的脸明显的营养不良。两条腿呈30度角被吊起来，十几天，一直没有改变姿势。他没法改变，有时医生来做常规检查，稍微碰一下他的腿，他就凄惨地号叫，叫得人心里生生地疼。每日在男孩子床前端汤送药的，是他那同样骨瘦如柴的父亲。父亲常常灰着脸，袖着手，长时间沉默不语。他们之间鲜有交谈，无非是“爸，我喝水”，“儿，吃饭吧”，但是儿的痛苦、爸的沉重岂是无声无息就可以消除的？

医院食堂提供病人伙食，要提前预订，为了方便，我护理的病人也订了一个星期的饭菜。送饭的时候，部队病号的菜是提前打好的，报一下床号就可以拿走。起初我并未发现饭菜的差异，直到一次我对着冬瓜汤里的两块黑骨头皱起眉头："这怎么能吃？"旁人便笑了："我们还没有这种待遇呢！"羡慕之情溢于言表。那一刻，我快速地搜寻了每个人的饭盒，真的，他们都没有"排骨冬瓜汤"，黄豆芽里零星散落着几条白肉丝。男孩子在吃他父亲从外边买来的火腿肠，而他的父亲，那个穿着旧中山装头发花白老实巴交的农民，正就着一碗稀饭啃着硬硬的馍。他的馍似乎哽在了我的喉咙里，我想起什么人说过的一句话"农民是咱们的衣食父母"，泪，便无遮无拦地流下来了。

后来，我在家烧了饭菜带来。预订的那一份，就倒进了男孩父亲的碗里，他每一次都千恩万谢，又小心地转移给儿子。像是总想"报答"我，我不在病房的时候，他就帮我的病人打开水，倒痰盂。那些日子，我心里有一种叫"悲悯"的情绪在蔓延。

一天晚上，已经很晚了，他蹲在走廊尽头靠窗子的地方抽烟。我走过去，问他如何打算。他闷了半晌，吐出了三个字："没钱！"又说："医生讲了，开刀至少也要两三万；就算做了手术，儿站起来的可能性也不大。儿把人家的摩托车摔坏了，还要赔钱……儿要是上学就不会发生这样的事了，初中没毕业就不上了，游手好闲混日子，这回完啦……儿啊，我拿什么救你啊……"可怜的并不老的老农民，整个身体堆在角落里，无助地叹息了一声。

整整一夜，走廊尽头有稀微的烟火忽明忽暗。

次日上午，他坐在儿子床边不停地讲话，儿子也讲，声音很低，听不到。只是到后来，父子俩似乎都被某种情绪感染了，竟笑出了声。我出门时，父亲松开儿子的手，追了出来。看他心情那么好，我冲他笑笑。他有点不好意思，欲言又止。我问他我能帮什么忙，他说跟儿子商量好了，打算买几本书回去学，家电维修的，养殖的，还有那种能使人坚强起来的书。儿子无法站起来了，没法靠力气养活自己了，但是脑袋不能空啊！他说找不到书店，托我代他去买。

这位朴实的中国标本式的农民，在绝望中看到了一线光明。

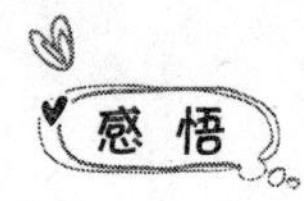

有人曾说过："永远没有人力可以击退一个坚决强毅的希望。"

追求幸福的长路上，是不能缺少坚强毅力的。你可以丢掉很多，但一定不要丢掉坚强的信念和毅力，如果你渴望撷取到幸福的花朵。

那一声穿过悠长岁月的吆喝

徐大丽

安达是滨州铁路沿线上的一座小城，城里有大大小小的石雕，把五湖四海的牛们都汇集在一条两三千米的长街上。城外铺展着草原，草原上有成群的牛羊，慢悠悠地打发它们的闲散时光。小时候乘坐火车，会有抱着冰棍箱子的人穿梭着吆喝："卖冰棍喽，安达冰棍！"当初并不懂，安达冰棍的名气，是因为草原，因为牛。

那时的冰棍有三分钱一根的，也有五分钱一根的。三分的，基本是加了糖精的冰块儿，降温，解渴。五分的，牛奶的成分就多了。无论大人还是孩子，吃五分钱的冰棍，会有满足感、幸福感。乳黄的颜色，看上去就熨帖，一口咬下去，醇香的奶味，沁人心脾的凉，横截面密密层层，要是有个微距镜头拍一下，足以彰显醇厚的品质了。

两种冰棍，像那个年代吃蔬菜和鱼肉，心理上的不同感受远远大于两分钱的差距。

小学毕业那一年，我11岁。和另一个也是11岁的女孩儿燕子，两人一商量，卖冰棍去！现在想不起来为什么要去做这件事，不是因为贫困，80年代中期，没有什么商业敏感，也不具备社会实践的意识，反正两个女孩子咋咋呼呼地非要去卖冰棍。各自都跟家人打了招呼，各自的家人都以极大的热情表示支持。

燕子家也不知是谁卖过冰棍，她妈从仓房里翻出满是尘埃的一只大箱子。箱子的夹层用泡沫板隔着，又铺了两层塑料布，这样把冰棍放在里面，用塑料布一裹，很保温。

四分钱一根，批发了100根。我们便盘算每人可以赚到五角钱，用这五角钱如何创造更大的快乐，我们乐颠颠地盘算着。两个单薄的小人儿，背起硕大的冰棍箱子的时候，因为即将获得的五角钱而想入非非。

遇到的最大问题是，我们俩都张不开嘴吆喝。我说你先喊，我再喊。她说你先喊一声，我肯定连续喊两声，说话算数！我想总归躲不过去的，喊就喊吧。况且我一声她两声，这事儿划算。“卖冰棍喽……”声音藏在喉咙里，可能只有我俩能听见。她说不行，你得给我打个样儿，照这么喊咱俩今天非得亏本不可。说得在理儿。我把心一横，没啥大不了的，就当在语文老师的课堂上朗读课文了。“卖冰棍喽……奶油冰棍……”很嘹亮。尤其那个拖腔，很地道。成了，我俩大笑，偷偷地左顾右盼，怕有人看见，盼有人听见。瞧这傻样儿。

真的有人从院子里跑出来。买过，还不忘使劲儿打量我俩一眼，感叹，嘿，这么小就做买卖啊！

差不多奔走了一天时间。累了，就坐在谁家的院墙外靠一靠。渴了热了，也绝不随便吃一根冰棍。

我们最终如愿赚到属于各自的五角钱，却不再嚷嚷去卖冰棍了。

想起这段往事的时候，我带着女儿在好利来，看她吃一份精致的冰粥。我告诉她我卖冰棍的故事。她来了兴致，要求我吆喝一声给她听。我就亮开了嗓子：“卖冰棍喽……奶油冰棍……”

女儿笑，收银台的服务生也跟着笑。

隔着长长的时光，晃晃悠悠的冰棍箱子已经被时光虚化得轻飘飘了。这一声穿过悠长岁月的吆喝，让这闷热的日子，清凉了许多。

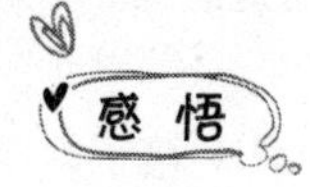

勇气，唯有它才使生命之血具有鲜红的色彩！

勇气是处于逆境中的光芒，是通往天堂的必经之路。我们要相信，有一扇门关上，必有另一扇门为我们打开，而打开这扇门所需的钥匙就是勇气。

时刻挟着勇气出发，那么，幸福就不再远。

心有阳光天下亮

九 金

北方的冬天，下午四点一过，夜色就笼罩了全城。我爬上公交车，手扶椅背上的把手，茫然地望着结满冰花的车窗，灯火呈模糊状迤逦而行。椅子上坐着个七八岁的小男孩，焦急地试图用目光穿透冰花。这哪行呢？聪明的孩子突然有了主意，张开嘴巴冲着玻璃窗长长地呼出一口气。顷刻间，幻化出一片圆圆的透明的风景，不光是灯光，还有行人、车流、房屋，都在这小小的窗口里洇晕开来。孩子高兴极了，不停地喊身旁的妈妈："妈妈快看，快看呀！"或许是受了启发，男孩摘下手套，用他嫩嫩的小手在他的圆圈旁边重重地按下去，出现了一个透明的圆点，再按下去，又按下去……足足绕着圆按了一圈。他兴奋地大叫："妈妈你看，像不像太阳？！"真的，一个闪烁的小太阳，像在严寒里欢快地笑呢。妈妈似乎也为孩子的创意而欢喜，但还是很严肃地警告："快把手套戴上，别冻着！"男孩奶声奶气地说："妈妈你真傻，这儿有太阳，我不冷。"

我相信那个孩子不冷，至少感觉上不冷，因为他心里有太阳，创造太阳的创举已经超过了严寒本身带给他的不适。获得温暖竟然如此简单。

这个城市冰天雪地。这里的冬天大约要持续四五个月。对于久未经历东北严寒的我来说，不能不说是一种考验。那天我把自己瑟缩在羽绒服里，顶风冒雪，也是极不情愿地被拉到电视台看录制节目。我不排斥这种获得信息、开阔视野的渠道，可是对那种冗长的过程实在缺乏耐心。唐佳崎被主持人邀请上台的时候，我瞪大了眼睛。他20多岁，没有右臂和右腿，但真的像鹤立鸡群，从台下蹦蹦跳跳展示轻功一样地落在了台中央。佳崎说感谢上苍，童年的那场车祸还给我留下了左腿和左臂，我可以用它走路，用它写字，用它做事。佳崎果然凭借着一条腿一只手臂，学会了走路，学会了写字，学会了做事，高考中以610分的成绩考取了一所全国重点大学。观众席上许多人开始抹眼泪，现场异常的静。从唐佳崎的脸上找不到一丝忧伤，他时而侃侃而谈，时而朗声大笑，在主持人的邀请下还投入地高歌了一首《奔跑》。唐佳崎从演播大厅出来的时候，雪停了，风正猛，路面已经开始打滑，我小心翼翼，亦步亦趋，唐佳崎从后面赶上来，没有戴围巾，衣衫也很单薄，笑着冲大家挥挥手，跳跃着，一会儿就消失在路的尽头了。

这个残疾青年的心态何以如此明亮？

想起离开合肥那天，去琥珀山庄拜访我敬重的美学家郭因先生。老人虽已年近八旬，但看上去精神矍铄，神采奕奕，我想这与他多年来携手绿色文化，生命里流动着绿色血液是分不开的。“虬松之所以成为虬松，是因为它在生长时受到过怪石的压迫；奇峰之所以成为奇峰，是因为它在出现前，经历了山洪的洗礼”，当年我是在身处困境、四面楚歌之时看到郭老这句话的，他告诉我有一种性格叫坚强。虽然我没有历练成虬松和奇峰，但无数个有风有雨的日子，我已安然走过。先生带我到他的书房，指给我看刚刚写好的一幅字，墨迹尚未干，“心有阳光天下亮，人间到处是青山”。那一刻，自然之光，哲思之光，人性之光，在郭老的书房里交相辉映。

少年，青年，老年，阳光纵贯了他们的人生。

黑夜里，寒冬里，阴霾里，心灵之光是永不落山的太阳。

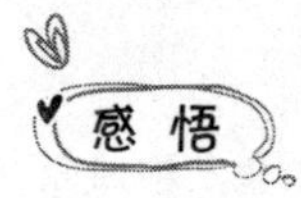

在人生的探索与跋涉中，困难是不可能根绝的。相反，困难为我们提供了一个良好的锤炼、磨砺和洗礼自己的机会。如何正确地评估困难，分析自身状态，并以乐观、自信、坚韧、坦然的心态去竭力拼搏十分重要。没有什么不可以。当然，没有自信，没有追求，没有毅力，是不可以的。否则，就丧失了对生活质量的要求，淡化了自身能力的提高，扼杀了生命极限的突破。

坚强，是幸福的翅膀。

烟花那么凉

雪小禅

很多年前，我在故乡的小城读高中。

那时，我是怀着梦想的十七八岁的女生。那时，我一直想的是：离开这座略带土气和灰败的小城，越远越好，此生永远不要回来才好。

晚自习的时候，我们逃课去看电影和录像。

电影院只有一个，四四方方的建筑。院子里种满了泡桐，每年春天来的时候，开着艳粉粉的桐花。命贱的桐花，犯贱似的招摇着，却终逃不过颓败的命运——掉在地上，又大又烂的一朵。我简直厌倦至极，仿佛对整个少年时光厌倦至极。

也去录像厅。

更乱更脏，带着明显的堕落和坏。

抽烟的少年，故意装酷。戴了大耳环的少女，斑驳的墙，破烂的棉布门帘，又大又破的音箱，还美其名曰“镭射影院”。

斜歪的小黑板上，写着即将放映的录像的名字，无非是肥皂一样的港台片。那阵我迷恋周润发，因为他帅到让人眼晕，也喜欢过温兆伦——他有一种从容的坏。

录像厅的凳子真硬啊，坐上去十分不舒服。粉色或黄色的墙上落满了苍蝇屎和蚊子血……我和她买了一包瓜子，一包爆米花，看粗制滥造的港台剧，武打或言情。黑暗中有女生尖叫：你不要碰我。那种黑色的、暧昧的、带些坏的紧张，充满了压抑的快感。

地上有啤酒瓶，一块钱一瓶的当地产啤酒。录像厅的名声实在是坏——仿佛是坏少年的集散地。坏的东西，总有一种神秘的蛊惑力，仿佛无法抗拒的地心引力，知道坏，还要往更坏里走。

没有看过录像和翻墙看过电影的少年时光，无论如何不算过得痛快淋漓。

还有文工团。

我因为迷恋那里面漂亮的女人和有几分帅气的男人，常常绕道路过那里，我是故意路过。

女人带着风尘味道，唱评剧。男人会在樱花树下弹吉他——我几乎是哭着喊着要去学吉他，央求母亲给我买一把吉他。我母亲花了65块钱给我买了一把吉他。在暑假里，我跟着那个男人去学弹吉他了。他名字中有个岩字，过了这么多年，我还记得。跟着他学的还有一个男孩和一个女孩，我们在那个年代，是有着浪漫梦想的文艺女孩男孩。后来，男孩去了美国，女孩在北京任高管，我也离开了故乡。而那个叫岩的男人，离了三次婚，现在，穷困潦倒。

学吉他的黄昏，我能注意到他的眼睫毛一闪一闪的，好像带着许多吉光羽片……其实是我17岁的黄昏里在迷恋一种物质，有漂亮而风情的女演员在等待他一起去吃饭，他装作毫不在意，眼睫毛因为长，就显得过分的慵懒了……后来我小说中的男子，常常会有这种慵懒的气质。

文工团排练评剧时，我常常去看。

在周日，我站在台下，看他们排练《刘巧儿》。那个演巧儿的女孩子真俊呀，小纤腰一把，眼下面一颗痣，像一滴生动的眼泪……我看着，其实内心是有倾慕的，我也愿意来唱戏——如果我有嗓子。

我过度地厌倦高中生活——因为面临高考的压力，我觉得我应该游迹于江湖，跟着一个草台班子，四处游走。

更过分的想法是：我要和班子里最帅的最红的男主角私奔，当然，最后我把他抛弃了最好。

这是十分浪漫而恶毒的想法。

那些浓艳的、传奇的、俗透了的录像厅、文工团，后来我坐在豪华影城里，花100块钱买一张票看大片《阿凡达》时，远远没了这种况味。

后来，我遇到过唱刘巧儿的演员。

她不可能认得我。

我却认出了她。

认出她是因为她眼角下的那颗痣。如果不是那颗痣，我想，我不会认出她来——她在廊坊评剧团了，我去看我的一个朋友排演的河北梆子《吕端》，在狭窄而逼仄的楼道里，我遇到了她。

是她。

只有她，眼下面有这样一颗痣。那么清晰而明显，她比从前胖了有多一半，正在兜包子——韭菜鸡蛋馅的。

那破旧的楼道，那带着80年代味道的楼道，完整地呈现在我的眼前——脏乱差，电风扇无聊地转着，水泥地上有脏水。而她穿着大背心，肥厚的肉流出来，她有了白头发，头发乱七八糟地用一只卡子别着，卡子上镶了塑料的花。

你演过刘巧儿，我说。

她抬起头，惊喜地说，你还认出我了？显然，她很兴奋。这时，她还用手捋了一下头发，面粉沾到头发上去了——落魄的艺人身上，总有一种江湖的沧海桑田味道，她的那个动作，让我心里一颤。

“多少年前了，在霸州，当时叫霸县，追求我的男人排成队，连县里的领导想请我吃饭还得托人……”旁边有个小伙子，正听着周杰伦的歌，不屑地说：“你就吹吧，就你？”

她说的是真的。

她的纤腰一把，她的美艳惊人，我都曾经是见证人。

现在，她老了，她兜着韭菜鸡蛋的包子，说一个月才有100块钱，只能住在这团里，房子没有，婚离了，孩子在北京打工，一个月回来一回……电风扇仍然兀自地转着，我的朋友打电话让我上五楼去看《吕端》，她在后面嚷着：“一会儿过来吃包子呀，我兜的包子可好吃了……”楼道里已经有包子香了。

在大夏天，她点的是蜂窝炉子。

我急促地上楼，这是最热的夏天，我的汗下来了，很咸，很咸。

而青春和现在的区别，就是有时我分不清，哪滴是眼泪，哪滴是汗水。

因为，它们的咸度和温度，都像烟花，那么凉，那么凉。

凄凉？悲凉？哀凉？无论是怎样的凉，我们都应该感谢对岸的青春以及青春里那如烟花般的美丽。记得那份美好，那份温暖，那份幸福，毕竟，这是一个美好、温暖、幸福逐渐成为奢侈品的时代。

记得所有曾经的美好吧，因为那是我们真实的青春。

冬天的告别

九 金

我人生中的很多大事都发生在冬天，出生，结婚，离婚，工作调动……出生的时间是我左右不了的，然而后来那些可以选择的事，竟也鬼使神差地把冬天作为背景。落户安徽在冬天，10年后离开安徽，还是这个季节。

那天中午我拿着商调函急需上级主管部门领导的签字，被告知局长在外地。我急呀，心想：在外地别的领导就不能代签一下吗？又被告知，即使在本地恐怕也不会放行，我们培养一个人不容易。我不停地打电话，希望谁能有办法解我燃眉之急。得到的消息越来越确切，局长会上研究决定的，冻结调动。在我近乎绝望的时候，单位领导打来电话，说出差在外的局长了解了我的情况以后，指示特事特办，可以放行，并捎话给我："如果到了北方以后有什么不适应的，一两年之内想回来我们还欢迎。"我语塞了，眼泪"哗哗"地流下来。这句话，足够我铭记余生了。

电话接了一个又一个。对于我的回归之旅大家惋惜又高兴，难舍但支持。

我是一棵树，我的根已深深扎在安徽这块土壤里。对安徽，我怀着浓似故乡的情感。生生地拔我于土地，那样的疼痛，树如何能忍受？今后我还能苍苍地生长吗？我需要多少年才能重新植下我不再年轻的根须？一位长者似乎读懂了我的心境，他挥毫泼墨，写下"心有阳光天下亮，人间到处是青山"的临别赠言，并且郑重地斟了三杯酒，我自然庄严地一饮，再饮，又饮。底气十足地辞别老人，走在合肥的马路上，发现这个冬天并不冷。

真的要走了。十年光阴，不思量，也难忘。当年满眼是陌生的繁华，时间流过，脚步一点点剥蚀了隔膜，心灵一层层褪去了孤独。谁是我认识的第一个朋友，谁为我锦上添过花，谁为我雪中送过炭，谁同我漫步夕阳下，谁给我一片艳阳天，哪年哪月去看山花烂漫，哪山哪水使我纵情欢乐……感叹自己什么时候有了这么超强的记忆力，甚至每一个朋友是在什么时候什么场合结识的，在座的有谁，说了什么话题，穿的什么衣服，那天吃了什么等都鲜亮亮的，仿佛这一切一直包裹在阳光里保鲜呢。后来我就坐在冬天的阳光里整理要带走的衣物，心里翻腾着的浪一次次从眼眶里喷涌而出，我小小的心脏是否能将那么厚重的一切带走。我想只要我愿意，是座山我都能扛着它走天涯。

饭局一个接着一个，同事说如果档期排不开我们就预约，不赴我们的宴你休想离开合肥。单位附近那家酒店，门口的礼宾小姐已经认识我了，后来她们一见我就露出只有我能够看得懂的微笑，我想人家心里肯定嘀咕，这人中午来了晚上怎么还来，昨天来了今儿又来了！我曾开玩笑说：“你们应该授予我‘荣誉顾客’称号。”到后来点菜干脆就不看菜单了。那些日子，我有请必到，我知道，这一生能有机会坐在一起是种缘分，而未来，有些人恐怕一辈子都难再相见。

有两位老人，当年我来安徽时是他们接纳了我。我是一定要登门辞行的。二老年事已高，我该如何告诉他们“我要走了”。还有三个小时我就要离开合肥，不能再等了，我敲开了他们的门。面对他们，我仍没有勇气说出那句话，那是想一想都伤感的一句话。别时老人送我到门口，说“有空的时候来啊”，我转过身去答应着，泪已恣意横流。以后打电话告诉他们吧。

我把书籍分成若干份，分别留给朋友们，朗声告诉他们：“有它们在，我会阴魂不散的。”其余所有的东西，都留给了买房子的人。

出门的时候，我只有几个行包。就像以往任何一次回老家探亲一样，关好电源、煤气、窗子，锁上房门，再使劲拉一拉，看有没有锁好，才下楼。车子在灯火中把五里墩大桥、南国花园、双岗甩在了身后……

火车缓缓启动了，台上的朋友们早已泣不成声。车开始加速，那个叫相宜的小女孩跟着火车奔跑，挥手，像黑夜里的一只白蝴蝶，很快，就看不见了。这是合肥留给我的最后一个镜头。

告别了一种生活，收获了一段经历。

告别了一段岁月，拥有了一种情怀。

告别了冬天，我会在春天里怀念冬天的温暖。

感悟

每个人都会遇到告别之类的事。我们会与同学朋友告别，会与父母亲人告别，如果我们把这些告别都看成是新的开始，就可以在以后的人生路上走得更好。因此，只要以宽阔的胸襟、顽强的毅力对待告别，成功或许就会向你招手。

告别过去吧，你定会迎来新的开始，你的未来定会更加美好。

心如一株向日葵

燕子南飞

她是一个不幸的孩子，母亲怀孕五个月就生下了她。因为早产，脑垂体先天发育不全，导致了她后天的侏儒身材，到了初中毕业的时候，她的身高也只有0.98米，可谓是一个世间罕见的“袖珍女”。因为身高的缘故，初中毕业后，她没有如愿地进入高中学习。后来，在亲友的介绍下，她进了工厂，做了一份擦铁锈的工作。

虽然不能如愿地继续上学，去考心目中的大学，但是，能够在生活中自食其力，这也让她格外开心。生活和工作中，她依然像往常那样快乐地唱歌，快乐地生活。

这个“快乐的袖珍女”，以自己乐观向上的生活态度感染着身边每个人。她的歌声甜美，富有磁性，工厂里的许多工友都很喜欢听她唱歌，并没有因为她的身高而歧视她。

有一天，一位热心的女工友给她提议，说："你的嗓子这么好，可以在唱歌事业上发展呀，你应该在唱歌方面再学习些技巧。"听后，她有些失望地说："没有人教。"女工友笑了，说："我有熟人，能教你。"后来，工友就推荐她到一位专业老师那里学习唱歌。因为那位老师很忙，她们先录制了一盘磁带，带过去让老师听，得到老师的认可后，她再亲自登门拜师学艺。工友把她录制的磁带带去，很快就得到了那位老师的回复，让她来吧。得知这个好消息，她高兴坏了。

第一次去学唱歌，为了给老师留下好印象，她穿戴整齐早早就出门了。可是赶到老师家里的时候，还是晚了些——老师的家里已经有四五个学生在学唱了。她向老师问好，老师好像没有听到似的，没有理她。矮小的她只好躲在别人的后面排队，耐心等待。可等到前面的学生唱完后，老师不再教了。她有些尴尬，看了看表，发现已经到了吃午饭的时间，无奈之下，只好无功而返。

"或许是我去晚了，老师才不教我的，我下一次就早点去。"回去的路上，她这样想。

第二天，天还没亮她就起床了，早早出发，终于赶在别的学生的前面到了老师家，第一个出现在老师面前。可令她失望的是，那一次，不知道什么原因，老师依旧没有教她——对她的存在，视而不见。

她没有轻易放弃，接连又去了三四天，可老师的态度依然如故。

这时，她才真正意识到，老师是在歧视她，根本不愿意教她这个小矮人。悲伤涌上心头，失败的打击让她伤心不已，她有些气愤，在内心里暗暗发誓——我再也不去那里学唱歌了。

后来，她真的不再去了，有好几天都待在家里生闷气。母亲发现了端倪，就问她："这两天你怎么不去唱歌了？"她生气地说："他不教我，我怎么会去？"

母亲听了，没有生气，反而笑着说："他不教你，你也要去。"

她听后有些惊讶。

母亲进一步开导她说："他教别人的时候，你也可以听呀！你在家里的时候，妈妈是不懂这些的，是教不到你的。所以，你还是要去。他教别人的时候，他说什么不对的地方你一定要记住，你以后就不要犯这个错误嘛。你不但要去，还要比他们唱得好才行。"

母亲的一番话让她茅塞顿开。在母亲的劝说下，她又开始去了。此后，虽然老师对她态度依然如故，但每次旁听学习，她都听得格外认真、投入。到老师那里学习，她从此不再有任何不悦，反而从学习中得到了许多的快乐。日复一日，在旁听中，她的歌唱水平提高得很快。

机会终于光顾了这个不幸的女孩儿。不久，上海举办"吉尼斯"擂台赛，在工友的鼓励下，她参加了，并且最终荣获"第一袖珍女歌星"称号。就是那一次比赛改变了她的人生，从此开启了她的演唱生涯。

这是一个真实的故事，故事的女主角，叫吴小莉。在一期访谈节目中，她又一次谈起往事，禁不住感慨万千。

许多年过去了，虽然她的人生有了很大不同，可她的生活依旧要面临比常人更多的困难与挫折。然而，困难与挫折并没有磨灭她心中的那份快乐，在命运面前，她依旧是阳光灿烂。

节目中，她说，这份阳光与快乐，是母亲给的。从小到大，母亲都是这样教育她的，凡事都要向积极快乐的那面去想。于是，生活便有了希望，没有了烦恼。

的确，心如一株向日葵，总会追着阳光跑！

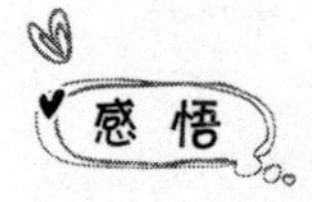

生命需要阳光，其实心态更需要阳光。阳光心态是一种积极、宽容、感恩、乐观和自信的心智模式。阳光的心态就像磁石，可以吸引美好的人和事围绕着你转，成功自然也不邀自来。

第六辑

在黑暗里铿然前行

一步之遥

栖云

工笔画家晏少翔老先生已经97岁了。我拉住他的手，祝愿他朝百岁冲刺！他笑呵呵，旋即严肃道：“凡事都不容易啊，长命百岁也一样。说起来很快就到，只是1000多天，可真正一天天度过，不容易。”

依据我的年纪，无法深刻体悟百岁的难度和内涵，但另一位距离百岁仅两个月便与世长辞的老人浮现在我的脑海——宋婆婆。

宋婆婆一生劳动，属于村子里的寿星。在她生命的最后几年，村委会的干部和远亲近邻均关怀有加，婆婆自己也铆足了力气，准备跨越世纪门槛，可惜偏偏在百岁的关口前倒下。她的后代也十分遗憾，活到百岁多好哇，成为家族的光荣，还具有新闻效应等。

当年宋婆婆时常坐在通往村外的大柳树下，安静地看着村民扎堆闲聊。待有人附耳垂问还有多久到100岁时，她总是颤巍巍伸出一个手指答：快了，一步。

一步之遥，近在眼前！却永远不可抵达。

人的寿命无法掌控，声言惋惜，情感的成分多于利益。生活中诸多的一步之遥却值得咀嚼，有时候堪称抱憾，因而连带出命运的转折。

有一位参加国家级别比赛的运动员，屈居亚军，领奖的时候仅仅比冠军站低了一级台阶，真正的一步之遥。当时他同冠军一样激越、欢笑、光荣地向观众举臂致敬。可转身之后，冠军一直处在耀眼的光环中。他呢？渐渐暗淡，被遗忘，很多年后，若不是亲人偶尔指着当年的奖杯向外人介绍，连邻居都不敢相信，他，一个靠当普通教练维持生计的人，曾经跟全国冠军一决雌雄。

最撼动心扉的故事是有一对情同手足的兄弟，两个人从小玩到大，不曾有过久的分离。本来，他们承诺同时举办婚礼，将来有了小孩，也希冀晚辈继续友情的。可一场突如其来的山洪改变了这一切。

事故发生的时候，哥哥拼命呼喊弟弟，试图抓住弟弟的手臂。

“我已经触到他的指尖了，只要一步，再往前游一下，就能够牢牢抓住弟弟的手。”哥哥悲痛欲绝地讲述。

一步，阴阳隔界！

日常生活里的一步，实在不值一提，不过一个动作，一个过程，活着的一瞬间。哪怕差一步，赶不上末班公共汽车，烦恼突临，沮丧陡生，也不至于造成大碍，即使损失些什么，也是能够弥补的吧。

可有些时候，一步，何其严重啊！

一步之遥就是距离，放在珠穆朗玛峰顶，也许是成功与失败、生与死的距离；放在月老的林荫小径上，也许是一见钟情与擦肩而过的距离；放在历史的风云变幻里，也许是英勇盖世与耻辱蒙羞的距离……

所以，这一步里面，包括了平凡，也蕴藏着奇险，甚至死生门槛。

我不是一个能掐会算的神仙，无法参透红尘中的过往悲欢；也并非宿命论者，慨叹命运不公的同时，俯首臣服。我只是想，不能因这一步看似平常就囫囵吞枣，也不能因这一步蕴藏奇险就踯躅不前。就像每天睁眼闭眼一样，既要走好生命里的每一步，也要从容面对那些意外的每一步，不抱怨脚下的高低错落，更不恐惧踏空或者失足。毕竟，那是属于我的路程。

一步，或许就是迥然不同的命运和人生。

每个人心中都有一个远方，沿着心的方向前进吧！当一颗心在前方明灯样照亮，脚下的步子无论怎样迈，都坚定从容，远方也就不远。

那个男孩掀翻了我的办公桌

徐大丽

几年前曾经教过一个叫方晨的孩子，那时候他上五年级。这孩子作业拖拉，行为懒散，没有养成好的习惯。原因是从小在爷爷奶奶身边长大，被老人惯得要月亮不摘星星，稍不如意就大发脾气。上学以后倒是在父母身边了，但是父母经常出差，生活就更没规律，习惯也就愈发地懒散了。后来，他爸爸跟我商量，能不能在他们都不在家的时候让方晨跟着我，我答应了。我觉得第一给他们解决了难题，第二也想多些机会教育他。于是，每个月方晨都到我家待几天。在我家，不需要我多说什么，他很听话，也变得懂礼貌了。虽然学习上没有多大的进步，但是我铆足了耐心，相信他会改变的。

可是后来发生的一件事，却令我伤心不已。也许，有人做一辈子小学教师，也未必会经历我所经历的那一幕。

一天课间，方晨和同学打架，两个人在操场上怒发冲冠，打得不可开交。同学们来找我，说谁也劝不开他们。我到了操场上大喝一声，他们才住了手，但是表情上还在较劲，尤其是方晨，气得“呼哧呼哧”直喘粗气，斜着眼睛撇着嘴。

回到教室，已经上课了，我本打算下课再处理这件事，但还是忍不住感慨了一句：“方晨，你怎么这么令我失望！”这下可不得了了，他腾的一下从座位上弹起来，脸冲着我，手指着跟他打架的那个同学，带着哭腔大喊大叫：“是他，是他先打我的！”我把翻开的课本又放下，说：“即使是他先打你的，你就有理由打架吗？你不能忍让一下或者找老师来解决问题吗？”可能这件事开始并不完全是方晨的错，但是此时此刻他认为我不应该责怪他。他气得接着叫喊："老师，你偏心！"我说："方晨，我们别耽误大家上课，这节下课我们再来解决……"我的话还没说完，就见他大跨步地来到我的讲桌前，我还没反应过来他要干什么，我的讲桌已经被他掀翻在地。我这从事多年教育工作、接触过各种性格学生的老教师，在那一刻，也呆住了。学生们也都被这突如其来的变化吓住了。我的讲桌，是那种80年代比较多见的四条腿的实木桌子，从办公室淘汰下来做了讲台，平时两个人抬都得一点一点地挪，这时候，却被方晨掀倒在地，四脚朝天！

方晨终于安静了。

我告诉学生们，大家上自习。我坐了下来，委屈的眼泪一个劲儿地往上涌。想起自己在他身上花费的心血，这孩子怎么竟然这样没有良心！我该怎么办？接着训斥他？找家长？那样就能解决问题了吗？慢慢地，我也冷静下来了。如果不是我进到教室就来那么一句感慨，而是不动声色地等到下课再来处理，恐怕也不会出现这样的局面。当然，方晨是个个例，换一个孩子肯定不会这么脆弱、易怒、火爆，那么，既然他是这样的性格，我只能忍为上策了。目前的情况是忍了，但是，工作还是要做的。

下课的时候，我把方晨带到我的办公室。我问他，知不知道老师为什么说他让人失望。他点点头。我让他回答为什么，他说："老师对我好，希望我进步，可是我在退步。"我说："你没有退步，只是今天打架的事，你不冷静。后面的事，就更不冷静了。老师说你一句就受不了了？老师也并不是把问题都推给你，是因为老师对你寄予的希望太大了！懂吗？"他点头，面有愧色。我继续说："老师认为你很聪明，这样荒废下去太可惜了，才把你带到我家去。你也看到了，我没要你爸爸妈妈给的伙食费，你吃的用的都是老师的，我把你看成是自己的儿子一样。"他低着头，抽了抽鼻子。我停了一会儿，继续说："你若不在我家，我可以下班后逛逛街，看看电视，可是为了对你爸妈的承诺，老师哪也不去。你觉得你这样对老师应该吗？"他不说话，开始抹眼泪。"还有，你知道爸爸妈妈有多辛苦，在外边工作，心里头却放不下你，你妈妈昨晚半夜打电话给我，说梦到你丢了，怕你真的丢了，才忍不住把电话打过来。”听了我的话，方晨“呜呜呜”地哭出了声。“今天的事如果他们知道了，该有多难过！”

他终于说话了：“老师，求求你别告诉他们，我一定改掉坏毛病。行不行呀，老师？”

我终于舒了一口气：“这次我可以不告诉他们，但是有条件……”

他感激地答应了，我请他先回教室。我坐在椅子上，闭目，养了一会儿神。真的就像一场攻心战。

我回到教室的时候，方晨正和几个壮壮的男孩子扶起桌子。

这件事，就像方晨人生的一个分水岭。此后，他的学习态度和生活态度都改变了很多，他在用一点一滴兑现着他的承诺。看到教室里的废纸，他主动捡起来；谁遇到了困难，热情相帮；有几回，还主动帮我摆办公桌上的书本。他学会了宽容、进取，更重要的是关爱别人。不过偶尔也有驴脾气发作的时候，我再找他聊聊，就能控制很长一段时间。保持的周期越来越长了，优点越来越明显，瑕疵就显得微乎其微了。

有时候，我们做老师的耐心也是有限的，但是我们可以告诉自己，再坚持一下，再忍耐一下，再耐心一点，再用一用攻心之策，可能，一个人，就此将会改变。

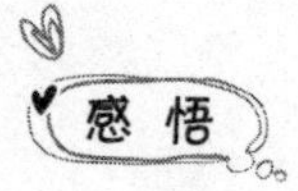

“海纳百川，有容乃大。”宽容是一种大度，可以容人之长，不去忌妒；可以容人之过，不计前嫌。一位哲人说过一番耐人寻味的话：天空收容每一片云彩，不论其美丑，故天空广阔无比；高山收容每一块岩石，不论其大小，故高山雄伟壮观；大海收容每一朵浪花，不论其清浊，故大海浩瀚无比！

恨是一件容易的事

林夕

杰瑞·斯宾塞，是美国20世纪最著名的辩护律师之一。与许多名律师不同——他们大都受雇于有名望和财力的大公司，或某个势力集团，总之是为富人服务，因为只有他们才能付得起一大笔律师费，而斯宾塞却关注穷人，关注那些生活在社会底层的人，总是受理为弱势群体说话的案子，始终站在他们的立场上，以娴熟的法律知识、高超的辩护技巧和丰富的庭审经验，赢得一次又一次的胜诉，他也因此赢得公众的爱戴和世人的尊敬。

但是，斯宾塞并非一开始就这样。像许多充满野心和梦想的年轻律师一样，早年他曾投身于政治事务，在竞选国会议员失败后，又做起了老本行——去一家保险公司做法律顾问，拿着丰厚的薪金，过着衣食无忧的富足生活。

促使斯宾塞离开保险公司、改变他一生命运的，是一件偶然发生的“小事”。那天，他陪妻子去超市购物，遇到一位以前打过交道的“对手”——一位年过六旬的老人，几个月前他在过马路时被一位妇女开车撞成跛子，他向保险公司要求赔付。这个案子是斯宾塞承办的，由于他的“精彩”辩护，老人没有拿到应得的赔付。没想到，事隔不久，两人又在这儿不期而遇。

望着老人艰难地移动那只受伤的残腿，把那些因为要过期而打折处理的食品放进购物车，斯宾塞突然间觉得自己做错了什么。如果不是他，老人就可以得到那笔赔偿金，就可以雇一个保姆而不是自己拖着残腿出来购买打折商品。斯宾塞内疚地低下头，想赶紧离开，但是老人已经看到他，并向他走来。

斯宾塞定定地站在那里，觉得浑身的血直往上涌，脸涨得通红。他做好了挨骂的准备，同时眼睛偷偷往四下瞧，如果一旦动手，他好赶紧逃跑。

但是，出乎意料，老人没有骂他，更没有动手打他，而是反过来安慰他：“不要难过，你只不过在履行你的职责而已。”然后，他拍了拍斯宾塞的背，宽厚地笑笑，走开了。

斯宾塞凝视着老人的背影，那一瞬间，他觉得不只是这桩案子，自己的整个人生都错了。他一夜未睡，第二天，他向公司递交了一份辞职申请书。

就这样，斯宾塞离开保险公司，开始了他为弱势群体辩护、为底层人民争取话语权的伟大路程。在漫长而艰辛的庭审生涯中，他开创了许多先例。在一起医疗事故赔付案中，他为受害人赢得400万美元的赔偿，犹他州的护理行业不得不因此而清理整顿。在为卡伦·希克伍德——一位因核辐射而致死的女人的辩护中，他精心构筑的辩护策略，最终为受害人赢得1800万美元的巨额赔偿，这是美国核工厂的工人获得伤害赔偿的第一个案例，并且首开先河——其中1000万美元用于惩罚性赔偿。这给美国核工业一个警示，促使这个行业开始整顿，不再把工人安全视为儿戏。

现在，斯宾塞早已跻身于世界著名律师的行列，他是美国庭审律师学院的创立者和院长，这是一个非营利性组织。他也是怀俄明州律师事务所的奠基人。回顾自己的一生，斯宾塞充满感慨地说：对我影响最深的，就是那位跛腿老人。如果他当初怪我、骂我甚至动手打我，都在情理之内，是一个被打败的“对手”的正常反应。那样的话，我会硬起心肠，认为自己做得对，继续充当保险公司的“同谋”，而不是成为现在的我。

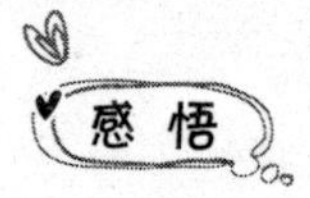

恨一个曾打败你、伤害你的人，是一件非常容易的事，就像爱自己的家人一样容易，但这并不能改变什么，只能使原本亲近的人变得陌生，原本陌生的人变得更加冷漠。能够改变人与人之间距离的，不是仇恨，而是宽容。正是因为跛腿老人的宽容，才使斯宾塞反省自己，才使他转而站在弱势群体的队伍中，成为他们最有力、最可信赖的代言人。

小人书的故事

刘畅

80年代初没有网络，没有电视，人们闲来在街头看小人书。被翻得卷曲的小人书插在书架的格子里，有电影故事，有《三国演义》《红楼梦》，还有《聊斋志异》。看书的有儿童，有老人，还有戴眼镜的瘦男子。每看一本小人书需花掉五分或两分钱，每每我站在书摊前踌躇再三，问摊主："两分行不行？""不行，新书！"摊主傲然地摇头。

我刚开始看图，到了小学二年级，基本能读下大概，虽常有生字，但隔着看跳着看，连猜带估，结合图形，也能看出个眉目。一时间，津津有味，精彩纷呈，小人书带着我超越了眼前的局限。看过了书摊上的书后，我渐渐地不满足了，南门大街新华书店里的小人书更新更快，同时，我也产生了拥有小人书的强烈愿望。

放学后去书店，是约会的心情。柜台里的小人书摆放整齐，有的是手绘作品，有的是电影剧照。我通过封面上的图案、书名、作者、出版社名称这些有限的信息一遍遍地浏览、端详，像看一个美人儿要把玻璃看穿。每当喜爱上了一本（通常是一见如故），我便装得很镇定地对女营业员说："看看这本。"等书到了手里，我眼睛睁得老大，像打开了阿里巴巴的宝藏，一时间眼花缭乱，珠光宝气。我按捺住心情，尽可能地多翻几页，多看几张，最好能在营业员的盯视下快速翻完，这样就用不着花钱，就占了大便宜了。有时从第一页翻起，翻了数页恋恋放下，实在喜欢，口袋里的钱足够，就说："买！"同时，因消费增加了对话的勇气，我提出了进一步的要求："再看看那本。"虽也喜欢，但口袋空了，只得装出不喜的样子。拿着新买的小人书如饮甘饴，但又因惦记着其他的书，增加了新的痛苦。

每买回来，先粗粗翻看，再细细阅读，每个画面、每个字句乃至标点都不放过，好像是纸裹着的棒棒糖，有无穷的价值和回味。待买了30余本，我将小人书编上了号，用纸箱子装着放在床后。这样，我就拥有了书的子民，我既是王也是奴，就可以和书共眠了。每到星期天，我搬出纸箱子，一边晒太阳，一边把书排列在报纸上，模仿摊主人和租书人：看一本多少钱？五分。两分行不行？不行，新书。

自以为拥有了极乐世界，可这异常异样逃不过妈妈的眼睛。她觉得我“霉”（淮安话，迷）住了，迷信的解释是中邪了。她说课本是正书，人要上正道，而我小小年纪就“拔不出了”，“昏了头了”。悲惨的时刻终于来临，我妈让我跪在院子里（我练摊之地），二哥搬出纸箱子，我妈划着了火柴点燃了报纸，又用更大的火苗点燃了小人书。饥饿的火舌舔食着封面，吃进了书脊和内页。我想抢回书，但怕烧坏了手；我想抗议，但屈服于妈妈的威力。我哭得眼睛快睁不开了，在我的呜咽声中，小人书像黑色的蝴蝶飞舞在晚风中。火苗越来越矮，大蝴蝶变成了成千上万只小蝴蝶，消失在无尽的黑暗中了。

消灭一切异端，这本身就是异端。我越来越觉得课本没大意思，之所以上学时语文成绩比较好，成年后又回到了阅读和文字，和我童年时喜爱小人书有很大的关系，一切追寻皆因了当初的欢喜。

多年后，妈妈对我说，那晚烧掉的报纸中，只有两本小人书。

喜欢，在我心里像花一样开得如此繁盛。喜欢，也会有那么一天越飘越远，像蒲公英一样落地生根……喜欢，会是我们回忆中的烛火，不仅能够点亮寂夜，还能够温暖冷清。

没有人会忍心剥夺那些明媚的喜欢，只是，有些冷漠是为了确保不因喜欢而懈怠了前行的脚步。

看见辽阔

罗西

一对50多岁的江苏夫妇，请电视台编导帮忙，要找离家出走的儿子。之前他们反对他与一个女孩恋爱，结果25岁的儿子不告而别……对此，他们非常生气，态度强硬、鲜明，认为儿子“不尊重父母”，“那女孩太任性、不礼貌”……

经过记者的调查追访，终于联系到了委托人失踪的儿子与他的女友，结果儿子却带回一个让人瞠目结舌的秘密：原来他到了父母的老家贵州，找到了父母声称“已经去世”的外公。原来，他的父母25年前是从贵州一落后乡村私奔到江苏成家的，历经跳崖、众叛亲离、死里逃生等重重劫难，有情人终成眷属。那过程惨烈、悲凉，可谓人间悲剧。

儿子泪流满面，跪下质问泣不成声、沉浸在不堪回首往事里的父母：“你们应该更能理解儿子的选择才对啊！”

这话，问得其父母有些汗颜，几乎无言；观众也从这句痛快的问话里，摆脱了先前压抑感伤的情绪。

苏芮的老歌《牵手》里有句这样的歌词：“因为路过你的路，所以苦过你的苦……”可是，生活里，我们常常会忘记过去，背叛过去；或者，儿子造老子的反，孙子则造儿子的反。到什么位置说什么理，而忘记了自己曾经的苦痛和立场，没有感同身受的同理心。

犹如一辆公共汽车来了，门里面的乘客理直气壮地埋怨，已经很挤了，不要再收客了；门外的人则义愤填膺大叫大喊：“快开门！还有人！”有人终于脱颖而出挤上去了，赶紧又换另外一张面孔、另外一个腔调催促司机：“快关门！怎么还不关门，都这么挤了！”

人生旅途，我们就这样在上上下下、起起伏伏中，有过不同的诉求与不满，同时又很容易去忘记，更不会用心去照顾后人的感受、分享别人的观点、关照众人的利益。哪怕是自己曾经经历过的痛苦，仍然可以心安理得让后来者再一次经历，似乎媳妇熬成婆，都要有这样的磨难。更可恨的是，有人还变本加厉让他人重温自己曾经所受的欺凌。

在一个选秀节目里，著名导演冯小刚有感而发，谈到有些人越过“龙门”后就随手把门关死，堵住后来者的去路……所以冯小刚对于这种没有“门槛”的选秀节目分外有好感，他将之提升为一种社会态度，“我们最不能犯的可恶的错误就是关门。现在，我们要把关上的门一扇扇打开”。在另外一场合，他进一步尖锐地指出，“那些摆脱了贫困的星们腕们尽管有了跟班和老妈子，骨子里却依然找不到优雅的感觉”，因为没有真正强者所拥有的从容、谦让的悦纳胸怀。

躺着的时候，想想那些弓身站着的人，富的时候，想想那些乞讨无助的眼神……这样，我们就不会一叶障目，或者起身给我们擦鞋的老人小费的时候，会更自觉、由衷地说声“谢谢”。也许真的风水可以轮流转，而那颗同理心，应是我们永远不落的星星，它指引我们看见自私，看见他人，也看见辽阔与美好。

泰戈尔有言：“山上，静默涌出探寻它自己的高峻；湖里，波浪停息默想它自己的深渊。”

想纳百川，就要有海的胸怀。有时候，我们无须站得多高，只需用爱心代替冷漠，用公心代替私心，用美好代替丑恶，做到将心比心，就能心心相印，就能坐享“面朝大海，春暖花开”。

包儿饭

周梦鹿

小时候，最爱吃妈妈做的包儿饭，认为那是天底下最好吃的美味了。

包儿饭的做法十分简单，把大白菜叶儿洗得干干净净、水水灵灵，然后摊在饭桌上，再把用大酱拌好的撕成一块块的葱、香菜放上去，如果贪恋辣的，再放上去一些撕好的辣椒，最后，再根据自己的口味放上去适量的米饭或者捏碎的糊土豆，包儿饭基本就做好了。接下来，只需要用双手托捧起白菜叶，然后像打包裹一般，用白菜叶将其上面的各种食物包紧，就可以下口吃了。一口吃下去，只觉得满口清香，这种香，不是鸡鸭鱼肉那种吃两口就感到俗腻的香，而是一种实实在在的芬芳。想想吧，大白菜叶儿的清香，大酱的豆香，香菜的暗香，大葱的辛辣，土豆块的醇香，辣椒那刺激味蕾的香，再加上米饭的谷香……种种香味迥异的蔬饭汇成一种田园风味的农家包儿饭，怎不让你吃得过瘾，吃得提神，吃得欲罢不能？

值得一说的是，吃包儿饭，吃势上需要一种豪放的架势，三口两口，狼吞虎咽，要的就是这个粗犷劲儿。如果周围的环境、氛围再有点意思，比如：房子外面挂着几大串红辣椒、黄玉米，窗户上贴着窗花，屋里墙上贴几张喜气洋洋的古朴年画，屋内还要有火炕，炕上摆着炕桌，一只陈旧的收音机里正在播放着东北小调，一家人欢欢喜喜、高高兴兴地围着炕桌一人一个大大的包儿饭，个个吃得香极了，直吃得满头冒汗。

我小时吃包儿饭，小小的手儿非要捧着一个大大的包儿饭埋头苦吃，那真是风卷残云、狼吞虎咽。吃完一抬头，惹得爸爸妈妈姐姐哥哥看着我全笑了，原来我的小圆脸蛋上已经沾了好多饭粒、大酱汁等。长大后，迁居都市，随着生活的逐渐优越，童年一日三餐的清贫也渐渐被南甜北咸、东辣西酸的众多佳肴替代了，那包儿饭的香浓与诱惑也渐渐尘封到记忆深处。偶尔想起，也会觉得，包儿饭的香浓，应该是因为在缺衣少食的童年时代，在一日三餐顿顿是大饼子的单调重复下，在几乎没有零食的寒素日子里，造就的一抹亮色，一个闪光点吧！

一天，去家附近的菜市场，居然看到有卖包儿饭的小摊，而且生意红火得很，不由得驻足下来，发现来来往往的顾客中既有穿着时髦前卫的年轻漂亮姑娘，也有趿拉着拖鞋，不修边幅的老大爷。吃客们站在街边，无不狼吞虎咽，几口就吃下去一个包儿饭。包儿饭的香浓便从记忆深处弥漫而出。当晚，打电话给仍居住在家乡的母亲，谈起包儿饭，让我意外的是，母亲说，她偶尔也会吃的。于是，再一次回家乡看望母亲时，有了和母亲对坐一起吃包儿饭的场景，让我意外、惊讶的是，那包儿饭一如儿时般香浓。

吃到肚子撑胀，一个疑问也漫上心头：在食品如此丰富的当下，包儿饭还有着如此凌驾于万千美食之上的香浓，究竟是为什么呢？母亲笑应着我的疑窦："是你小时候吃习惯了，养下了这个胃口改不了了。"

是啊，所谓美食，不一定是昂贵的、精致的，而是最适合自己味蕾的。

生命中，有一些东西是会生根的。无论那些记忆以怎样的姿势扎根，回首时，总会有暖意相伴。苦乐、贵贱、得失，都不重要。人生是一场经历，每一次经历，都会沉淀成一份礼物。

能够沉淀下来的，常常是那些抵达心灵深处的东西。

有一种声音打动灵魂

陈志宏

科学上的解释，声音是一种看不见的波。声波引起物体振动，经由耳道，被耳膜接收，落在心里，催人开怀爽心，是为乐音，若使人烦躁恼怒，就是噪声了。不管让人心烦，还是让人心悦，总有一种声音能打动灵魂，成为抚慰心灵的圣音。

声音往往与过去某种情境形成互为观照的镜像。在我看来，一种声音有时就是返回往昔的无形的通道，有着无法言说的奇妙感。

上初中的时候，班里有个女孩寄住在她亲戚家。她亲戚在乡信用社上班，住处是镇街上最繁华的地段，就像南京路之于上海，忠孝东路之于台北那样。乡里的街，只有赶集的日子热闹，熙来攘往，平时和村里一样，寂静无声。之所以为街，是有街的气势和意韵在那撑着的——那一排排高大的法桐遮天蔽日，绵延不绝的树香，衍生出街市的繁密气息。那时候，我暗自喜欢她，喜欢远远地看着她消失在法桐浓荫下那排齐整的房子里。无人的街头，一阵风来，叶间沙沙轻响，落在心里，却满是惆怅和酸涩。

多少年后的某个清晨，在昆明游历，宽阔平坦的金碧路上，法桐粗壮，高原的晨风迎面吹拂，哗哗啦啦，那是树叶的交响。那一刻，我仿佛回到少年时光，一个人站在秋风中看她。

风吹树叶的声音，打动过灵魂，深深地烙在心里。时过境迁，此声神奇地复制过往，就像我在高原之城昆明，霎时回到少年时乡镇上那个寂静的街市，多神奇。

法国电影《伊莎贝拉》（又译《蝴蝶》）是一部需要静心观看的片子，

尤其是一老一少上山捕蝶的那一段。沉寂的山，恬静的心，却偏偏被小丽莎打破，这是个酷爱提问题的孩子，正如几米所称的那样，她正处在“布瓜的世界”——即爱问为什么，且有打破砂锅问到底的执着劲儿。

邻家爷爷被缠烦了，对小丽莎说：“你给我闭嘴，现在我只想听到风声、鸟鸣和虫叫！”

孤苦的老人，满腹心事，只有纯净的自然之声才能涤尽荡净。纯美的自然之声，在小丽莎心里就像紧密的鼓阵，那一刻，她打开心门，和老爷爷成了朋友。一路上，自然之声打动一老一少这两颗心灵，他们结下深厚的唯美的忘年情谊。

声线如丝，丝丝连着心。一次带三岁的女儿去郊外某高校游玩，临近中午，领着女儿到食堂，正是学生就餐高峰期，闹哄哄，乱糟糟。择位子让女儿坐好，我去窗口打饭。就在我打好饭，准备选菜时，隐隐地听见了女儿的哭声。真是隔山隔水一样阻隔着一重重的人，女儿的哭声居然穿透厚重的人墙，传到我的耳朵里。开始还不敢相信，女儿答应好好的，等我买好饭菜回来的，怎么会哭？但我还是不放心，菜没打完，就往女儿那边去，远远地看见女儿真的在哭喊，大叫老爸呢。也许是陌生环境不适应，也许是人多吵得骇人，女儿是真哭了。

那一刻，我为自己的特异功能而惊奇！转念一想，这种特异功能不是我的专利，它独属于天下所有的父母。世上每一个父母都有类似我这般的特异功能吧，一颗心永远被儿女的声音牵动着。

将睡未睡的人们，应该有这样一种奇妙体验，明明当时听清了，醒来之后，却什么也不记得了。声未入心，就像风过了无痕。叫醒一个打盹的人，也有规律可循，如果他真的睡着了，多叫几次必能叫醒，而那个百叫不醒的人，其实他只是一个未眠人。一个将声音坚拒于心门之外的人，他怎么能被人叫醒呢？

听听那个声，闻闻那个音，声音就像一个迈着碎步的轻盈的精灵，一步一步，进入灵魂，打动心灵。每个人，都有属于自己的、能够让心灵震颤的声音。

这世界上，总有一种声音，能够打动你的灵魂。

用心，才有美妙的声音，才有缤纷的世界。

没有人能说出想象的样子，但那些对想象甚至幻想，痴迷、较真的人，借由着想象创造了一个又一个奇迹。比如，鸟儿一样翱翔在天空的飞机，比如，顺风耳一样神奇的电话机；比如，如星星一般明亮的电灯……一切皆因为用心。

用心，可以听到灵魂的声音；用心，可以创造梦想中的世界。

证明

水 手

那时他还小，大概十四五岁的样子吧。父亲早亡，母亲体弱多病，他像一只无人看管的狗，到处乱窜，四处惹是生非。每当有人找上门来，母亲泪眼婆娑，向着寻来的人赔不是，他便像是心灵上遭了重重一击，嘴里答应着母亲不再到处惹事。

然而，无羁的少年总以为青春是没有任何遮盖、无限张扬的姿态，却不曾想一点一点的恶习已为他埋下歧途的岔道。

那年，一个暮色四合的夜晚，一位妙龄女孩被人奸杀，其状惨不忍睹。一帮无所事事的少年成了最大嫌疑，他的母亲也曾用目光逼视他，他却湖水样平静，波澜不惊。派出所传他调查，他很配合，把他那天的行踪一一道来，末了还说："有需要可以随时唤他。"

他出来又去，去又出来，对他的疑问始终不能消除，却又找不到丝毫的证据。派出所重视证据，村邻可不管这些，见他反反复复地进出，就证明他与这件事多少有牵连，而且他给村邻留下的印象本来就极差。以前，人们对他虽然厌恶，还没有用上鄙视的目光，等他从派出所几次往返后，遇到的尽是不屑与鄙视，停留在他身上的目光都非常短暂，遇上他也尽可能背过身去，不理他。

他从未感受到如此悲愤，那些不发一言的眼神是比锋利的刀更尖锐的利器，划得他的心灵血液四溅。一天，村里一位和他差不多年龄的孩子骂了他一句，让他再也无法忍受，长久的憋闷像是要找一个出口泄愤。他拿起一把刀，众人以为他会砍向那孩子，他却把刀砍向了他自己的无名小指，瞬间，鲜血淋漓，染红了手臂。有人过来帮忙，他嗫嚅着说："我真的是清白的。"

像是醉酒的人从此醒来，他改邪归正，与一帮不良少年划清界限。他去工地上搬砖，12个小时，强体力活，成人尚且难以承受，他不叫苦，不喊累。夜晚，呼呼睡去，雷打不动。工头骂他，连嘴也不回，老实得屁都不放一个。没人相信他的前世，那般恶少。

搬砖、和泥、看工地、搭脚手架、贴外墙砖、砌墙，他在建筑工地上磨脱去一层层皮，也磨脱去那不羁的狂野。他聪明，自然学到许多东西。一个机会，让他在建筑工地上成长起来，做了工头，然后，不断地变换位置。每换一次，他都会看看那只缺损的无名指，他在心中有一份劝告，对自己，对未来。

后来，他成了一名房产开发经理。他录用有才华的大学生，也对一些世人不屑的人员另眼相待，他从不隐瞒自己缺损的那只无名指，有时，还会讲讲无名指的故事。

一个城里的女孩子，是他工地上的监理，不知怎么的，就喜欢上他了。他的母亲对女孩说："孩子，他与你不是一路人。"这话，如果母亲不说，他也会说的，却不能说服女孩，她一心要和他好。

有人对他说："她是看中了你的钱，要是没有现在这么风光，她难以如此待你。"这话，多少击中了他的心。不过，那天，他看到女孩一个人去汇款，她把自己一年节余的钱都汇给了玉树灾区人民。那一刻，他无法抑制自己的泪水，他仿佛看到了当年自己断指的那一刻。他决定多捐一些，捐过款后，就向女孩表白自己的心。

一个人，他的从前可能会有许多不堪，只要猛然间醒悟了，就会有不同的开始。这份证明，是给别人的，更是给自己的。只要换了目标，就会得到不一样的天地。

生命奇迹

凉月满天

那年他才14岁，是个少年。

他正听收音机，一个声音从收音机里传了出来，说：“吊死你自己，没有你世界会更好。你是个坏小孩，坏到骨子里。”

这不过是噩梦的开始。

从此，他的脑子里时时刻刻都会出现一大堆声音，命令他、诱惑他采用各种方式结束自己的生命，因为他是个废物。

他在那些声音的怂恿下藏起打火机和火柴，找到绳子，看到汽车疾驰而来就想迎着车灯冲上去。

父母拒不承认他患有精神疾病，他也强装自己一切正常。18岁那年，他含着眼泪，和母亲、襁褓中的弟弟、慈爱的外婆告别，提着皮箱，被冷漠的父亲送往纽约，打工养活自己。

从此，他更是一个人面对着脑海里怂恿他寻死的一大堆声音，每个声音都对他的存在和生命极尽嘲弄之能事，连他的不敢求死也被毫不留情地讥讽为胆小鬼。

他每天都在进行着一个人的群魔之战，这场战争让他做不好工作，最终被解雇，又因为寻死被关进精神病院，被穿上紧身衣，受尽虐待。一次又一次，他受着脑海里声音的怂恿求死；而求生的本能一次又一次拉他脱离险境。如此辗转，整整32年。

一个14岁的少年，变成了46岁，他已经是一个肥胖、痴呆、流口水、对生活彻底无望的中年大叔，唯一不变的，是逼他寻死的那群脑海里的声音。

有的医生对他不耐烦，有的医生对他友善。有一个友善的医生建议他试一种副作用很小的新药。他相信他，开始坚持服用，病情终于好转。而他也终于意识到，他根本不必听从脑海里的声音的命令，他完全可以凭自己的力量反抗“它们”。

当他的病情好一些，他开始做力所能及的工作，比如当厨师，甚至开始为精神病人争取投票选举的权利。

“一个人有精神疾病，和无能根本是两码事，”他说，“政府有那么多措施攸关我们的生活，为何我们这些有精神疾病的人要在政治上保持沉默？”

在他的努力下，单单纽约一州就有35000多名重度精神病患者登记投票，他们之中大部分都是第一次行使投票权。

他太忙了，甚至没有注意到幻听程度正在下降。终于有一天，当他坐在客厅的沙发上，猛然发现一件惊人的事实：脑子里的声音停止了。

他鼓起勇气给他的父亲打电话，父母在圣诞节那天来和他一起过，可是弟弟如今已经结了婚，做了父亲，不肯来见他，怕他的精神病会传染。

不管怎样，他说：“对我来说，幻听消失的那一年的圣诞节意义最深远。在那一年，我重回上帝的怀抱，并对我新家庭的每一个成员——包括我父母在内——表示感激。同时，我也知道要如何善用上帝给我的第二次机会。”

很多人给他打电话，倾诉他们的苦恼，他一一耐心接听。

他拯救了一个和他当年差不多大的少年。有一天，他坐在一个大学的草坪上，看着欢快的毕业生步入会场——若是当年他能够得到适当的帮助，他也会像这群毕业生一样快乐的。然后他一眼见到这个男孩，面带微笑。

他想：这是一个奇迹。

是的。

他的生命就是一个奇迹——他就是自传式作品《声音停止的那一天》的作者，曾经的精神病患者肯恩·史迪。

如果每个人都肯珍惜自己的生命，无论走到怎样黑暗、无望、无路的绝地，就是用门牙刨，也要刨出一个洞来，爬出去。外面正在等候他的，就是属于他自己的，生命奇迹。

一个得了幻听型精神分裂症的少年，经历着惨烈的折磨，同时又经历着生存的无数压力，还有来自亲情的冷淡和忽略。可最后他没有被压垮，反而活出了独属于自己的精彩，这是一种什么样的精神，这是一种什么样的奇迹！

桂花的芬芳

闫荣霞

她笑容开朗，心态阳光，看着她，没有人知道她是一个绝症病人。她的病很特殊，学名叫“三好氏远端肌肉无力症”。我先是从王朔的小说里知道这种病的，男主角得了这种病，刚开始只是一两束肌肉群不听指挥，后来会衍进到全身所有肌肉群都不听指挥，意识清醒，全身瘫痪，连眨下眼皮都不可能，就那样迎接死亡。

真惨。

更惨的是。全球病例只有40人。她是其中一位，她姐姐是一位，弟弟是一位，一门三绝症。

小时候，她动不动就跌倒，别的孩子一下子就能爬起来，她却只能把全身重量都压在手臂和膝盖上，爬到路边或墙边，然后慢慢想办法让自己沿着高处立起来，痛啊。

19岁那年，她、姐姐和弟弟同时发病，医生叮嘱三姐弟："赶紧做自己想做的事。"分明是下了绝症死亡判决书。姐姐崩溃大哭，想去死。她却想着怎么才能够有尊严地活下来。她说服姐姐："你连死都不怕了，为什么还会害怕活着？"既然妈妈带着姐弟仨奔波求医是无效的，她又跟妈妈说："人生有比看医生更重要的事情。"于是妈妈也被她说服了。

然后，她开始鼓起勇气，走上社会。别人坐出租汽车的时候，一迈步就能上车，她却得扭身把屁股坐到椅子上，然后用手一只一只搬起自己的脚放进车内。有一天，她遇到一个司机，看她的别扭模样，得知她是先天恶症，就告诉她，自己的太太得了肾脏萎缩，住了很久的医院，最近恐怕快不行了。而他的儿子智商不足，不能放出去乱跑，只好关在家里。小孩子不听话，他就打，打得小孩子一直哭，哭累了，就睡着了，这样他才能出门赚钱养家……

她真切地感受到，这个世界上，不幸的人真多。下车的时候，她把所有的钱都掏出来，跟司机说带太太出去走走，吃顿好的，我请客。然后，再打开车门，把脚一只一只往下挪。而司机双手紧握方向盘，低着头，浑身颤抖，眼泪打在方向盘上。

后来她才想明白，其实，司机是看到她的不幸，所以自揭疮疤，用自己比她还不幸这个事实，来笨笨地安慰她。这个世界上，善良的人比不幸的人更多。

她想，帮助弱势群体中的更弱势者，也许就是她一生的使命吧。用她自己的话来说，就是："我期盼所有老弱病残，都不再活在恐惧与无助中。"人生有了目标，心中有了愿望，她鼓足勇气，勇往直前。她说："我们的生命不够长，不能浪费时间在愤怒、吵架、报复这种事情上面。”

她叫杨玉欣。照片上的她，眼神明亮，笑容灿烂，生命如桂花绽放。

读一本书，叫《2012，心灵重生》，书中提到桂花的开放方式：“如果希望桂花在某段时间开花，非但不能多浇水，还得特别少浇一些。原来，当水分不够的时候，桂花树会有危机意识，怕自己还没开花就死了，就会赶紧尽力地开花！”

其实这个世界上，人人都是桂花树，只是有的花树享受的水肥过于充足，疯枝狂长，平时总是说忙呀忙呀，到最后大限临头，才发现以前那些让自己忙的事，全都是无谓的，可是也晚了：活了很久却一朵花也没有开出来。而有的人生命短如流星，却光芒耀亮天际——他们也是一棵棵神奇的桂花树，命运没有赐给他们足够的水肥，他们却能在厄运中，促使自己开出鲜花，香遍天涯。

一个得了残酷绝症的女孩，在别的孩子们都毫无顾忌、大肆挥霍光阴和精力的时刻，她却争分夺秒，努力拼搏，帮助像她一样不幸的人。我们要学习她的这种精神，不要把时间浪费在无谓的事情上，用我们充足的时光，让自己的人生开出绚丽的花朵！

放低自己的杯子

吕 麦

有一个郁郁寡欢的年轻人，千里迢迢跑到终南山寺院，对住持明心禅师诉苦说："我一心一意要学习绘画，但走遍天下，没有找到一个让我满意的老师。"

明心禅师淡淡一笑说："老和尚虽不懂丹青，但也喜好欣赏，收藏一些名家精品。既然施主画技不俗，那就请给老僧留一幅墨宝吧。"小和尚应声备下文房四宝。

明心禅师继续说："老和尚最大的嗜好，就是闲来品茗饮茶。施主不妨给老僧画一只茶杯、一只茶壶吧。"年轻人慨然应允，铺纸运墨，不一会儿，一只倾斜的茶壶和一只精致的茶杯跃然纸上，栩栩如生。水壶内的壶水徐徐吐出一脉茶香，缓缓注入茶杯之中。年轻人踌躇满志，得意扬扬，龙飞凤舞地在上面题上"茶香四溢"四个大字。

搁笔后，年轻人问明心禅师："大师，这幅画您老人家可否满意？"禅师瞥了一眼，摇摇头说："你画得确实不错。但我感觉，你把茶壶、茶杯的位置颠倒了。老僧看来，应是茶杯在上，茶壶在下。"年轻人哈哈大笑，说："大师好糊涂。哪有茶壶往茶杯里倒水时茶杯在上、茶壶在下的道理呢？"

禅师捻须朗笑："孺子可教也！其实，你懂得这个道理呀。只可惜，这些年来，你总是把自己的那个杯子端得高高的，比那些你要求教你的'茶壶'还高。那样，老师们智慧的'香茗'，又怎么能注入你的杯中呢？"

年轻人如醍醐灌顶，连连给禅师作揖、拜谢，从此谦卑恭敬地拜师学艺，终于集众家之长于一身，成为画坛的一代大师。

可见，放低我们的杯子，就是放低我们的姿态，谦虚为人，谦虚处事，必能有所成就。古今中外的许多名人志士，他们都靠谦恭卑下、平和宽容的君子风范，成就了自己，成就了事业，成为几千年来，人们尊重、追崇、缅怀、效仿学习的典范楷模。

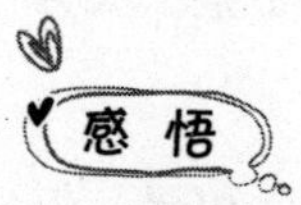

“满招损，谦受益。”一个人要获得别人的智慧和经验，必须把自己放低。这是求知为学之道。

只有放低自己、尊重别人，才可能正视、接受别人的意见，才可能得到别人的指点与帮助，才可能有一个好的成长、成才的环境。一个人如果把自己放得太高，“目中无人”、“目空一切”、“唯我独尊”、“不可一世”，他不仅不能进步，还可能处处树敌，在人生的道路上，就会失去许多有益的帮助，失去许多有力的支持，很难成就事业。

让油画变成“流水线”

睿　雪

1997年，刚开始在深圳大芬村做油画生意的吴瑞求接到了从业以来最大的一笔订单：浙江的一个客户要求他在50天的时间内赶制40万张临摹油画！对于这笔从天而降的高达三四百万元的生意，吴瑞求想都没想就跟对方签订了合同。因为他想过，如果这笔生意能做成，就可以让他赚得足够的资金来注册一个公司，那样就可以把油画业务做得更大。

吴瑞求这一次的“头脑发热”让全家人都为他担心不已。因为就目前油画市场来说，规模最大的油画坊也没办法达到这样的速度，更何况是他这样刚成立没有多久的一个小画坊呢?

其实，吴瑞求也明白这次任务的难度有多大，但是以他积累的经验来看，他认为如果拥有200个画工，并且都能加班加点，那么每人每天就可以完成50张。按照这样的进度，在50天的时间内完成客户的40万张任务应该不是非常困难。这样估算完之后，吴瑞求就马不停蹄地招收临摹画家。在跑遍了整个大芬村之后，吴瑞求终于招募到了200多名画工。

材料、工人都准备好之后，吴瑞求就要求画工们赶紧上阵临摹。可是，仅仅两天之后，吴瑞求就命令刚刚上马的生产全部停工，所有的工人休息待命。原来，由于仓促上阵，再加上临时招募的画工水平参差不齐，导致他们画出来的次品很多。最重要的是，客户总共就给了他40个构图（每个构图临摹出一万张一样的），但是同一张构图经20个人画出来之后的效果却相差甚大!

这样的局面让吴瑞求苦恼不已，他把自己关在房间里思考：怎么样才能让画工们既能完成生产量，又能把同一张构图的一万张画画得比较一致呢？忽然，电视机里的一个画面让他眼前一亮。吴瑞求看到电视里电子零件的公司在生产的过程中完全采用流水线的方式，每个工人都只做简单的一个步骤！“一个那么复杂的电子零件都可以分成简单的步骤来完成，我为什么就不能模仿这样的‘流水线’，让我的画工们也按这样的方式来完成这次任务呢？”

第二天，吴瑞求又把画工们召集起来，并搭建起了自己的“油画流水线”，他要求每个画工只画每张构图中的一部分。第一天下来，大家看到了非常不错的效果：不但每个画工临摹的速度提高了三四倍，更重要的是，由于画工只负责画其中的一部分，所以从生产线最后一关拿下来的一堆油画出奇地相似。

这样的画画模式让吴瑞求大为惊喜。经过画工们的不懈努力，不到50天的时间，他们就完成了40万张油画任务。这次的合作，不仅让吴瑞求赚得了100多万元的利润，更让他在一夜之间红遍大芬村。这之后，大芬村所有的画坊都模仿起他的“流水线油画”创作模式。

“三天一层楼”，人们经常用这样的速度形容深圳这个城市的快节奏，就连大芬村的油画也不例外，完全靠“规模”生产出来。凭借一个不经意的想法，吴瑞求带动了整个大芬村快速有效的油画生产发展。这样的发展离不开吴瑞求聪明的头脑，更离不开他那种敢闯敢拼、不怕吃苦的精神。

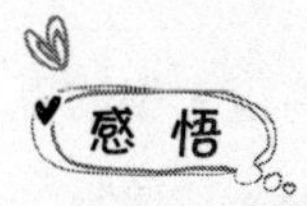

“50天内赶制出40万张临摹油画”，很多人会觉得这是不可能完成的任务，吴瑞求却在压力中寻找到一条全新的路子。这是为什么呢？因为对于敢想敢拼的人来说，压力往往能化成他的动力，为他的成功奠定下良好基础。

千万次地想念

杨云香

前几日，去看我少年时曾经住过的房子，在镇里那个熟悉的十字路口下车，还有五里地到村庄，我决定步行。这条路已经老了，路面伤疤累累，两边的白杨树都换茬了，田野、房屋没了遮拦，浓郁的绿色蔓延着，风裹挟了籽实灌浆后的湿润，窸窣缭绕。

折进沙石村道，路过敬老院，老人们已经搬家了，政府安排了更好的居住场所，剩下两层红砖楼，悄无声息。瘸腿的舅舅就是在这里走的。三年前，我来看望他，他一拐一拐地挥着胳膊，一边极其惋惜地说妈妈一点福气没有，熬不到好时候就撒手去了，一边还用手打扫着身上一尘不染的青布衫，眼睛里流露出舒适的目光。这样的目光也常从妈妈眼睛里流露出来。她盼着过好日子，家里拾掇、田上奔波，不停地劳作。院里养一群小鸡和鸭子，圈里还有一头大白猪，前园子栽了杏树，后园子有一棵茂盛的樱桃树。五六月份，我们的泥草房就穿了花裙子，在风中淡定地坐着，落英缤纷，妩媚极了。

在记忆里，这就是家，我每一次都急匆匆地走近它。

这一回，走过一片土豆地，左侧是烤烟房，碰着一些似曾相识的面孔，平和地望着我，偶尔，还能瞥见几缕微笑。道沟里填满了碎秸秆和猪粪，沤肥的气息酸酸的，我屏住呼吸往前走着，倒数第三所房子，就是我“家”了。砖围墙被太阳晒得热乎乎的，残缺处探出来两撇树枝子，仔细瞧，鸟蛋大小的青果累累，压得树枝直颤悠。栅栏门锁着，没有人影。绕到前院隔着篱笆墙瞅，窗子开着，屋檐下挂着一串红辣椒，窗下蓄水的大缸沿上正蹲着一只灰色的鸽子，头儿一点一点的，矮酱缸匍匐在豆角架旁，白布冒顶一簇红缨子迎风摆动。咦，那棵高过屋顶的大杏树呢？我搜寻着，眼睛模糊了，那块地长满了绿油油的菠菜。大杏树有一粗一细两根树干，妈妈说，这是母子树，同根同命，相携相依。她常常坐在树下，在鞋脸儿上密密地绣着水纹图案，一针一针，“嗦嗦”声不断，直到黄昏来了，柔软的光晕从杏树叶上溜下来，她脑顶的白头发更清晰了。我跪在她跟前的垄沟里，吃柿子吃草莓，挖胡萝卜脆脆地嚼，肚皮胀得爬不起来。时光领走了妈妈，大杏树也跟去了，我也做妈妈了。现在，当年的邻居是开这房子的主人。

还有泥河，我扭身去看，并揉着眼睛。那曾经是一条白亮亮的大河呀，周边湿地连绵，村庄们就绿葱葱活鲜鲜地依水而存。窈喜就在它身边长大，远去的岁月里，多少次和妈妈背着蒲草爬长长的坡道，还有连跑带颠向下冲的感觉，太熟悉了，熟悉到可以对着大河深深地呼吸，重重地吐气，大喊大叫，胸腔充满温暖和舒畅。二十年了，在这样的初秋季节，顺了坝走，茂盛的蒲草不见了，如波浪般蔓延着的稻田，仿佛铺排到天边。蹲下身子，稻子扬穗了，籽实饱满，拨弄一把它们根部的水，一只花脊背的青蛙唰地跳开了，三五条小泥鳅摇头摆尾地凑近脚边，以为又有食物了。再往里走，走得很远了，才有几处亮晶晶的河湾，想象到了足够高的天空里，这些河湾一定看不见了。我观赏着它们，那模样真像我九十八岁的外婆，瘦小枯干，却精气神儿十足。

一条小船停在河湾边，一个驼背老头从船上下来，挽着裤腿，瘦骨嶙峋的样子。我一下认出来了，他是那个邻居，上前称呼他，说起他住的房子，他迷茫着眼睛，“啊，啊”了几声，认不出我了。看着他的背影，心里实在不甘，又跑上前，再细细地说，他听着听着，突然回头一笑，露出两颗东倒西歪的门牙，我也轻松地笑了。爬上坡，他仍不吱一声，嗖嗖往家走。我不情愿地挪着脚步，一步一回头，少年时，我曾无数次爬上这个坡，然后抻着脖子瞧自家房顶，多半是烟囱里正“呼噜呼噜”地冒烟，瓜菜的香味从木栅栏缝隙钻出来，老远就让我的肚子咕咕叫。

真的回来了，还是在想象中？我的村庄就在眼前，在热炕上坐一会儿，听听东家长李家短，王家和赵家的红白喜事，喇叭叫了，铜锣响了，打场院里的嬉笑怒骂，羞得我逃到泥河一丛丛蒲草里，啪啪踩得水花四溅，脚指头被小鱼啄得痒酥酥的……于是，摩挲着手中的笔，思绪虚虚实实地转换，然后发芽，拱得土层在视线里不安分地蠕动，我和我的文字就在村庄的土地上成长，勤快地成长，年年收获，守着果实的感觉，就像每天黄昏的光晕一样安静、踏实。

又得离开了。还没走出村子，就听见后面有人忙不迭地喊：“丫头，等等——”那个邻居端了一大铁盆红、黄的柿子，汗淋淋地跑来，双手举着，递到我跟前：“吃吧，家里小园长的，可甜了！”

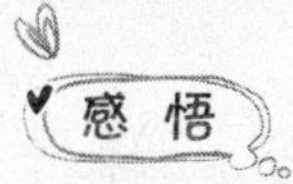

故乡是每一个游子的根，无论走出多远，走出多久，那里总是温暖心灵的地方，无可替代。而乡愁呢，则是一条条回家的路。或者双脚奔跑在上面，或者思绪奔跑在上面。最重要的是，这就如同故乡让鲁迅的心中迸发出“希望本是无所谓有，无所谓无的。这正如地上的路；其实地上本没有路，走的人多了，也便成了路。”

困境中，你看到了什么

燕子南飞

这是发生在美国的一个真实故事，故事是我从别人那儿听到的。

很偶然的机会，美丽的塞尔玛小姐爱上了一位年轻的陆军军官，彼此熟悉后，他们结婚了。婚后，丈夫离开她又回到了部队。丈夫走后，塞尔玛小姐又回到了从前的独身生活之中，日复一日、年复一年地过着单调的生活。分居的生活，逐渐把思念酿成苦涩的滋味。有一天，当她感到万分思念丈夫的时候，她突然发现，他们已经分别整整三年之久了。思夫心切，她决定去找他。

说走就走，当天，塞尔玛就动了身。塞尔玛的丈夫是一名优秀的陆军军官，在地处沙漠地带的陆军基地工作。经过近一个月的辗转，塞尔玛经过千难万苦的长途跋涉，终于来到丈夫身边，和丈夫相守在一起。来之前，塞尔玛做好了长期居住的充分准备，但没曾想，现实还是很快把她打垮了。

不久，丈夫奉命到沙漠深处进行军事演习，把塞尔玛独自一人丢在陆军的小铁皮房子里。铁皮房子里的气温很高，热得让人难以忍受——在仙人掌的阴影下也有120华氏度。她很孤独，没有人可以同她聊天。原来，这里的居民只有墨西哥人和印第安人，而他们是不会说英语的。丈夫知道她的情况后，也深深地为她担忧。

无聊的生活，很快就让塞尔玛感到无比的沮丧和难过，于是她写信给自己的父母诉说自己的苦衷。不久，她收到了父亲的回信。

父亲的信简直就是灵丹妙药。读过父亲的来信，年轻的塞尔玛先是感到无比的惭愧，之后，她就满怀信心地开始了新的生活。

她开始尝试着和当地的居民交朋友，开始对当地居民的纺织品和陶瓷产生兴趣。当他们把这些连观光客人都舍不得给的艺术品送给她的时候，她的脸上露出一副难以言表的幸福表情。后来，塞尔玛又开始研究起这里奇特的物种来，并为它们着了魔。她和朋友一同看大漠日落，同孩子们一起出发到沙漠深处去寻“宝贝”——几万年前遗留下来的海螺……

原来令她无法忍受的生活，现在一下子变得美好起来。

塞尔玛的转变实在太快了，一切都在向好的方向发展。塞尔玛和她的丈夫都对目前的生活感到满意。在一个有月亮的晚上，塞尔玛的丈夫深情地望着她，无比好奇地询问她转变的原因。塞尔玛微笑着不语，转身取出父亲的回信，给他看。

打开信看，塞尔玛的丈夫发现，父亲的那封回信很简短，其实也没说什么，短短的只有两句话：两个人从牢房的铁窗望出去，一个人看到了泥土，另一个人却看到了星星。亲爱的，你想看到什么呢?

原来，改变就在一念之间——父亲的来信，让塞尔玛翻然醒悟，于是她决定去做那个寻找星星的人。

人生没有永远的困境，也没有真正的困境。所谓的困境，常常是用某种眼光或从某种角度审视得出的结论。换一种眼光或角度看，未必就是如此，或许还会有别有洞天的感觉和惊喜。豁达的人与智慧的人，常常是善于不断变换角度认识问题的人。

在黑暗里铿然前行

马晓伟

1958年，他进入英国医学研究院，开始了生殖医学领域的研究。当时，有一项统计数据显示，全世界约有10%的父母因各种病症而不能生育孩子。他暗暗发誓，一定要让所有不育夫妇拥有一个健康的宝宝。此后，他便专注于研发体外受精技术，即试管婴儿技术。

在他的不懈努力下，1978年7月，世界上第一例试管婴儿成功诞生了！这个消息轰动了全球医学界。但面对巨大的成就，他不仅没有得到鲜花和荣耀，相反，流言和责难却扑面而来。

伦理学家们则提出质疑：提供精子和卵子的、提供子宫代孕的、最终养育孩子的，谁才算是孩子真正的父母？更有不少人惊呼：人类扮演了上帝，再一次打开了“潘多拉的盒子”！试管婴儿技术有悖于伦理道德，它会制造出贻害无穷的“科学怪物”……

一时间，谣言四起，昏天暗地。紧接着，英国医学研究理事会当即停止了对该项目的资助。更为糟糕的是，奥尔德姆总医院认为他占用了它们的资源，所以不能再给他提供实验室和设备进行研究……

面对突如其来的变故，他没有四处奔走呼号，没有声嘶力竭地抗争。他知道，在当前人们的科学意识里，任何的解释都是徒劳。他只是淡淡一笑：“把一切交给时间吧！”说这话时，他的脸上闪着坚毅的光芒，似乎在无声地说道：“我坚信自己的远见卓识会穿越时空，击碎一切质疑与谣言！”

艰难的岁月里，忧愁从未爬上过他的脸。没有了实验室，他在附近的一家小医院找到了几间屋舍；没有了设备，他就变卖家具和房屋，购买了实验器材和试剂；没有了科研经费，他试着向一些私人基金会申领，但钱远远不够，他不得不给医院做些小手术挣钱贴补……

仿佛一切事不关己，他的世界永远都是那般的云淡风轻。他偕妻带子搬进了小医院。每天清晨，他在画眉的第一声啼鸣中，哼着老掉牙的曲子，开始了一天的辛劳。他总是弓着腰、眯着眼，忙忙碌碌，不知晨昏地摆弄着那些试管、仪器……

岁月更迭，他由一个血气方刚的青年人变成了一位微驼的老人，此间，他培育出的"试管婴儿"遍至全球。而一例例事实证明：试管婴儿和自然生产的婴儿毫无两样，一样的健康、活泼，患病的概率也相差无几。

就在他的名字快被世人淡忘时，2010年10月6日，瑞典卡洛琳斯卡医学院宣布，把本年度的诺贝尔生理学或医学奖颁给罗伯特·爱德华兹——这正是他的名字。颁奖词里写道，爱德华兹的成就在于他所发明的试管婴儿技术，他使医疗手段治疗不育症成为可能，堪称"现代医学发展的里程碑"。

对于爱德华兹来说，一切似乎都姗姗来迟。但他回首过往时，平静若昔。此时已85岁高龄的他，被誉为"试管婴儿之父"，一时间，铺天盖地的荣誉向他涌来。

30多年的漫长等待，换作旁人，也许早就万念俱灰了，但爱德华兹用信念和坚守迎来了最终的辉煌。当遭受困厄时，不妨学习罗伯特·爱德华兹，淡淡说句"把一切交给时间"，然后，在黑暗里铿然前行。

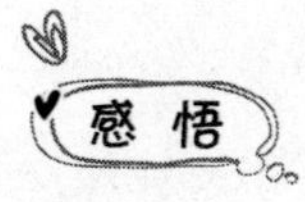

真正的智者，其内心深处都是孤独的。他们智慧超凡，特立独行，不流于世俗，亦不为世人所理解，甚至被看成另类、异端。他们的一生注定是孤独的一生。然而，随着时间的流逝，历史终究会证明一切。

选一个最强大的对手

陈亦权

20世纪60年代末，一位从伊利诺斯大学毕业的美国小伙子，进入了加利福尼亚州一家半导体公司工作，仅用了两年时间就被提拔为负责西部11个州的销售经理。同事们还没来得及羡慕，他却以一句“我需要更强大的对手”为由辞职回到了家里。

小伙子把自己关进了房间，一个星期后，他对外宣布自己成立了一家公司：包括总裁和推销员、清洁工、食堂厨师的所有职位在内，总共只有一个人，那就是他自己！“你现在确实找不到对手了，因为你根本没有能力与任何一家公司相抗衡！”他以前的同事取笑他说，“那你打算生产什么呢？”

“微处理器！”小伙子说。

“微处理器？天哪，你想和英特尔去竞争？”那些同事们都被吓呆了，在微处理器上，英特尔是一家绝对老牌的全球霸主，跟它抗衡无异于是以卵击石，蚍蜉撼大树。

“与其胜过弱者，不如败给强者！”小伙子坚定地说。在接下来的日子里，他找遍了所有的银行和熟人，用了整整一个月时间，终于筹集到了八万美元资金，他把这仅有的八万美元全部投入微处理器的研发和生产中去。有时候为了省点钱，他甚至连中饭也舍不得吃。许多昔日的同事甚至是上司都被他这种冲劲感动，纷纷加入了他的公司，一起研发各类中央处理器、图形处理器、闪存、芯片组以及其他半导体技术。

因为有英特尔这个强大的对手，小伙子对自己公司的发展方向非常明确，在一天又一天的努力下，公司渐渐地取得了一些发展，他们先后研究出了包括AMD287FPU和嵌入式解决方案等在内的产品和技术，得到了不少企业、政府机构和个人消费者的欢迎。仅仅用了五年时间，公司就成功地在美国桑尼维尔上市。

时间很快来到80年代初期，那段时间全球半导体业都进入了萧条期，小伙子却趁别人都没精打采的时候，更加火热地到处宣传和推广产品，结果销售额甚至一度盖过了英特尔。遗憾的是，毕竟“饿死的骆驼比马大”，更何况那头骆驼还没饿死，只是小睡了一会儿很快又苏醒了过来，小伙子的公司很快又被淹没了！

1997年，他再次推出K6处理器，向英特尔的“奔腾家族”发起了最强大的挑战。1999年，为了跟英特尔抗衡，小伙子不惜以年薪75万美元和10万支股票为代价，将摩托罗拉半导体部前总裁海格特·瑞兹挖进了公司……也就在这种竞争中，英特尔的市场份额被削减了不少，从原先的97%降到了70%，特别是与其合作的全球前五大个人计算机厂商，也已经有四家开始转而与他全面合作。就这样，他的公司取得了不断的大发展，并先后在美国、中国、德国、日本、马来西亚、新加坡和泰国等全球数十个国家和地区设有工厂和业务机构，平均年产值也从几十万美元到数十亿美元，与日递增。没错，它就是如今仅次于英特尔的全球第二大微处理器公司——AMD（超微半导体）公司，而那位小伙子，就是AMD公司的创办者杰里·桑德斯！

前不久，已经74岁高龄的杰里·桑德斯宣布退休，虽然他在逾40年竞争岁月里从未真正战胜过他的对手，但他却因此而赢得了无数原本只属于胜利者才享有的掌声。从竞争的角度来说，他是失败的，然而从自我的角度上看，他又是成功的——他把一家只有一个人的公司，打造成了全球第二大的微处理器公司！

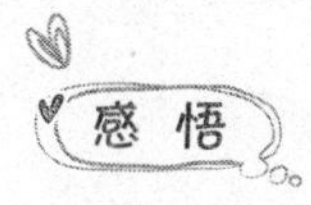

杰里·桑德斯的失败与成功都与他所选的那个强大的对手有关，他总是把活动范围超过自己力所能及的限度，就像是一只敢与雄鹰比飞翔的山鸡，虽然最终无法战胜雄鹰，但这也使他成了一只能飞上蓝天的山鸡！

女儿学会了思念

九　金

我们要从无亲无故的城市迁回老家，八岁的墨墨欢天喜地，她可以跟养她长大的姥姥在一起了。她对回归的那一天充满了期待。

那天是晚上的火车，早上我照例送她去上学，说中午妈妈去接你。可中午因为杂事脱不开身，我就让她待在学校。老师发信息给我，第四节课孩子们哭得稀里哗啦，整整一节课场面难以控制。我想那是何等壮观，何等纯真，我小小的女儿如何走出那扇温暖的门。下午看到墨墨的时候，她的眼睛红红的，脸上还有泪痕，激动地让我看同学们的留言。一些大大小小长长短短或工整或歪扭或钢笔或铅笔或汉字或拼音的纸条，她一张一张地试图念给我听，边念边抽着鼻子。后来她终于停下了，问我："妈妈，我能不能带走这些留言，你的旅行包里还有地方吗？不占地方的。"我点头，她找来一只系头发的皮筋小心翼翼地卷起来。这东西在她心里的分量，我能懂。

火车站，送行的朋友们一次次地拥抱，不停地道平安。墨墨和一个小朋友躲在一隅，表情凝重，窃窃私语着。我牵着她上了车，递给她纸巾，我不知道该对她说什么，我实在需要旁边能有个人安慰我。车开了，她仍呜咽不止，哭着，说着："妈妈，咱们待得好好的为什么要走啊？"她那么小我无法解释，相信她以后会明白，也会理解。

回来后的一天，墨墨在灯下做作业，写着写着突然停了笔："我想姚老师和郑老师……"她眼圈红了。我这个妈妈有时候做得不够合格，我应该调整她的情绪，可是我却已经不能左右自己的心情了。她又问："我们什么时候能回合肥看看呀？"我仍不知如何作答。稍稍平静了一会儿，我说："生活中有一些人，可能因为各种原因我们必须分别，忘不了别人对我们的好对我们的帮助，这种感受叫思念。妈妈很高兴，你学会了思念。”

元旦前夕，她缠着我买贺年卡，说是寄给这个寄给那个。当然可以，我就买了一些随她支配。第二天，我看见那些卡片被她涂得乱糟糟，这还不算什么，最糟糕的是信封，完全不是按照格式写的，根本无法邮寄。我告诉她信封废弃了，她的眼神里充满了沮丧。我说只能找时间去邮局买能装得下卡片的大信封。可因为忙，邮局也没去成，元旦过了，春节也过了，我许诺明年新年的时候一定帮她实现愿望。

那些岁月，那座城市，那些人，让女儿学会了思念。

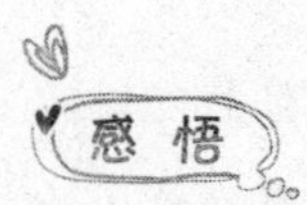

思念是一种美好的情感体验。它源于离别，也源于我们的情感沉淀。或许，思念常常伴着牵挂和痛楚，反过来看，我们思念是因为我们拥有。

思念亲人，是因为我们拥有亲情；

思念朋友，是因为我们拥有友情；

思念爱人，是因为我们拥有爱情。

我们的思念越多，就证明我们越富足。

对一个孩子来说，思念的确需要认识、学习和体验。这也是成长的必然。记得生活中的美好，想念过往的温暖和感动，一样是抵达幸福殿堂的台阶。

傍晚，在路上

徐大丽

听说皖西可以看到映山红，我背起简单的行囊，只身奔向大别山腹地。一路风光，一路颠簸，一路希冀。山民告诉我：来迟了，已过了花季。

时间已近傍晚，我必须选择一条近路，否则在天黑之前走不出大山。

于是，我走上一条曲曲弯弯、高低不平的小路。这条路使人看上去目标就在眼前，然而脚步随着山势起起伏伏，不断地闪现出希望，又不断地落入低谷。行走在大山间，没有我期待中满眼的映山红，而是深绿、浓绿、墨绿迎面逼来。那绿深得没底，远得无边，暮色中，竟使人心生恐惧。虽然路边也有一丛丛、一片片不知名的小花，白的、黄的、紫的，但是它们显得太娇柔，没法与那带着野性的绿相抗衡。

走到一处开阔地，说是开阔地，其实路还是那么宽，只是路两边的山向后倒去，现出两块水渍渍的稻田，远远近近有几个农民弯腰插稻。的确是好风景。

那两条黑狗就是这时候出现的。在距离我七八米的地方，它们堵在路中间，一蹲一卧，像等着什么人的到来。一瞬间，我仿佛看到自己被咬得血肉模糊的惨相，看看四周，没有别的路可走，脑子立即膨胀起来。这段路是上坡，我的脚步没有停止，越来越沉重，心揪得越来越紧。我不敢看它们，只觉得两团黑乎乎的东西向我慢慢逼近，而事实上，狗们并没动，这愈发让我担心它们会突然扑上来，我穿着短裙的腿，我那张还不算太丑的脸……只有两三米的距离了，狗们仍然安安静静的，像神秘的大山一样莫测。我的手紧紧抓住胸前的衣襟。我试图大叫，转念一想，不行，这样一来，它们受了刺激，不知会怎样。斜睨一眼田间的农民，他们正埋头苦作，显然不晓得我的惊心动魄。怎么办？我曾经无数次设想过，假如某一天我遭遇抢劫，我要心平气和地与强盗讲道理，苦口婆心地劝说他，他就是再不是东西，也应该残存一点人的本性，劝说无效的话，就采取智斗的方式。面对不是人的牲畜，看来什么办法也用不上。

我执拗地前进，虽然我紧张的情绪已无法形容，但我仍然告诉自己，它们是狗，不是狼。

就在我与两条狗擦肩而过的时候，其中一狗慢悠悠地站了起来，我只觉得脑子“嗡嗡”地叫着，向前走，别管它！“哈哧哈哧”喘气的声音就跟在我的后面，我明显地意识到脸上有汗流下来，手心湿漉漉的。每迈一步，仿佛那狗已经扯住我小腿上的一块肉。此时此刻，我已经在想能够买到“狂犬疫苗”的最近的医院在哪里。

它跟随我一直到坡顶。这时，从岔路上来了一个骑车的当地人，来者看了我一眼，自顾骑车走了。奇怪的是，狗的喘息声听不到了，它不再跟踪我了。我的身心一下子松弛下来，竟虚脱了一般跌坐在地上。“汪汪”，狗在距我不远的地方吼着。我来不及多想，爬起来赶路。

跌跌撞撞跑出大山，赶上了最后一趟去往城里的班车。车子在丘陵间起伏前行。两条狗，越来越远，此生恐怕永不再见，可是这心里的余悸，啥时候才能释怀呢。

回到旅馆已经是夜里，大门竟然在里面插上了闩，叩门，开门的大爷瞪圆了眼睛从眼镜上面使劲儿往外看，瞅准了是我，才慢悠悠地放下门闩。“姑娘这是去哪儿了？这么晚，外面不安全啊！”

我实在需要释放紧张的情绪，这大爷，便成了我的倾听者。

听完我的遭遇，大爷笑了。

“姑娘，你有所不知啊，那可是忠实的狗！它尽职尽责地守护着主人的家园，在无法判明外来者的意图时，它会观察你，跟踪你，但是绝不轻易去伤害，直到从它认为的自己人眼里看出你并非敌人，它就放心了，但一般情况下还是要把来路不明的人驱逐出境。它可不是强盗，它的某些本性甚至比作为人的强盗要清醒得多，理智得多。”

喝一口大爷递过来的纯净水，终于心安了。

在路上，我们会与各种人相遇。那些让你捏一把汗的，虎视眈眈的，你不必紧张。也许，他并不是敌人，他的提防是责任，是捍卫，是本能。

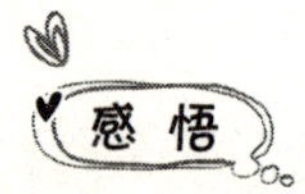

怀疑是幸福的杀手。有很多幸福的家庭就是被猜疑毁掉的。生活中，有些女性喜欢在家庭里扮演警察的角色，警惕的目光，盘问的口气，是“怀疑一切”的表现。这其实是注意力发生错误。

懂得放下怀疑的人，才能够拥有轻松的生活。

我留痕在你清洌的空气中

清风徐

我的确在天地间一派肃杀的羊草山看到了一只鸟扑棱棱飞过，它飞过的天空没有留下一丝痕迹，我心里却雁过有痕。虽然我不知道飞过去的是不是雁，我还是伤怀了一下的。它的羽翼已不轻盈，它是否能够存活下来，我已无法知晓。

这羊草山，此前我一无所知。我没有在旅行前做功课预习的习惯。我只是来雪乡看人家屋檐上的雪。因此，当貌似坦克、声势却像拖拉机的家伙携着一行人轰鸣着爬上山的时候，我的眼睛连同我的心被狠狠地震了一下。即便从小在东北长大，也不曾见过真正的林海雪原，也从没奢望某一天会置身其中。然而，意外地遇见，超值的似乎不仅仅是这次旅行了，连我单薄的人生都跟着隆重了许多。

除了我们身上衣着的色彩，满眼的白茫茫，远远近近，到处都是玉树琼枝，电影一样的场景。我甚至怀疑它的真实性了。看来导游的介绍没有忽悠的成分，反倒觉得他的推荐缺乏必要的描述，在宣传上没有达到应有的效果。

雪地上旋起大烟炮。说是炮，其实是风把细碎的雪刮起来，天地间迷茫一片。这名字跟这景象听上去好像没什么关系，我也不知道该如何去考证此名称的由来。总之，大烟炮旋起来的时候，我们的五颜六色还能闪亮在风雪中。那些把我们摄入镜头的人多么有福气，我们装点了你们的梦啊。

习惯了用镜头看风景，然而羊草山的风景，镜头被局限了。我的拍摄技术，远远不够表现它的独树一帜，它的大气磅礴，它的晶莹剔透。那个叫罗格的奥委会主席真聪明，他能够用“无与伦比120来形容中国承办奥运的突出表现。我也只能借用他的思路，羊草山上的胜景，堪称东北的一张名片，无与伦比。

同行的伙伴已经第三次来这里了。今年的雪让她连连感慨，从前的雪，远没有这么漂亮。

下山的时候，我们放弃了乘坐那辆坦克式拖拉机，一路走一路拍。我说一起唱支歌吧，大家积极响应，却并不知道该唱什么。我的胸腔里其实在豪迈着“我们走在大路上，意气风发斗志昂扬”，但是找不着调啊，就没敢起这个头。倒是伙伴对着大山对着雪松对着素洁的天空唱起了“我爱你塞北的雪，飘飘洒洒漫天遍野……”一个人想放声高歌的时候，一定有着最美丽的心情。

穿越林海雪原，我们的足迹早已被飞扬的雪花覆盖了一层又一层，像飞鸟，留不下一丝痕迹。可是我相信，我的气息，朋友的歌声，会像飞鸟留痕在我心里一样，留在羊草山清冽的空气中。

感悟

人生的风霜和雨雪太多也太密，以至于很多人都迷失于此，在其间辗转、慨叹、痛哭，每每在心底念叨着“为什么命运如此不公，为什么我不能获得幸福？”与其在坎坷颠簸中神伤，不如遵循自己的心灵，无拘无束地前行，那样，走过的路旁都会开出快乐的花。

对你说“不”的朋友

唐 仔

一位做企业的朋友，邀请我们一帮人聚聚。推杯换盏之后，朋友说出了聚会的用意，他最近要上一个新项目，请大家帮他出出主意。听了朋友的介绍后，大家只是跟着附和，说一些恭维和祝贺的话。大家都心知肚明，这么大一个项目，朋友恐怕早拿定主意了，所谓让我们帮忙出主意，只不过是客套话而已。没想到，有个人还真当了真，在详细问明了项目情况后，他连连摇头，认为这是一个被淘汰的夕阳项目，没有什么前景，最关键的问题是，它还是一个重污染的项目，如果上马的话，会对周边的环境构成很大的威胁。最后，他语气坚定地对朋友说，这个项目绝对上不得，否则，你会成为被人唾弃的无良商人。

朋友的脸色，由红而白，由白而青，由青而紫。餐桌上的气氛，也一下子变得紧张起来。大家都有点责怪他，朋友难得聚会一次，你吃好喝好，不就结了，说那么多干什么？再说，你讲得口干舌燥，人家也未必听得进去，还弄得气氛尴尬。

聚会结束后，朋友将我们送到楼下，一一握手告别。最后是那位摇头的朋友。朋友重重地拍拍他的肩膀："你的意见我会认真考虑，谢谢你的坦诚和忠告。"

后来，朋友的那个项目还真没上。没上的一个重要原因，就是那位摇头的朋友对他说的那番话。朋友说，这些年，随着生意越做越大，身边的人，包括以前的朋友，都习惯了对自己点头、附和，很少有人敢于否定他的决定，对他的每一句话，都是言听计从，毕恭毕敬。朋友感慨，如今对自己说"不"的人，越来越少了，这其实是一个很危险的信号。

朋友算是个成功人士，他的身边，总是前呼后拥，围着各种各样各怀目的的人。慑于他的威严，身边的人，自然很少会有人对他说"不"。朋友的感慨和担忧不无道理，当一个人处于一片附和声中时，他很可能会丧失正确的判断，迷失方向。有时候，我们缺少的不是说"是"的朋友，而是敢于和乐于对你说"不"的朋友。

我们有一个同学，被提拔为一家单位的头头后，成了单位的一支笔，有签单大权。所以，他经常会邀请一些老同学聚会，然后，大笔一挥，签单了事。经常有免费的午餐吃，大家似乎都乐于有这样一个"慷慨"的同学，都夸这位领导同学有本事。可是，偏有个同学一点不给面子，直截了当地在酒桌上对那位领导同学说"不"，认为他不该这样做，今天敢签单请私宴，明天就敢中饱私囊。领导同学气得直哼哼，别的同学也认为这位同学大煞风景。此后，领导同学再请客，总是有意无意地忘记那位同学。几年之后，在单位办公楼改造时，领导同学因收受承包商的好处而东窗事发，锒铛入狱，可惜悔之晚矣。

说"不"，往往会得罪人，伤感情，不和谐。但是，这个"不"，有时候恰如一盆凉水，可以使你发热的头脑清醒，恢复和保持理智。对你说"不"的人，并非只是对手和敌人，有时候，说"不"的那个人，恰恰可能是你难得的诤友。多少错误，是本可以制止的；多少遗憾，是本可以减少的；多少悲剧，是本可以避免的，如果发生了，往往只是因为没有一个人，能够在你膨胀的时候，在你得意忘形的时候，在你走上极端的时候，大声地对你说"不"！

说"不"，不一定是拒绝、否定，也未必是推卸、推诿，有时则是温暖的提醒，善意的警示，是走错方向时喊你回头，是暗藏危险时拉你一把。在你的朋友圈中，有没有这样一位对你说“不”的朋友？他的每一个“不”，都值得你深思，反省，并好好珍惜。

真正的朋友，不是与你有福同享的人，也不是时时处处顺着你的人，而是与你共患难，与你休戚与共的人；在你迷茫、盲目、自大的时候，给你善意的提醒，及时对你说“不”，和你“作对”的那个人。

说“不”，有时是为了让你看得更清楚。

有一种爱也许残忍

李玉兰

一个大雪封门的日子，母亲因为心梗住进了医院。我焦虑地找到主治医生询问母亲的病情。医生说：母亲这次主要是因为气管不好，又感染了肺炎，加重了心脏的负担。医生一边说着，一边指着X光片上几处发黄的暗影，提示我：这些都和母亲抽烟太重有关。晚上，听着母亲喉管里发出的粗重的杂声，我决心帮母亲戒烟。我知道让母亲戒烟很难很难。当初，父亲曾经陪着母亲一起戒烟，可结果是，父亲的烟真的戒掉了，而母亲的烟却依旧抽着。戒烟，对于母亲来说，其实更难戒掉的是心瘾。

母亲是一个有梦想有抱负的女人，但残酷的现实却让她不得不把那些花蕾般的梦想兑现给生活的琐碎。父亲体弱多病，家里收入很低，为了让一家人的生活过得体面、滋润些，母亲用一双女人柔弱的肩膀扛起了家庭的重担：不仅精打细算地打理着九口之家入不敷出的生活，还要种地、养猪，到一些单位做临时工，像男人一样翻车、扛木头……实在累了，就卷支廉价的旱烟，一边休息，一边咀嚼释放那些结痂的心事。

随着孩子们渐渐长大，母亲不必再为生活奔波，但那些梦想的花朵却也已经在母亲的满头白发间凋谢成难再修复的遗憾，闲下来的母亲越发和烟结下了不解之缘。四年前，父亲与哥哥在间隔不到10个月的时间里相继去世。刚毅的母亲没有在人前掉一滴眼泪，生命却仿佛在一瞬间被掏空了。那时候的母亲像一支秋风中的芦苇，迅速地枯萎。烟，也成了母亲唯一的支撑。每天早晨两点多钟，母亲便披衣坐在墙角，一根接一根拼命地抽着烟。我知道，那浓重的烟雾其实是母亲心里化不开的伤痛，正在一点一点侵蚀着母亲的生命。

第二天查房，医生按照我的嘱咐郑重地告诫母亲：以她目前的身体状况绝对不能再吸烟。看着医生凝重的表情，母亲迟疑着点了头。医生走后，我趁热打铁："老妈，我知道烟对你很重要，可是烟和我们比起来，哪个更重要呢？""当然你们重要！烟怎么能和儿女比呢？"母亲毫不犹豫。"既然我们重要，你又怎么能为了抽烟伤害身体，让我们整天为你担心呢？真爱我们，你就该健健康康地活着，多陪我们几年啊！"母亲低下了头，许久才说："那我试试吧！"我买来母亲喜欢吃的小食品，没事就一边吃一边陪母亲闲聊一些开心的事。偶尔会有其他病房里陪护的家属到走廊上吸烟，每逢这时，母亲便变得焦躁起来。一次次，母亲紧紧地咬着嘴唇，艰难地把头扭向窗外。我知道，每一次艰难的"扭头"，母亲的内心里都要经历一次习惯与爱的抗争。

母亲出院的那天，我和姐姐一起下厨，为母亲做了几个她爱吃的清淡小菜。去请母亲出来吃饭时，母亲却像个孩子似的，倏地把手背在了身后。我敏感地走过去，发现母亲的手里果然拿着还没来得及点燃的卷烟。"就抽一口！"母亲的眼里充满了乞求。但我的行动却远比我的语言还要快，不需要表态，我已经从母亲的手里强行抽出卷烟，毫不犹豫地将其扔进了垃圾筒。一次次扔掉母亲偷偷卷好的烟，母亲的眼里也曾有过隐隐的怨恨，我的心里也掠过不忍和不安。我知道自己的行为也许残忍，但残忍是因为对母亲的爱！

病后的母亲身体很虚弱，我每天早早起床，陪母亲去离家不远的公园散步。母亲贪恋电视剧，晚上睡得很晚。一次次，我在母亲的注视中，“残忍”地关掉电视，强迫母亲早睡早起去晨练，让清新的空气、清脆的鸟鸣、葱郁的树木……慢慢沁入母亲的生命，取代那些如烟的心事。

随着身体一天天硬朗，母亲的心情也愉悦起来。从那时起，母亲就有了一句口头禅：为了你们这些孝顺的儿女，我一定让自己再多活几年。乖巧的女儿也哄着母亲说：“姥姥一定要活到80岁，等我考上大学，有了工作，也可以给姥姥买很多好吃的。”母亲开心地搂着外孙女，眼睛幸福地望着远方。我知道，此时此刻，对于生命与未来，母亲的期待又增加了一代人的长度。母亲的烟瘾终于戒掉了，与烟瘾一起拔掉的还有那些几乎吞噬了母亲生命的伤痛的记忆。

当旧日的老友，习惯地递上一支香烟，母亲已经能够坦然拒绝。我知道，其实母亲的心里依然有对烟的渴望，母亲之所以能告别40多年的烟瘾，是因为母亲的心里有比烟比生命更重要的东西，那就是绵绵无期的对儿女的爱。

爱，有许多表现形式。

有的爱如春风细雨般和煦、温柔，有的爱如秋天般静美、博大，而有的爱却如严冬般凛冽，那是为了引领我们走向春天。这个世界之所以美好，就是因为有爱，而我们的生活之所以充满魅力，就是因为爱的方式林林总总。

每一种方式的爱，都是为了更好地去爱。